LES

Tremblements

DE TERRE

PAR

F. FOUQUÉ

MEMBRE DE L'INSTITUT (ACADÉMIE DES SCIENCES)

PROFESSEUR AU COLLÈGE DE FRANCE

Avec 44 figures intercalées dans le texte

PARIS

LIBRAIRIE J.-B. BAILLIÈRE ET FILS

RUE HAUTEFEUILLE, 19, PRÈS DU BOULEVARD SAINT-GERMAIN

1889

BIBLIOTHÈQUE SCIENTIFIQUE CONTEMPORAINE

LES

TREMBLEMENTS

De Terre

Bibliothèque Scientifique Contemporaine

Nouvelle collection de volumes in-16, comprenant 350 à 400 pages, imprimés en caractères elzéviriens et illustrés de figures intercalées dans le texte.

PRIX DE CHAQUE VOLUME: 3 FR. 50

40 volumes sont en vente.

DERNIERS VOLUMES PARUS

Les Ancêtres de nos animaux dans les temps géologiques, par ALBERT GAUDRY, professeur au Muséum, membre de l'Institut. 1 vol. in-16 avec figures.   3 50

L'Origine des arbres cultivés et utilisés par l'homme, par le marquis DE SAPORTA. 1 vol. in-16 avec 50 figures. . . . . 3 fr. 50

L'Archéologie préhistorique, par le baron J. DE BAYE. 1 vol. in-16 avec 52 figures. . . . . 3 fr. 50

La Prévision du temps et les Prédictions météorologiques, par G. DALLET. 1 vol. in-16, avec figures. 3 50

Les Merveilles du ciel, par G. DALLET. 1 vol. in-16 avec 50 figures. 3 fr. 50

Phénomènes électriques de l'atmosphère, par G. PLANTÉ, lauréat de l'Institut, 1 vol. in-16 avec figures. 3 50

Les Tremblements de terre, par F. FOUQUÉ, professeur au Collège de France, membre de l'Institut. 1 vol. in-16 avec figures. 3 50

La Navigation aérienne et les Ballons dirigeables, par H. DE GRAFFIGNY. 1 vol. in-16 avec figures. 3 50

La Lumière et les Couleurs au point de vue physiologique, par AUG. CHARPENTIER, professeur à la Faculté de Nancy. 1 vol. in-16 avec figures.   . . 3 50

Sous les mers, campagnes d'exploration du TRAVAILLEUR *et du* TALISMAN, par le le marquis DE FOLIN. 1 vol. in-16 avec figures. 3 50

L'Homme avant l'histoire, par CH. DEBIERRE. 1 vol. in-16, avec figures. 3 50

La Photographie et ses applications aux sciences, aux arts et à l'industrie, par JULIEN LEFÈVRE, professeur à l'École des sciences de Nantes. 1 vol. in-16 avec figures 3 50

La Galvanoplastie, le Nickelage, la Dorure, l'Argenture et l'Électro-métallurgie, par E. BOUANT. 1 vol. in-16 avec 60 figures. . . . . . 3 fr. 50

Les Minéraux utiles et l'Exploitation des mines, par L. KNAB, répétiteur à l'École centrale. 1 vol. in-16 avec figures. . . . . 3 fr. 50

LES
Tremblements
DE TERRE

PAR

F. FOUQUÉ

MEMBRE DE L'INSTITUT (ACADÉMIE DES SCIENCES)
PROFESSEUR AU COLLÈGE DE FRANCE

Avec 44 figures intercalées dans le texte

PARIS

LIBRAIRIE J.-B. BAILLIÈRE ET FILS

RUE HAUTEFEUILLE, 19, PRÈS DU BOULEVARD SAINT-GERMAIN

1888

LES
TREMBLEMENTS
De Terre

INTRODUCTION

L'étude des tremblements de terre n'est entrée dans
une voie véritablement scientifique que depuis un petit
nombre d'années. Autrefois on se contentait de relater
plus ou moins exactement les effets variés des mouvements du sol d'origine souterraine, et de perpétuer la mémoire des désastres causés par ces redoutables cataclysmes. Partant d'observations évidemment insuffisantes,
on en était réduit à émettre et à discuter des hypothèses
hasardées sur la cause de ces phénomènes. D'un autre
côté, par suite d'une réaction bien naturelle, les meilleurs esprits dans le monde scientifique, dédaignant les
discussions stériles, en étaient arrivés à penser que la
question était de toutes parts inabordable ; ils la consi-
déraient comme dépourvue de solution certaine. Jamais
problème n'excita plus vivement l'attention publique et

en même temps ne fut davantage un objet de découra-
gement pour les hommes de science.

La phase nouvelle dans laquelle est entrée la question
est caractérisée par la concentration des efforts des
chercheurs sur quelques points spéciaux susceptibles
d'être atteints directement et de donner prise aux observations exactes et à l'expérimentation. Un des traits
saillants de cette période récente est aussi l'introduction
dans la pratique d'instruments de précision comparables à ceux qui sont en usage dans les autres branches
de la physique. De telles améliorations ont eu pour conséquence d'élever le niveau de la discussion en ce qui
touche aux causes des phénomènes séismiques. Des
théories jusqu'alors soutenues avec ardeur ont été
définitivement abandonnées, des lois considérées naguère comme probables ou même comme sûrement
établies ne trouvent plus de défenseurs. En un mot, la
question a fait un pas en avant; elle est sortie de l'im-
mobilité à laquelle elle semblait à tout jamais condamnée
et désormais on peut être certain qu'elle ne cessera
plus de progresser. Chacun des savants qui travaille à
son avancement se laisse bien encore animer et guider
par quelque considération théorique incertaine, mais
au lieu d'en faire l'objet de ses préoccupations exclusives,
il relègue sa conception favorite au second plan et se
contente de remplir l'office du pionnier qui défriche lentement et méthodiquement quelques parcelles du domaine soumis à son labeur.

Les premiers chapitres de cet ouvrage sont consacrés,

sous une forme dogmatique, à l'exposé des points particuliers qui préoccupent actuellement ceux qui s'adon-
nent à l'étude des tremblements de terre. Ils sont destinés à mettre en relief les faits les plus saillants parmi
ceux qui semblent désormais acquis ; les faits qui y sont
présentés permettent de se rendre compte des difficultés rencontrées, des incertitudes graves et nombreuses
qui subsistent, et surtout d'entrevoir la voie dans laquelle tend à s'engager la science moderne. Deux chapitres contiennent l'examen des relations longtemps
cherchées entre les séismes et les autres phénomènes
compris dans le domaine de la physique terrestre. Le
lecteur y trouvera aussi la réfutation de certaines opinions admises jusqu'à présent comme prouvées ou au
moins rarement discutées.

Ce volume renferme ensuite l'exposé des recherches
récentes, faites pour déterminer la vitesse de propagation des mouvements vibratoires dans des sols de nature diverse. Ce n'est pas le seul côté par lequel l'étude
des séismes puisse être abordée expérimentalement ;
cependant, jusqu'à présent, c'est sur cette question
spéciale que les expériences ont porté.

Malgré l'extrême importance qu'ont pris les essais
effectués pour arriver à la construction d'instruments
divers, destinés à constater et à enregistrer la production
et les diverses particularités des séismes, nous n'avons
pas consacré de chapitre particulier à la description technique de ces instruments, pensant que ce sujet méritait
d'être traité dans un ouvrage spécial. D'ailleurs, chaque

jour des perfectionnements considérables sont apportés à la fabrication de ces instruments par des ouvriers habiles associés à des hommes de science. Nous pensons que la description des séismographes et microséismographes gagnera singulièrement à n'être exposée en détail que dans quelques années.

La dernière partie de l'ouvrage contient enfin le récit des principaux tremblements de terre qui se sont manifestés depuis une trentaine d'années. Les observateurs qui se sont appliqués à l'étude de ces phénomènes ont été tous sans exception dépourvus de moyens efficaces pour atteindre le but qu'ils s'étaient proposé ; aucun n'a réussi à fournir les données précises qu'il avait eu le désir de recueillir. Cependant, nous espérons mettre en évidence la tendance scientifique nouvelle qui les a animés et faire entrevoir les raisons de leur confiance dans un prochain avenir meilleur.

Enfin, quelques-uns de ces récits serviront encore utilement à montrer ce qui distingue les séismes qui ébranlent les régions volcaniques, et ceux qui se manifestent loin de tout volcan. On pourra ainsi juger par soi-même de la difficulté que l'on éprouve quand on veut séparer nettement les phénomènes de l'une et de l'autre catégorie.

Première Partie

ÉTUDE GÉNÉRALE DES TREMBLEMENTS DE TERRE

CHAPITRE PREMIER

INTENSITÉ DES SECOUSSES

La cause qui produit les séismes agit avec des intensités variables à la surface du sol. Les points sur lesquels son action porte le plus immédiatement sont ceux qui se trouvent sur la verticale du foyer souterrain ; au moment des secousses violentes, la terre y bondit ébranlée par un choc dirigé de bas en haut ; des trépidations répétées désagrègent les constructions, projettent les tuiles des toitures et les pièces des carrelages ; les murs sont jetés par terre, les voûtes et les plafonds s'effondrent, la destruction des édifices s'opère parfois rapide et complète, et au bout de quelques seconde s, sur l'emplacement d'une cité, il ne reste qu'un amas de décombres d'où s'échappent les cris des blessés et les gémissements des mourants.

Le district où s'observe ainsi le maximum des désas-

tres a reçu le nom d'*épicentre*. Son étendue et la configuration de ses limites correspondent à celles du *centre
d'ébranlement* situé dans les profondeurs. Si ce dernier
était localisé dans un espace étroit et si le sol était homogène, l'épicentre serait à la surface représenté par un
cercle de petit diamètre, mais il n'en est jamais ainsi;
sa forme est toujours plus ou moins allongée et dans la
plupart des cas, en traçant ses bornes sur une carte on
reconnaît qu'il possède à peu près les contours d'une
ellipse. Si le centre d'ébranlement est peu étendu et
surtout s'il est peu profond, l'ellipse en question est de
petites dimensions; les désastres importants sont concentrés dans un espace restreint. Tel a été le cas pour le
tremblement de terre d'Ischia en 1883. L'épicentre situé
sur l'emplacement même de la ville de Casamicciola
n'avait pas plus de 1^{km}1/2 de longueur et 500 mètres de
largeur. Il occupait une étroite surface elliptique allongée
du N.N.O. au S.S.E., où aujourd'hui encore on n'a-
perçoit que des ruines amoncelées. Diverses considérations géologiques (nature volcanique du sol, éruptions
relativement récentes dont les bouches sont situées
dans le voisinage, température élevée du terrain et sources thermales sur le rivage même qui borde Casamicciola)
se réunissent pour faire considérer la catastrophe d'Ischia
comme le résultat d'une éruption volcanique avortée,
dont le foyer, établi à une très médiocre profondeur, a
été en même temps extrêmement circonscrit.

Au contraire, quand le centre d'ébranlement siège
profondément dans les entrailles du sol, son action

s'étale à la surface et le maximum de ses effets s'y manifeste sur un vaste épicentre, dont les dimensions peuvent dépasser des centaines de kilomètres. Tel a été le cas pour le tremblement de terre de Lisbonne en 1755, pour celui des Calabres en 1783 ou encore pour celui du Venezuela en 1812, et, récemment, pour celui de Charleston en 1886. En général, plus un épicentre est étendu et plus ses contours sont difficiles à tracer, plus le passage à une zone moins éprouvée s'opère graduellement.

La considération de la forme de l'épicentre conduit encore à d'autres conclusions. Le sens de son allongement est toujours déterminé par un accident géologique, par une fracture de l'écorce terrestre, dont l'examen stratigraphique du terrain révèle d'ailleurs l'existence. Tantôt la cause qui produit ce tremblement de terre semble avoir pour lieu d'origine commune et simultanée toute la longueur de la cassure souterraine, tantôt elle se déplace sur le trajet de la faille et manifeste successivement son action en différents points de la surface du sol. Dans le premier cas, les secousses ébranlent en même temps une longue bande de terrain, la catastrophe a lieu tout d'un coup, le long d'une ligne généralement droite qui suit le trajet d'une chaîne de montagnes ou de quelque autre accident orographique important; c'est ainsi qu'un violent tremblement de terre s'est manifesté le 2 mars 1878 simultanément au pied du versant sud de l'Himalaya, sur une longueur de plus de 1000 kilomètres. Citons encore, comme exemple de ce genre de

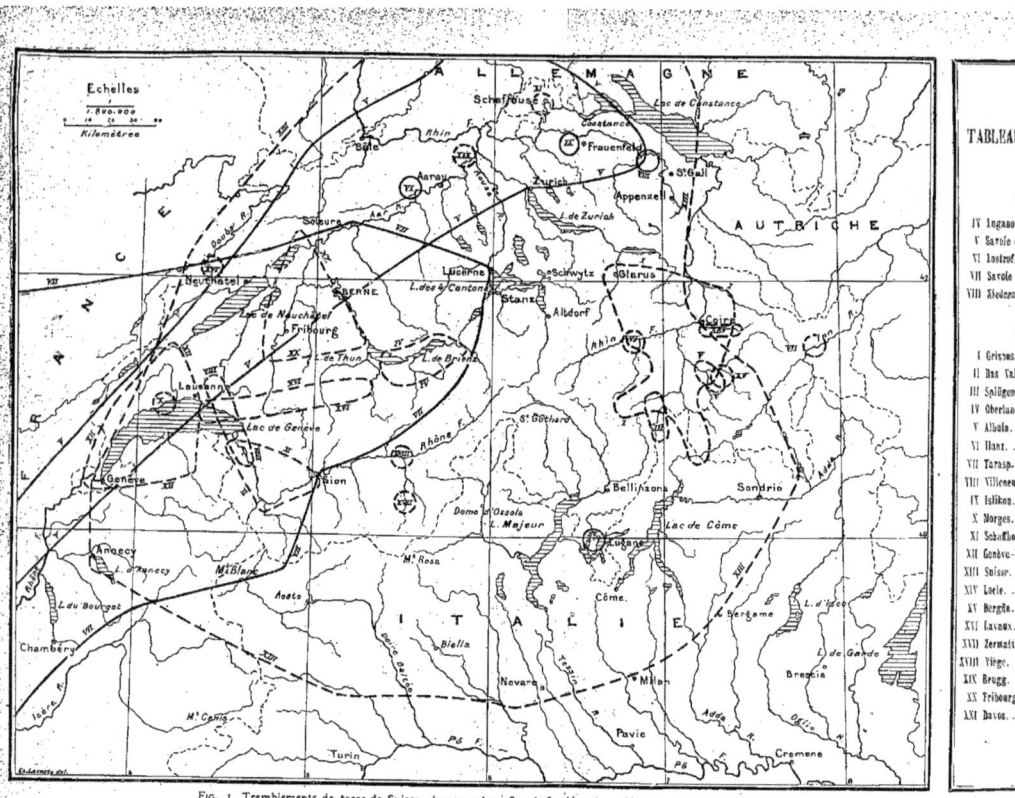

Fig. 1. Tremblements de terre de Suisse, de novembre 1879 à fin décembre 1880, d'après Forel.
(*Archives des sciences physiques et naturelles de Genève*, p. 404.)

séisme, le tremblement de terre du mois de mars 1872 en Californie, dans lequel un ébranlement subit se produisit sensiblement à la même heure, au pied du versant occidental de la Sierra Nevada, du 30e au 50e degré de latitude. Au lieu de suivre la direction d'une crête, l'ébranlement se produit parfois subitement tout le long d'un ravin correspondant à une cassure transversale, ou bien encore il occupe une ligne côtière le long de laquelle il étend dans un même moment ses ravages.

Quand le centre d'ébranlement est localisé en un point particulier d'un accident géologique, il arrive fréquemment qu'il se déplace peu à peu souterrainement, et, alors, le lieu du maximum des désastres se transporte en même temps à la surface du sol. Le tremblement de terre des Calabres, en 1783, a été des plus remarquables à ce point de vue. A son début, il a jeté par terre une partie de la ville de Messine, laissant à peu près intacte toute la partie de la pointe sud de l'Italie située à l'est du détroit; mais, quelques semaines après, les secousses incessantes ayant acquis un redoublement de violence, le lieu de leur maximum s'est trouvé situé au nord-est, aux environs de la ville de Soriano. Quelques mois plus tard, c'est plus loin encore, dans la même direction, aux environs de Girifalco et de Polistena, que l'ébranlement a été le plus intense; enfin, plus tard encore le point du maximum des secousses ayant cessé de progresser a commencé de rétrograder vers le sud-est. Ainsi, de Messine à Polistena, pendant plus d'une année, le terrible fléau a promené successivement ses ravages, ne semblant épargner une localité que pour la frapper plus sûrement le lendemain.

En 1811, le tremblement de terre qui a désolé la vallée du Mississipi a suivi une marche analogue. Après avoir débuté aux environs de l'embouchure du fleuve, on l'a vu peu à peu en remonter le cours, ruinant l'une après l'autre les cités bâties sur ses rives et arriver au bout d'une année aux confins des grands lacs du Canada.

Les tremblements de terre qui manifestent immédiatement leur action sur l'aire la plus étendue ne sont pas nécessairement les plus violents. Celui des Calabres, malgré sa marche lente et progressive, a été l'un des plus désastreux que l'on connaisse.

On voit, d'après ce qui vient d'être dit, que l'épicentre est à la surface du sol l'image de ce qu'est le centre d'activité séismique dans les profondeurs; localisé, quand celui-ci est restreint; allongé, quand le lieu où siège la cause de l'ébranlement est une cassure aplatie de l'écorce terrestre; fixe, quand le foyer souterrain se maintient au même point; mobile avec lui quand il se déplace, et tout cela en rapport avec la constitution géologique de la région qui est le théâtre du séisme.

Cette corrélation explique le maintien remarquable observé souvent dans la disposition des épicentres qui se succèdent dans une même localité, rapidement ou à de longs intervalles, car la cause profonde des séismes, quelle que soit sa nature, a la plus grande tendance à se maintenir souterrainement dans les mêmes conditions de gisement. Les mêmes fentes l'abritent ; il n'est donc pas étonnant que, quand elle recommence à agir, elle ébranle les mêmes districts à la surface du sol, y produise des effets affectant les mêmes allures et engendre des épicentres orientés d'une manière analogue.

Les exemples de cette constance, dans la distribution des phénomènes séismiques d'une région, abondent dans tous les pays sujets aux tremblements de terre. Dans la Suisse occidentale, par exemple, on peut tracer, suivant la direction des crêtes du Jura, depuis l'extrémité ouest du lac de Constance jusqu'à la sortie du lac de Genève, une ligne qui, de temps immémorial, sert d'axe à des épicentres étroits et allongés, caractérisant les ébranlements auxquels est sujette cette longue bande de terrain. Un coup d'œil jeté sur la constitution géologique et orographique de la contrée rend compte immédiatement de cette particularité, car c'est suivant cette ligne qu'ont été redressées les assises du Jura et que profondément s'étendent les fractures longitudinales qui correspondent aux plis de la chaîne.

Au nord-est des Alpes, aux environs de la capitale de l'Autriche, on connaît également divers systèmes de failles, qui s'entre-croisent et déterminent la direction des épicentres des principaux tremblements de terre du pays. L'une de ces cassures souterraines suit le trajet d'une petite rivière, le Kamp, qui prend sa source sur le plateau granitique de la Bohême, descend du nord au sud et vient se jeter dans le Danube un peu en amont de Vienne. C'est une fracture transversale par rapport à la direction générale des Alpes; elle correspond à une dislocation importante du massif montagneux auquel elle aboutit, aussi est-elle célèbre par la fixité qu'elle semble donner à l'orientation des épicentres dans cette portion de la basse Autriche. Les tremblements de terre qui ont la faille en question pour point de départ sont très variables d'intensité; tantôt ils n'ébranlent qu'une zone de terrain très bornée, alors ils s'accompagnent d'un petit épicentre presque circulaire appuyé au pied de la montagne et limité par les rives du Danube. Plus souvent, leur épicentre s'allonge et représente une ellipse qui s'étend dans la vallée du Kamp. Quelquefois, lorsque le phénomène s'étend, l'épicentre s'élargit à l'est et à l'ouest, mais s'étale plus encore vers le nord; l'ellipse qui le circonscrit s'allonge démesurément de ce côté jusqu'à atteindre les frontières septentrionales de la Saxe.

La règle que nous venons de formuler relativement à la constance d'orientation des épicentres en un même district semble cependant soumise à des exceptions nombreuses. En effet, lorsqu'on considère une contrée sujette à de fréquents tremblements de terre, chacun de ces cataclysmes paraît au premier abord indépendant des autres. Les uns sont localisés; d'autres possèdent des épicentres allongés qui s'entre-croisent entre eux; quelques-uns ont une distribution à contours bizarres. Parmi les plus étendus, il en est dans le domaine desquels on a pu antérieurement observer, sur des espaces plus restreints, toutes les variétés d'orientation des épicentres. En un mot, c'est en apparence le désordre le plus complet, la négation de toute loi. Mais l'explication de ces phénomènes compliqués est très simple. Les régions où on les observe ont été le théâtre de bouleversements violents; l'écorce terrestre y est criblée généralement de fentes produites à diverses époques et distribuées en faisceaux qui se coupent mutuellement. On a donc affaire dans ces cas à une sorte de mosaïque gigantesque, dont les géologues expérimentés savent seuls deviner les principaux traits. Or, c'est dans ces cassures si variées à tous égards que siège à des profondeurs variables la cause de chacun des tremblements de terre dont les effets viennent porter le trouble et la désolation à la surface. Dès lors, on comprend la complexité des effets qui doivent résulter d'une telle disposition.

La Suisse, implantée au milieu des Alpes, dans le pays le plus tourmenté peut-être qu'il y ait au monde, fournit des exemples bien remarquables de ces phénomènes compliqués. On peut s'en convaincre aisément en regardant une carte séismique publiée par un savant de ce pays, M. Forel[1]. Cette carte (fig. 1) porte l'indication des limites des aires d'ébranlement pour chacun des tremblements de terre sensibles à l'observation directe, au nombre de vingt et un, qui ont agité la Suisse du 15 novembre 1879 au 31 décembre 1880. Douze d'entre eux ne se sont fait sentir que sur un diamètre de 5 à 10 kilomètres, leur épicentre est presque circulaire. La plupart ont pour centre une localité intéressante par quelque

---

[1] Forel, *Archives des sciences physiques et naturelles de Genève*, année 1881.

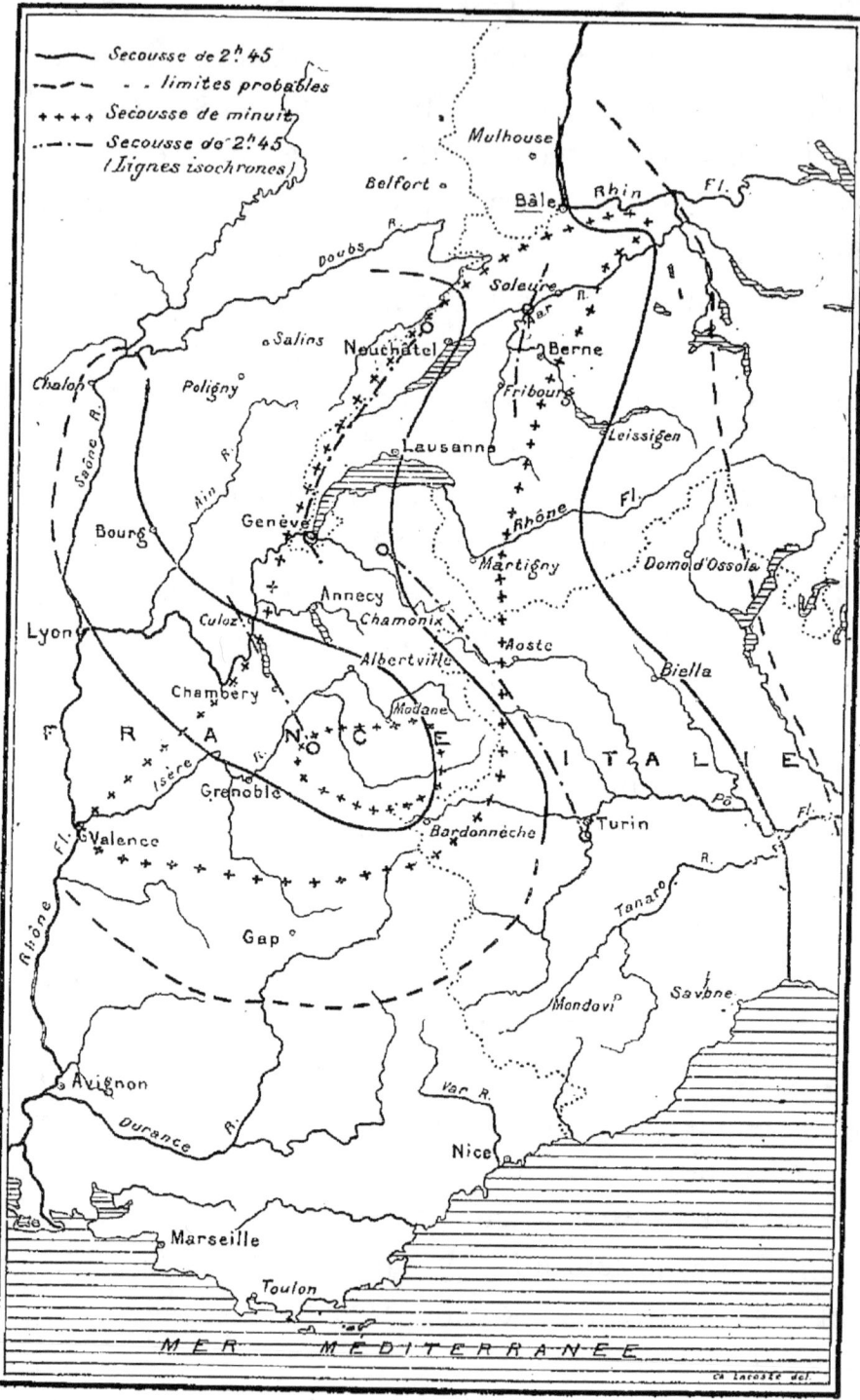

Fig. 2. — Tremblement de terre du 22 juillet 1881, d'après M. Ch. Soret.

trait géologique spécial; on les trouve particulièrement situés sur le trajet de quelques rivières au cours torrentiel, au fond d'une vallée profondément encaissée qui représente une ligne de dislocation. Parfois même, cette disposition est accentuée, lorsque l'épicentre a son point médian au lieu où s'abouchent deux ravins de ce genre.

Sept tremblements de terre ont un épicentre sensiblement elliptique, en rapport évident avec les accidents orographiques du pays. Enfin, parmi les deux derniers, l'un embrasse la moitié occidentale de la Suisse, une partie de la Savoie et de la Bresse, et l'autre a atteint la Suisse presque tout entière avec une partie du Piémont et de la Lombardie. L'épicentre du premier est allongé dans la direction des montagnes du Jura; celui du second s'étend de l'est à l'ouest, en suivant le trajet de la chaîne principale des Alpes.

Dans le cours d'un tremblement de terre on a aussi observé que deux commotions qui se suivaient à bref intervalle ne présentaient pas toujours le même épicentre. Un exemple remarquable de cette variation a été constaté par le professeur Soret, lors du tremblement de terre qui a ébranlé la Savoie, une partie de la Suisse et l'est de la France, dans la nuit du 21 au 22 juillet 1881 (fig. 2). Ce tremblement a été caractérisé par deux secousses principales, la première survenue à minuit, la seconde à $2^h 45^m$ du matin. L'épicentre de la première secousse était allongé dans la direction N.N.E., et celui de la seconde dans la direction N.N.O.

Il est à noter que les lignes qui représentent, comme nous le verrons ci-après, le mode de propagation de la secousse de $2^h 45^m$, offrent dans leur partie septentrionale un tracé qui diffère peu, comme forme générale, de l'épicentre de cette secousse, tandis que dans leurs parties méridionales elles se rapprochent davantage du tracé de l'épicentre de la secousse de minuit. Il semble, d'après cela, que deux influences géologiques différentes ont agi simultanément dans les deux cas, mais avec des énergies inégales et variables.

Cette combinaison de deux influences différentes sur la distribution d'un séisme a été mise en évidence par Heim, pour le tremblement de terre du canton des Grisons, du 7 janvier 1880 (fig. 1). L'aire du tremblement de terre en question se décompose en effet en trois bandes, dont deux sont parallèles entre elles et longitudinales par rapport à la chaîne des Alpes, et dont la troisième, transversale, se superpose aux deux centres dans leur partie médiane.

En dehors de la zone épicentrale, les secousses arrivent d'autant plus affaiblies que l'on s'écarte davantage de celle-ci. On peut, par conséquent, tracer autour de l'épicentre des courbes concentriques représentant les termes successifs de la série décroissante des intensités. Ces lignes ont reçu le nom de *courbes isoséistes*. Toutes les localités situées sur le parcours de l'une d'elles sont atteintes au même degré par le mouvement venu des profondeurs. Dans ces dernières années, les savants suisses et italiens, attachés à l'étude des questions de physique terrestre, se sont mis d'accord sur l'adoption d'une échelle comprenant les degrés de cette série.

On y voit figurer en premier lieu les secousses assez violentes pour amener la ruine complète de tous les édifices ; puis celles qui ne renversent que les habitations les moins solidement construites ; en troisième lieu, celles qui causent seulement des dégradations et jettent par terre les objets mobiliers ; viennent ensuite celles qui, bien que très sensibles à l'observation directe, ne produisent pas de dommages ; enfin le terme extrême est représenté par les secousses qui ne sont sensibles qu'aux instruments séismométriques [1].

[1] L'échelle que nous pouvons qualifier d'*officielle* est celle qui a été proposée d'accord par MM. Forel et de Rossi. Elle est un peu plus compliquée que celle qui est indiquée ci-dessus. La difficulté de son application fait que nous avons à dessein réuni quelques-uns des termes qui la composent. Cependant nous croyons la reproduire ici avec les numéros qui en caractérisent chaque degré.

No 1. *Secousse microséismométrique,* notée par un seul séismographe, ou par des séismographes de même modèle, mais ne mettant pas en mouvement plusieurs séismographes de systèmes différents ; secousse constatée par un observateur exercé.

No 2. *Secoussse extrêmement faible* enregistrée par des séismographes de systèmes différents, constatée par un petit nombre de personnes au repos.

No 3. *Secousse très faible,* constatée par plusieurs personnes au repos : assez forte pour que la durée ou la direction puissent être appréciées.

No 4. *Secousse faible* constatée par l'homme en activité ; ébranlement des objets mobiles, des portes, des fenêtres, craquements des planchers.

No 5. *Secousse d'intensité moyenne* constatée généralement par toute la population ; ébranlement des objets mobiliers, meubles et lits, tintement de quelques sonnettes.

No 6. *Secousse forte.* Réveil général des dormeurs : tintement général des sonnettes, oscillation des lustres, arrêt des pendules ; ébranlement apparent des arbres et arbustes. Quelques personnes effrayées sortent des habitations.

No 7. *Secousse assez forte.* Renversement d'objets mobiles ; chute des plâ-

La plus centrale des courbes qui répondent à chacune de ces intensités représente l'épicentre. Les autres enveloppent celle-ci à des distances inégales et en se modulant grossièrement sur son contour. Cependant le tracé offre quelquefois de l'une à l'autre des différences notables ; plus on s'éloigne de l'épicentre, et en général plus les courbes d'égale intensité se modifient irrégulièrement par suite d'influences géologiques locales. La rencontre d'un massif éruptif, la traversée d'une faille, en changent brusquement les limites ; elles s'échancrent ou se hérissent de dentelures, s'incurvent et s'étendent dans une direction de plus en plus différente de celle de l'épicentre.

Les exemples de ce genre abondent dans les régions sujettes aux tremblements de terre, telles que le Japon, l'Amérique du Sud et l'Italie. Les irrégularités des courbes isoséistes offrent parfois les plus grandes bizarreries. Suivant les dispositions des particularités géologiques ou orographiques de la contrée, elles présentent des saillies vers l'extérieur, ou, au contraire, des plis refoulés vers l'intérieur de leur tracé. Quelquefois même, entre les deux courbes, on observe en un certain district un écartement notable, et l'on constate qu'il y existe un îlot où

tras ; tintement des cloches dans les églises ; épouvante générale, sans dommage aux édifices.

No 8. *Secousse très forte.* Chute des cheminées, lézardes aux murs des édifices.

No 9. *Secouses extrêmement forte.* Destruction partielle ou totale de quelques édifices.

No 10. *Secousse d'intensité extrême.* Grands désastres, ruines, bouleversement des couches terrestres ; fentes à l'écorce de la terre, éboulement des montagnes.

les secousses se sont manifestées souvent à un très faible
degré.

Le tracé des courbes isoséistes du tremblement de
terre de Charleston, du 31 août 1886, par Dutton et
Hayden, est extrêmement remarquable à ce point de
vue. Dans la partie nord on voit subitement, au contact des monts Apalaches, les courbes isoséistes s'inflé-
chir vers le sud, envelopper la chaîne, la contourner à
son extrémité méridionale pour remonter vers le nord.
Il est à noter que les courbes, correspondant aux intensités 4, 5 et 6 de l'échelle Rossi-Forel, sont seules fortement affectées par le massif montagneux. Les courbes
d'intensité plus grande, dont le tracé est entièrement
compris dans les États situés plus au sud, portent à peine
l'indication de l'influence des Apalaches. Et il en est de
même pour les courbes de moindre intensité qui con-
tournent la chaîne au nord. Deux autres minima d'intensité se montrent, l'un dans l'Indiana et l'Illinois,
l'autre dans le sud de l'Alabama et du Mississipi. Ces
minima se présentent sous forme d'îlots compris dans
les dédoublements des combes isoséistes qui correspondent aux intensités 3 et 5. Ici l'atténuation d'intensité
de la commotion ressentie doit être attribuée à des aug-
mentations locales d'épaisseur du dépôt alluvial de la
vallée du Mississipi (fig. 3).

Il arrive pourtant dans un assez grand nombre de cas
que la ligne qui limite l'épicentre offre avec les courbes
consécutives une relation assez simple. Quelquefois, en
effet, on observe que ces courbes sont toutes des ellipses

allongées dans la même direction, mais tandis qu'elles
se touchent presque par l'une des extrémités de leur

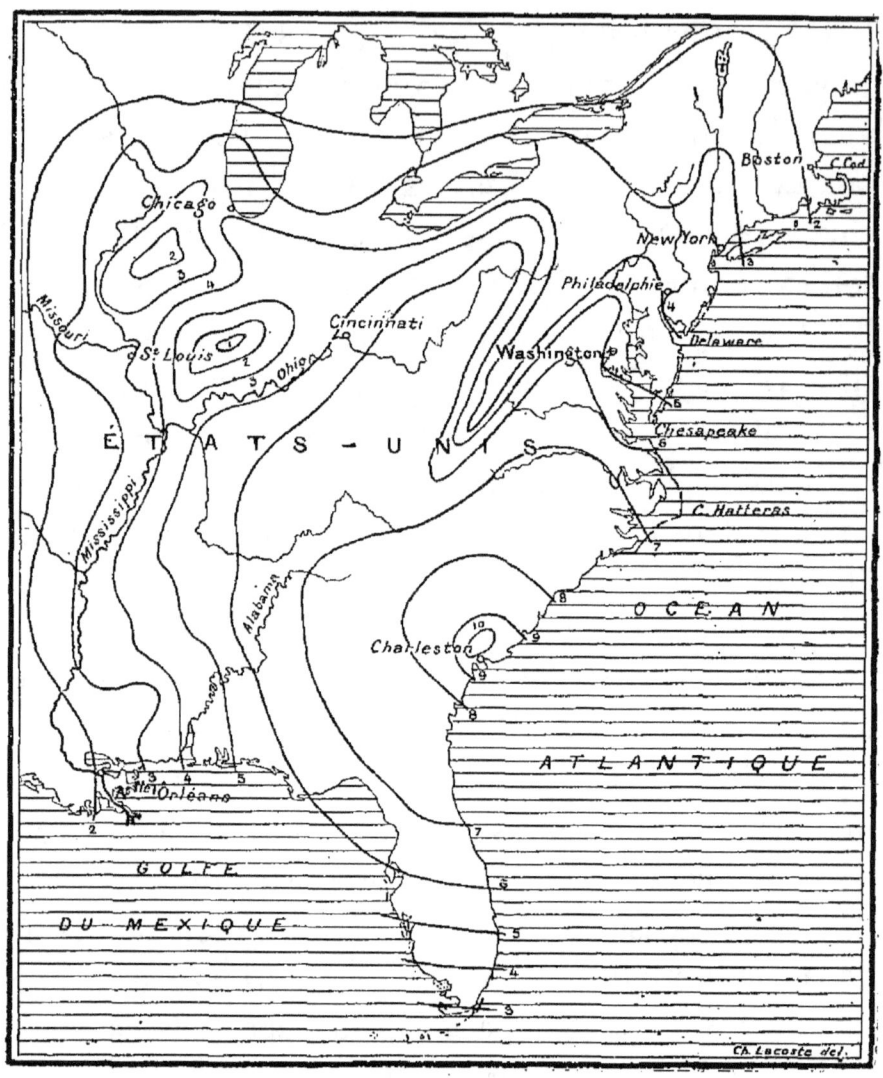

Fig. 3. — Tremblement de terre de Charleston, 20 mai 1887.
(Extrait du *Journal des sciences*, t. IX, n° 224, p. 489)

grand axe, elles s'écartent au contraire de plus en plus
par leur autre extrémité. En somme, l'allongement des

ellipses ne se fait que d'un seul côté et, par suite, l'épi-centre se trouve comme relégué à l'une des portions terminales de l'aire séismique totale.

Cette disposition est aussi une conséquence de la composition et de l'agencement des roches de la région. Si le sol était homogène ou au moins symétrique par rapport à un plan de cassure vertical, les courbes isoséistes seraient régulièrement concentriques ; mais souvent, par suite des irrégularités géologiques du terrain, le mouvement se propage aisément dans une direction, tandis qu'il s'affaiblit et s'éteint rapidement dans la direction opposée. C'est ainsi, par exemple, que dans la basse Autriche la masse montagneuse des Alpes semble le plus ordinairement opposer un obstacle considérable à la propagation vers le sud des mouvements séismiques qui ont pris naissance au pied septentrional de la chaîne. L'épicentre d'un tremblement de terre y dessine une ellipse généralement de petite dimension légèrement allongée à la base de la montagne perpendiculairement à sa direction. Puis les courbes isoséistes, conservant à peu près la même terminaison méridionale que l'épicentre, s'emboîtent concentriquement en s'étirant de plus en plus vers le nord.

Au point de vue de la distribution des courbes isoséistes, ce ne sont pas toujours les plus grands tremblements de terre qui sont les plus instructifs. Ce sont plutôt ceux d'étendue moyenne ; ils peuvent être étudiés plus complètement et en même temps sont susceptibles de donner des résultats plus nettement définis.

Un exemple de ce que peut fournir un de ces phénomènes de médiocre intensité, nous est présenté par le
tremblement de terre de Herzogernrath, près d'Aix-la-
Chapelle, survenu le 24 juin 1877. Il succédait dans la
même localité, après quatre ans d'intervalle, à un autre
séisme dont l'épicentre très raccourci avait affecté la
forme d'une ellipse allongée du S.E. au N.O. et dont
les courbes isoséistes très rapprochées les unes des autres
serraient de près celles de l'épicentre sans irrégularité
notable. Provenant d'un centre d'ébranlement souterrain
établi sur une fracture géologique perpendiculaire à celle
qui avait été le siège de la cause du phénomène séismique
antérieur, il a produit un épicentre allongé perpendiculairement au premier et se croisant avec lui au point le
plus endommagé par les secousses. Mais ce qui le distingue du précédent, c'est que les courbes isoséistes qui
l'ont caractérisé ont affecté cette forme de plus en plus
progressivement allongée dont nous avons noté la disposition si remarquable. L'épicentre s'est montré placé
près de l'une des extrémités du grand axe commun
à toutes les courbes isoséistes.

Si la courbe qui limite l'épicentre est généralement
plus régulière que les autres lignes isoséistes tracées autour d'elle, cela tient à ce que comprenant une aire
plus étroite, elle siège ordinairement sur un terrain de
composition plus uniforme.

Lorsque l'épicentre d'un tremblement de terre est
compris entre deux accidents géologiques importants,
entre deux massifs éruptifs, par exemple, il peut, s'il en

est suffisamment éloigné de part et d'autre, n'en ressentir dans son contour que très faiblement l'influence, et par suite se montrer avec une forme elliptique régulière. Mais les courbes isoséistes qui l'enveloppent, se rapprochant davantage des accidents en question, quelques-unes viennent butter contre eux, se dévient et présentent ainsi des irrégularités plus ou moins accentuées.

Tel a été le cas pour la série des courbes isoséistes qui ont caractérisé le tremblement de terre du 25 décembre 1884, en Andalousie (fig. 4). La première, circonscrivant l'épicentre, figurait une ellipse de 40 kilomètres de long sur 10 kilomètres de large, traversée dans le sens de sa longueur par les crêtes calcaires ou schisteuses de la chaîne bétique. A 60 kilomètres environ de part et d'autre, s'élevait d'un côté à l'ouest le massif montagneux de la Sierra de Ronda et de l'autre, à l'est, celui de la Sierra Nevada. La distance de ces deux énormes amas était suffisante pour que la courbe épicentrale n'ait offert aucune irrégularité dans son tracé. Mais déjà la seconde courbe présente une partie en retrait en face de la Sierra Nevada et en même temps elle s'allonge au sud-ouest, comme pour éviter de ce côté le contact immédiat de la Sierra de Ronda. Enfin, la plus extérieure, profondément échancrée à l'est, est affectée au nord-est et au sud-est de deux bosselures qui enclavent l'extrémité occidentale de la Sierra Nevada, tandis qu'à l'ouest de la Sierra de Ronda, elle suit la base du plateau montagneux et s'étend au loin dans la direction sud-ouest.

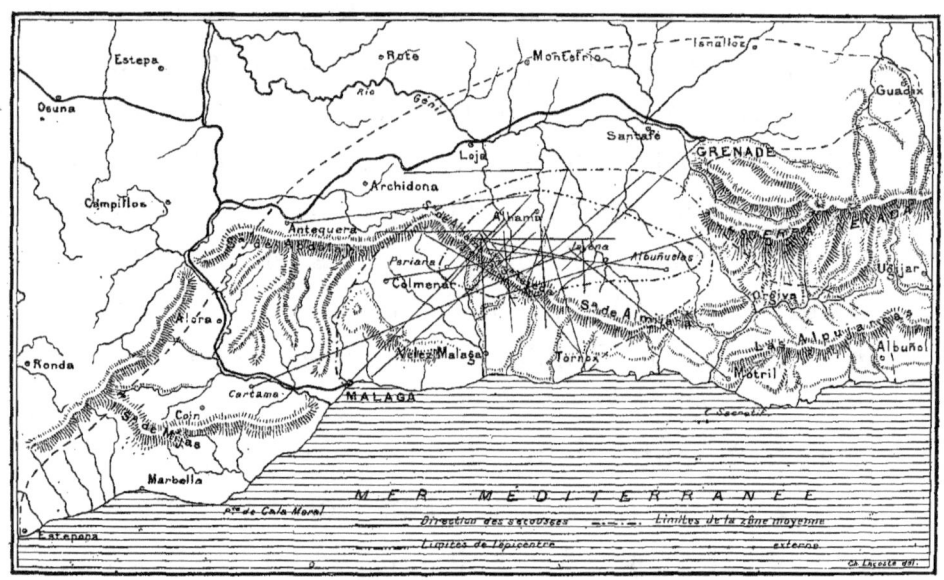

Fig 4. — Andalousie. Tremblements de terre du 25 décembre 1884, d'après les travaux de la commission française.

Quand un tremblement de terre manifeste son maximum d'action à la surface du sol dans une région côtière, on constate généralement que l'épicentre est allongé parallèlement au rivage.

C'est ce que l'on a observé, par exemple, pour le tremblement de terre récent de la frontière maritime de la France et de l'Italie. Là, on a pu remarquer que l'épicentre et avec lui l'aire d'ébranlement tout entière était échancrée par le golfe de Gênes. L'épicentre, étendu de Menton à Oneglia, offre une longueur de 55 kilomètres et une largeur perpendiculairement à la côte, qui ne dépasse pas 30 kilomètres. La seconde courbe isoséiste s'étend de Nice à Gênes sur une longueur de 190 kilomètres avec une largeur d'environ 50 kilomètres. Quant aux courbes suivantes, elles offrent une disposition analogue, ainsi que celle qui délimite l'aire totale du séisme, de telle sorte qu'en définitive, l'aire du tremblement de terre se trouve coupée en deux parties par la côte.

Sur la terre ferme, la production des secousses et leur décroissance avec la distance au centre superficiel des phénomènes sont faciles à constater. Du côté de la mer, l'observation est moins facile ; cependant les secousses se traduisent ordinairement pour les bâtiments qui naviguent dans la région ébranlée, par la production d'un choc comparable à la commotion résultant de la poussée de la carène du navire contre un écueil. Elles se manifestent encore par des mouvements tumultueux de la mer, par des marées étranges et quelquefois d'une extrême violence. On a vu ainsi la mer reculer à plusieurs kilomètres du rivage pour revenir ensuite avec furie. Il en résulte sur les côtes d'épouvantables désastres. On possède des exemples nombreux de catastrophes terribles dues à des phénomènes de ce genre. Déjà, dans l'antiquité, Thucydide avait attribué à un tremblement de terre la production subite et inattendue d'une formidable marée qui, en 425 avant Jésus-Christ, avait ravagé l'île d'Eubée. Hoff rapporte qu'en l'année 1510, une immense vague franchit tout à coup les rives du Bosphore et pénétra dans Constantinople. Elle détruisit cent neuf mosquées et mille soixante-dix maisons. L'un des plus grands désastres causés par le tremblement de terre de Lisbonne a été produit par la formation dans les eaux du Tage d'une vague haute de 26 mètres qui, franchissant les bords du fleuve fit périr un grand nombre de personnes réfugiées sur les quais de la ville. Mais les côtes occidentales de l'Amérique du Sud sont surtout célèbres par les phénomènes de ce genre. Ils y sont si fréquents que chaque fois qu'on voit la mer se retirer au loin dans des conditions anormales, les habitants du littoral sont immédiatement saisis de frayeur et cherchent à fuir loin du rivage par tous les moyens possibles, persuadés qu'à bref délai la mer reviendra sous la forme d'un énorme flot. La destruction complète du port de Callao, le 28 octobre 1746, a été l'œuvre d'un cataclysme de ce genre. Parmi les faits de cette sorte, contemporains de notre époque, qu'il nous suffise de citer la catastrophe d'Arica et de

Tacna, le 13 août 1868, dans laquelle trois secousses ont été suivies d'autant d'irruptions de la mer sur la terre ferme, et celle d'Iquique, au Pérou, le 9 mai 1877, dans laquelle à huit reprises successives cette malheureuse localité a été inondée par un retour violent des eaux de la mer.

Il est peu de tremblements de terre côtiers, même parmi les plus faibles, dans lesquels la mer ne présente des mouvements anormaux causés par la commotion souterraine, mais il est quelquefois besoin d'instruments spéciaux pour les constater. Lors du tremblement de terre du 23 février 1887, le mouvement anormal de la mer causé par la commotion du sol, aurait passé inaperçu si dans les villes principales de la région, à Marseille et à Nice, le mouvement de l'eau n'avait été accusé d'une façon extrêmement nette par des marégraphes enregistreurs. Ces instruments ont indiqué un changement brusque et inattendu dans le niveau de la mer. Sur les courbes qu'ils ont tracées, on voit à l'heure de la secousse principale une encoche suivie à court intervalle d'une saillie; il y a donc eu là production d'un reflux et d'un flux imprévus. Enfin, dans ce même séisme, la propagation de l'ébranlement du côté de la Méditerranée a encore été démontrée par la rupture subite, en deux points distincts, du câble télégraphique sous-marin installé entre Antibes et la Corse.

Ajoutons que la trace du plan de fracture qui correspond au grand axe de l'épicentre, tout en étant parallèle à la côte, peut bien ne pas coïncider régulièrement avec elle. On sait, en effet, que les failles et autres accidents géologiques du même genre sont rarement isolés et que généralement ils sont disposés en groupes parallèles. Dès lors on comprend qu'un tremblement de terre ne siège pas nécessairement sur une faille coïncidant avec le rivage. Presque toujours, dans les tremblements de terre côtiers, il est difficile de déterminer rigoureusement la distance du grand axe de l'épicentre à la côte. Cette distance semble généralement peu considérable ; cependant quelquefois elle a paru notable. C'est ainsi que Geinitz évalue à environ 50 milles marins la distance de la partie médiane de l'épicentre à la côte lors du tremblement de terre d'Iquique, dont il a été question ci-dessus.

A propos des marées séismiques du Pérou, de longues discussions théoriques se sont élevées pour savoir quelle était la cause immédiate du déplacement anormal des eaux de la mer. Darwin l'attribuait naguère à une sorte de succion atmosphérique ; nous ne citons cette opinion que par déférence pour le nom de l'auteur. On a considéré aussi ces mouvements comme l'effet d'un affaissement du fond de la mer dans le voisinage de la côte ; Berg a pensé qu'il résultait d'un mouvement de balancement de celle-ci, et Geinitz y a vu le résultat des commotions vibratoires éprouvées par le sol sous-marin. Cette explication est évidemment la plus rationnelle, car l'observation ne montre dans aucun séisme, à notre époque, une dénivellation terrestre ou sous-marine dont l'amplitude soit comparable à l'épaisseur de la vague marine séismique [1].

L'aire d'ébranlement superficielle d'un tremblement de terre est toujours beaucoup plus étendue qu'on ne se l'imagine quand on tient compte d'une manière exclusive de l'impression produite directement sur nos sens. Au milieu de l'agitation incessante de la journée, si les secousses sont très faibles, elles passent sans qu'on en ressente l'action; et la nuit, dans le silence le plus absolu, elles ne sont perçues que par un petit nombre de personnes. La détermination de l'épicentre par l'examen direct des effets ressentis à la surface du sol ne constitue donc qu'une méthode grossière qui ne peut conduire qu'à des données approximatives. Les effets physiques produits dépendent non seulement de la violence du choc éprouvé, mais encore d'une foule de causes accessoires. Ce qui appelle plus particulièrement l'attention à ce point de vue, c'est surtout le degré de détérioration qu'ont subi les constructions et la mortalité qui en a été la conséquence. Or, la nature et la configuration du terrain qui porte les édifices, la qualité, l'agencement et le volume des matériaux employés à les bâtir, ont une influence considérable sur la solidité des maçonneries, de telle sorte que c'est seulement après avoir tenu compte de tous ces faits, après avoir étudié de près les conditions de chaque cas particulier, que l'on peut se prononcer définitivement en connaissance de

[1] Nous verrons plus loin que c'est aussi la conclusion à laquelle conduisent les observations faites par Gray et Milne au Japon.

cause. Il serait donc avantageux de substituer aux impressions personnelles directes des données fournies par des appareils spéciaux, établis à l'avance, de manière à être, autant que possible, indépendants de toutes les causes d'erreurs précitées.

Plusieurs sortes d'instruments ont été proposées dans ce but ; on leur donne le nom générique de *séismomètres*, quand ils exigent pour leur constatation la présence d'un observateur, et celui de *séismographes* quand ils enregistrent eux-mêmes leurs indications.

En général, ces appareils ne sont pas établis au point de vue exclusif de la détermination de l'intensité des secousses ; ils servent aussi à indiquer leur direction et à signaler toutes les phases du phénomène sous le rapport du temps ; en un mot, ils sont construits dans le but de fournir avec une égale perfection tout ce qui est relatif au caractère des vibrations du sol. On peut les diviser en deux catégories : dans les uns, le mouvement est accusé par les déplacements d'un liquide (de préférence le mercure) ; dans les autres, ce sont des corps solides qui sont employés pour révéler les caractères de la commotion. Ces derniers sont ordinairement disposés sous la forme pendulaire ; ce sont les plus communément employés, au moins en Europe. On en construit aussi qui ont la forme d'un battant de porte ou d'une girouette, mobile autour d'un axe vertical servant de charnière. Ces derniers ont l'avantage de s'ébranler sous l'influence du choc et de ne pas se mouvoir ensuite sensiblement quand il a cessé, comme le font

les pendules sous l'action de la pesanteur. Toutefois, jusqu'à présent, on ne paraît pas être arrivé à ménager suf-
samment les frottements, ce qui fait qu'ils manquent de
sensibilité. Malgré cela, actuellement ce sont eux qui
donnent le mieux l'image des phénomènes séismiques.

Ces pendules à charnière ont été très utilisés à l'observatoire séismique de Tokio au Japon.

Pour déterminer la composante horizontale du mouvement, le plus souvent on se sert d'un seul pendule,
à fil flexible, susceptible d'osciller dans un azimuth
quelconque ; ou bien encore on emploie deux pendules,
à fil rigide, oscillant dans deux plans perpendiculaires
entre eux. Dans le premier cas, au-dessous du centre
d'oscillation, est fixée une petite tige flexible que le pendule entraîne dans son mouvement, et dont la pointe
touche à un papier disposé à poste fixe au-dessous.

L'enregistrement se fait diversement ; tantôt la pointe
est simplement un crayon, ou bien encore une plume,
mise en communication avec un petit réservoir plein
d'encre, au moyen d'un siphon ; alors l'inscription se
fait sur du papier blanc ordinaire. D'autres fois, le
papier est enduit de noir de fumée ou imbibé de quelque réactif chimique, de telle sorte que le contact de la
pointe du pendule suffit pour y marquer une empreinte
(fig. 5 à 7).

Actuellement, il n'est guère de tremblement de terre
dans lequel on ne recueille des tracés de ce genre. Comme
exemples, nous citerons ceux qui ont été publiés à
propos du tremblement de terre de 1886 en Ligurie,

ceux qui ont été obtenus lors du tremblement de terre
de Manille, dans les îles Philippines, en 1880, ceux qui

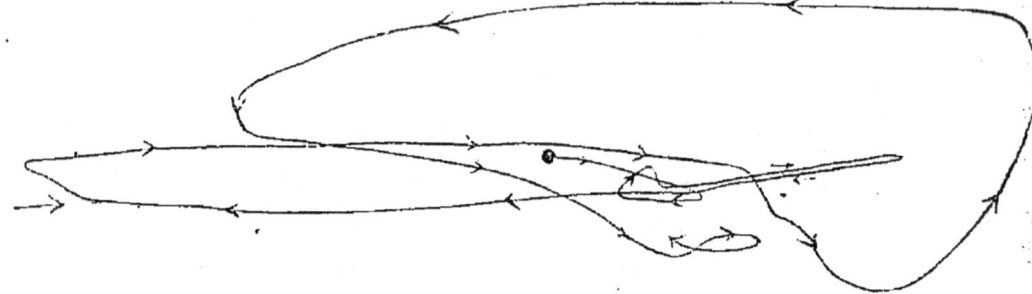

Fig. 5. — Courbe d'un séismographe à pendule libre.

ont été recueillis au Japon par les savants qui s'y

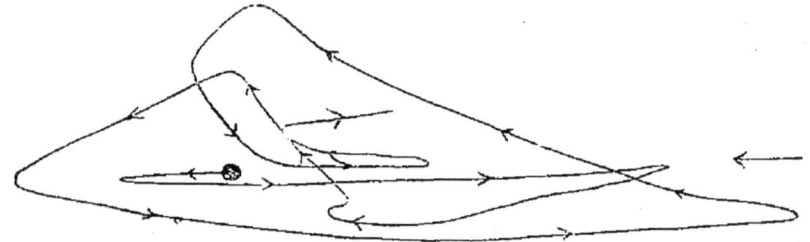

Fig. 6. — Courbe du même séismographe.

occupent de séismologie; enfin ceux qui y ont été publiés par l'un d'eux, Milne, à la suite de ses expé-

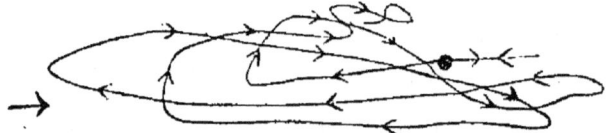

Fig. 7. — Courbe du même séismographe.

riences sur les ébranlements du sol artificiellement
produits[1].

[1] Les trois courbes ci-dessus sont empruntées au mémoire de Milne sur
les expériences séismiques qu'il a faites au Japon.

Quand on se sert de deux pendules à tige rigide, mobiles chacun dans une place unique, le stylet enregistreur est encore disposé de la même façon, mais alors, en général, le papier qui reçoit l'inscription, au lieu d'être fixe comme dans le cas précédent, se meut d'un mouvement continu et régulier, sous l'action d'un mouvement d'horlogerie. Il se déroule dans un plan perpendiculaire au plan d'oscillation du pendule. Il résulte de cette disposition que lorsque le pendule est immobile, le trait marqué par le papier est rectiligne ; quand il oscille, le trait représente une ligne dentelée dont les saillies sont d'autant plus longues que l'amplitude du mouvement communiqué a été plus grande.

Le séismographe à charnière sert aussi très bien pour déterminer l'action de la composante horizontale du mouvement dans un tremblement de terre. A cet effet, on établit deux de ces appareils à angle droit, et sous chacun d'eux on s'arrange de manière à ce qu'au moment de la secousse circule un chariot portant un papier enduit de noir de fumée. Un stylet très fin, dont le mouvement peut être amplifié, est fixé à l'extrémité libre du battant mobile et inscrit sur le papier les mouvements communiqués au séismographe.

Milne et Gray se sont servis de cet instrument dans ces conditions, soit dans leurs expériences sur les mouvements du sol produits artificiellement, soit dans l'étude des nombreux tremblements de terre du Japon.

Pour apprécier la composante verticale, on se sert d'un ressort en spirale attaché à un point fixe par l'une de ses

extrémités et portant à l'autre extrémité un stylet transversal enregistreur.

L'inscription se fait sur une feuille de papier qui se

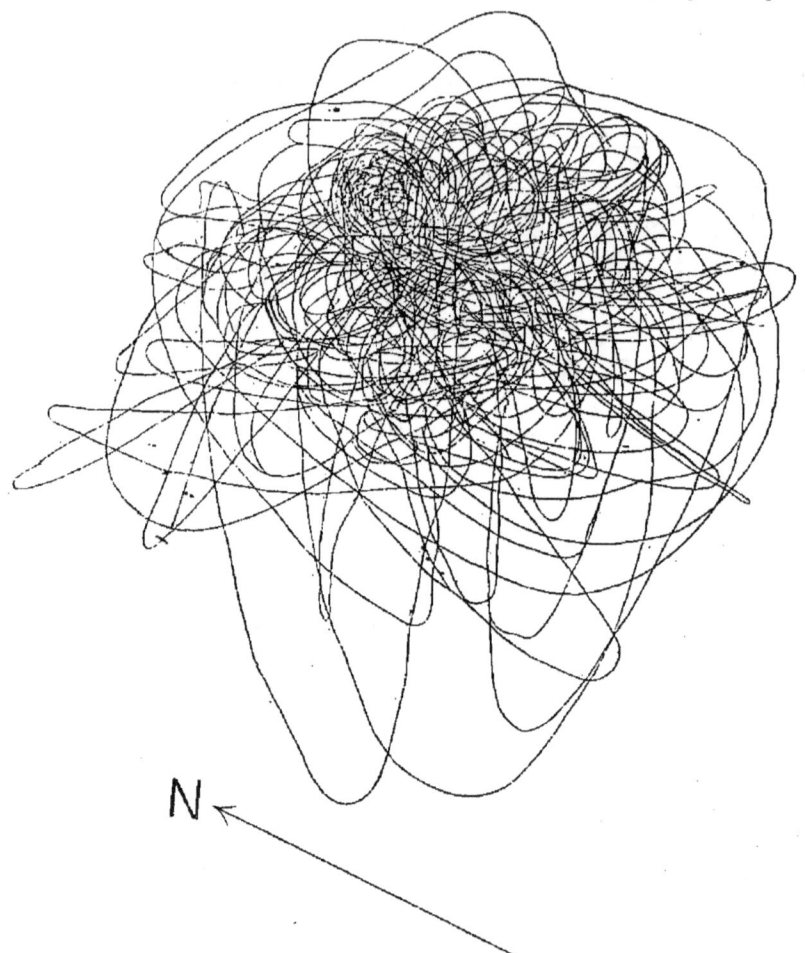

FIG. 8. — Courbe du séismographe à pendule libre
tracée par le tremblement de terre de Manille.

déroule dans un plan vertical, entraînée horizontalement par un mouvement d'horlogerie.

En général, quand une secousse de tremblement de
terre se fait sentir, les séismographes se mettent en
branle ; l'amplitude de leur oscillation dépend de la.

grandeur de la composante correspondante de la force qui produit l'ébranlement. On admet, ce qui est vrai dans une certaine mesure, qu'elle croît proportionnellement à l'intensité de cette composante et qu'elle peut par suite servir à l'évaluer. S'il en est ainsi, l'emploi de tels séismographes, s'il était généralisé, permettrait d'établir, d'après l'ébranlement constaté en chaque lieu, non seulement la position de l'épicentre, mais aussi le tracé des courbes isoséistes qui l'enveloppent.

Nous ne pouvons cependant laisser passer inaperçu une objection grave qui se présente à l'esprit et qui a frappé vivement plusieurs des savants qui s'occupent de l'étude des séismes en ce qui regarde les séismographes pendulaires. L'amplitude des oscillations de ces appareils est loin d'être liée par une relation simple avec le tracé que fournissent les papiers enregistreurs. Théoriquement, quand une secousse de tremblement de terre a lieu, on suppose le choc assez brusque pour que le centre d'oscillation du pendule demeure à peu près immobile et que le style enregistreur reste fixe. Alors, ce qui se déplace, c'est le point de suspension du pendule et le papier sur lequel se fait l'inscription. Si les choses se passaient effectivement de la sorte, le style du séismographe inscrirait véritablement l'amplitude des oscillations du sol, mais il n'en est pas ainsi, le centre d'oscillation est toujours plus ou moins entraîné avec le point de suspension ; il participe à son mouvement dans des conditions que les théories mathématiques ne sont pas encore parvenues à complètement élucider. L'expérience est en outre venue démontrer que des pendules d'inégale longueur ou de masse différente donnaient, lors d'une même secousse, en un même lieu, des tracés d'enregistrements inégaux. Parmi ces tracés, quel est celui qui représente véritablement l'oscillation terrestre ? Telle est la question que l'on a dû se poser dans la pratique. M. Cavalleri, admet, d'après ses observations, que dans un tremblement de terre, le meilleur pendule au point de vue de l'indication des intensités est celui dont les oscillations sont synchrones avec la durée de l'ondulation du sol ; les pendules à fil long donnent le tracé le plus étendu quand les mouvements du sol sont lents ; l'inverse a lieu quand les vibrations sont rapides. Par conséquent, pour obtenir un tracé, qui soit l'image aussi fidèle que possible de l'intensité de la secousse, il faudrait avoir une série de pendules d'inégale longueur, et considérer exclusivement parmi les tracés obtenus, celui qui offre les dentelures les plus allongées.

M. Cavalleri, se fondant sur cette conclusion, a établi à Moncalieri, près de Turin, pour l'observation des données séismiques une collection de six pendules enregistreurs de longueurs différentes dont le plus long a $1^m,20$ et le plus court $0^m,20$. La réunion d'une telle série de pendules, à laquelle il a donné le nom de *séismoscope*, a pour but d'assurer en cas de tremblement de terre faible, au moins le fonctionnement de celui qui est le plus en harmonie avec le mouvement terrestre. Lors du récent tremblement de terre du midi de la France et du nord de l'Italie, les six pendules d'un tel séismoscope établis à Moncalieri, ont donné sur des feuilles de papier enfumé disposées horizontalement, des traces reproduites

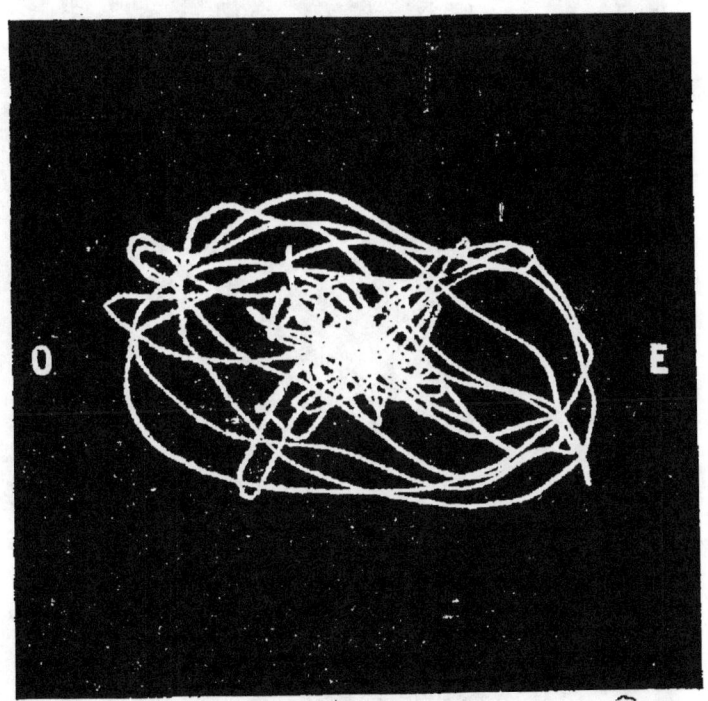

FIG. 9. — Tremblement de terre du 23 février 1887. Moncalieri.
Pendule de 1ᵐ,20.

dans les figures 9 à 13. Le pendule de 0ᵐ,80 est celui qui a donné la courbe de plus grand diamètre. Les diamètres maxima des tracés fournis respectivement par chacun de ces pendules sont les suivants :

Pendule de 1,20	Diamètre du tracé	0,052
— 1		0,052
— 0,80		0,052
— 0,60		0,044
— 0,40		0,034
— 0,20		0,022

Le tracé de ces courbes compliquées montre qu'à certains moments, le mouvement du pendule a brusquement

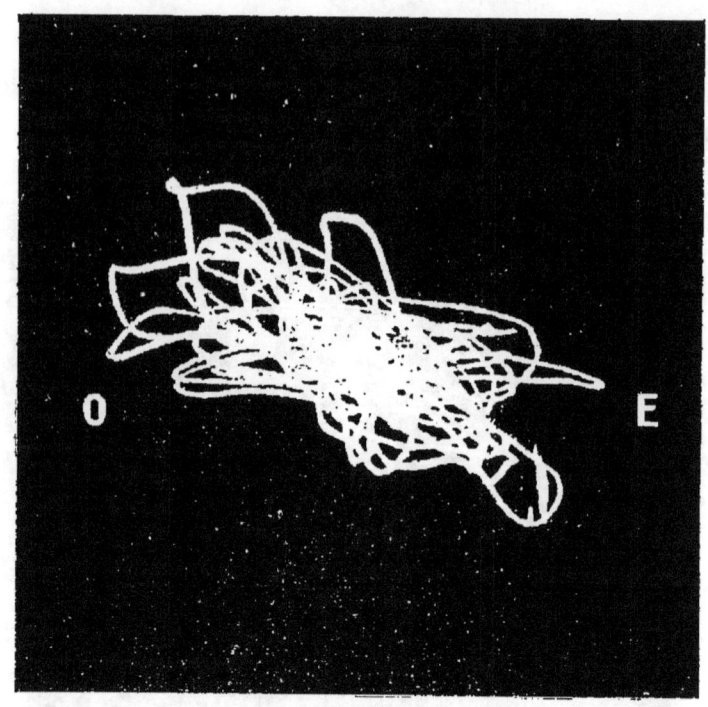

Fig. 10. — Tremblement de terre, 23 février 1887. Moncalieri Pendule de 1 mètre.

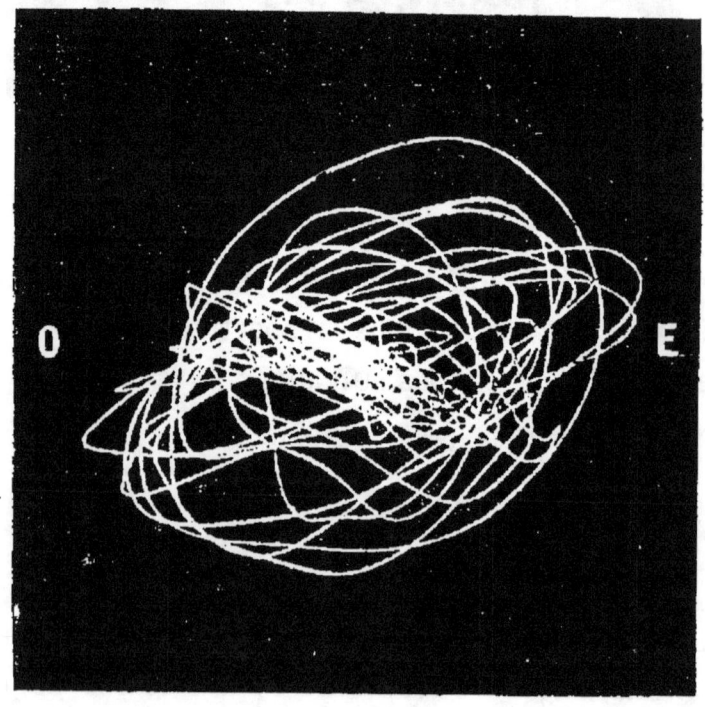

Fig. 11. — Tremblement de terre, 23 février 1887. Moncalieri. Pendule de 0ᵐ,8o.

changé de direction. Il prouve que les oscillations se sont faites principalement dans deux directions, l'une est-ouest, l'autre nord-sud. Les grands pendules ont surtout accusé le mouvement est-ouest et les petits le mouvement nord-sud. Le tracé du pendule de 0^m,60 porte des indications sensiblement égales des deux mouvements.

A Monza, le séismoscope de M. Cavalleri est composé de dix pendules. Le premier, long de 1^m,15 et les neuf autres longs de 0^m,22 à 0^m,03. Tous ont indiqué un mouvement nord 10° est ; le premier seul a indiqué en plus un léger mouvement est 10° sud. La longueur maxima fournie par ces pendules a été de 2 centimètres.

A Vérone, un séismoscope composé de trois pendules a donné les résultats suivants :

Pendule de	10^m	diamètre maximum du tracé	15^{mm}
—	3	— — —	5
—	1,50	— — —	3

Dans le séismoscope de Vérone comme à Monza, c'est le pendule le plus long qui a donné le tracé le plus étendu, contrairement à ce qui a eu lieu à Moncalieri.

Si l'idée théorique qui a présidé à la construction du séismoscope Cavalleri est juste, il faudrait conclure qu'à Vérone le mouvement séismique ondulatoire a été plus lent qu'à Moncalieri [1].

A Florence, (fig. 14) les instruments du professeur Cecchi ont donné le 25 février 1887 les résultats suivants [2] :

[1] Extrait d'une note de M. Offret (Comptes rendus, t. CIV).

[2] A plus d'une reprise nous aurons occasion de parler à nouveau des divers appareils employés pour l'étude des mouvements séismiques. Nous traitons plus particulièrement de chacun d'eux à propos des phénomènes spéciaux qu'ils ont pour but de faire connaître.

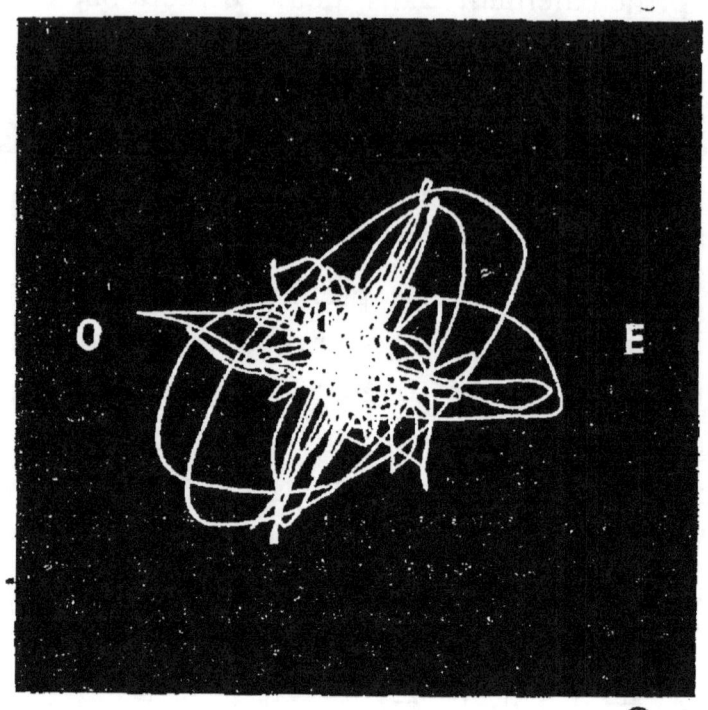

FIG. 12. — Tremblement de terre, 23 février 1887. Moncalieri. Pendule de 0ᵐ,60.

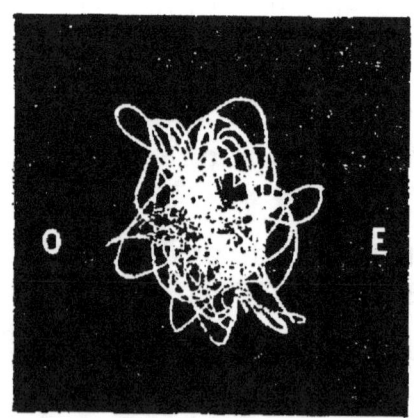

FIG. 13. — Tremblement de terre du 23 février 1887. Moncalieri. Pendule de 0ᵐ,40.

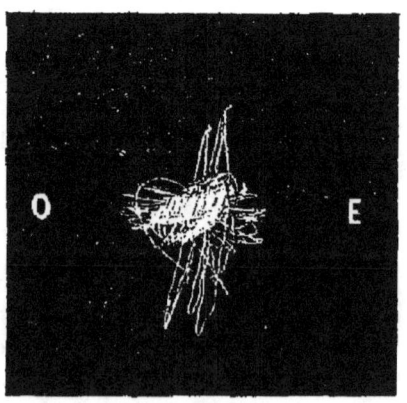

FIG. 14. — Tremblement de terre du 23 février 1887. Florence. Pendule de 6ᵐ,50.

Pendule de 6,50^{m} chargé de 3^{k} tracé 0,023^{m}
  — 2,50 — 11 — 0,034
  — 2   — 17 · — 0,026
  — 1   — 2,5 — 0,013
  — 0,038 — 1 — 0,011

Le 27 août 1886, lors d'une secousse de tremblement de terre, le pendule de 2 mètres avait donné un tracé de 0^{m},007.

Le 1er avril 1887, le pendule de 0^{m},038 a tracé 0^{m},009.

Le 11 mars 1887, le même pendule a tracé 0^{m},004 [1].

[1] L'opinion de M. Cavalleri sur le choix du pendule qui donne le tracé le plus en rapport avec le mouvement terrestre a donné lieu à une étude mathématique de M. Poincaré que nour reproduisons ici ; elle justifie l'idée du savant italien :

Soit x le déplacement absolu du pendule, ξ le déplacement de la surface terrestre au point correspondant ; ce qu'on mesure, c'est le déplacement relatif.

$$x - \xi = F(t)$$

Quand un pendule dont nous prendrons la masse égale à 1 est écarté de sa position d'équilibre, on trouve, si les oscillations sont très petites, que la force qui tend à le ramener à cette position est égale à

$$\frac{g}{l}\, e$$

e étant la quantité dont il est écarté de cette position d'équilibre.

Or
$$e = x - \xi$$

On a donc :
$$\frac{d^2 x}{d t^2} + \frac{g}{l}\,(x - \xi) = 0$$

ou en posant
$$\frac{g}{l} = n^2$$

$$\frac{d^2 x}{dt^2} + n^2 x = n^2 \xi$$

L'intégrale générale de cette équation est :

$$x = \sin nt \int n\, \xi \cos nt\, dt - \cos nt \int n\, \xi \sin nt\, dt$$

et s'obtient par conséquent par des quadratures. Si l'on suppose que le mouvement du sol est périodique et sinussoïdal (ce que l'observation semble démontrer) et que l'on ait :

$$\xi = A \sin \lambda\, t$$

on trouve :

$$x = \frac{A\, n^2}{n^2 - \lambda^2} \sin \lambda\, t + B \sin nt + C \cos nt$$

B et C sont deux constantes d'intégration qui dépendent de la façon dont le régime périodique s'est établi. Elles sont généralement très petites par rapport à A ; on peut les considérer comme annulées par le frottement si le régime périodique est établi depuis quelque temps.

A côté des appareils pendulaires employés pour mesurer approximativement l'intensité des secousses, nous devons citer l'appareil à liquide du professeur Palmieri. Cet instrument, très employé en Italie et expérimenté au Japon par les savants du *College of Engineering*, est composé de tubes en U contenant du mercure. Il est muni d'une graduation arbitraire.

Il reste donc :
$$x = \frac{A\,n^2}{n^2 - \lambda^2} \sin \lambda\, t$$

$$x - \xi = \frac{A\,\lambda^2}{n^2 - \lambda^2} \sin \lambda\, t$$

ce qui démontre que les oscillations sont d'autant plus amples que $n^2 - \lambda^2$ est plus petit, c'est-à-dire que le pendule est plus près d'être synchrone avec le mouvement terrestre.

Si $n^2 - \lambda^2$ est rigoureusement nul, on trouve un x infini ; mais ce n'est qu'une illusion, car les formules supposent des oscillations infiniment petites. Dès que $n^2 - \lambda^2$ descend au-dessous d'une certaine limite, les oscillations deviennent trop grandes pour que les formules s'appliquent.

Nous pouvons maintenant nous proposer, étant donnée la fonction observée,
$$x - \xi = F$$

d'en déduire le mouvement du sol ξ.

On trouve :
$$\xi'' = -F'' - n^2\, F$$

d'où :
$$\xi = -F - n^2 \int \int F\, dt\, dt$$

Il faut intégrer deux fois la fonction F, ce qui peut se faire aisément par les quadratures mécaniques. Pour trouver les constantes d'intégration, il faut observer, qu'à l'origine du tremblement de terre que nous prendrons pour origine du temps, le pendule est au repos et qu'on a :
$$x = \frac{d\,x}{d\,t} = 0$$

On aura donc :
$$\xi = -F - n^2 \int_0^t dt \left[\int_0^t F\, dt \right]$$

Ces formules supposent que le fil reste tendu, ce qui est vrai si la masse du fil est assez faible par rapport à celle du pendule et si les oscillations verticales ne sont pas trop fortes.

CHAPITRE II

DE L'IMPORTANCE RELATIVE
DES COMPOSANTES DU MOUVEMENT SÉISMIQUE

Le caractère des secousses varie avec la grandeur relative des composantes du mouvement séismique et l'on peut s'en servir pour fixer les limites de l'épicentre. Si l'on suppose déterminées en chaque point les intensités relatives de la composante verticale et de la composante horizontale du mouvement, on peut tracer une série de courbes concentriques représentant les points où ce rapport possède telle ou telle valeur et obtenir entre autres le contour de la surface où la composante horizontale est sensiblement nulle. La circonscription dans laquelle les mouvements s'effectuent ainsi presque exclusivement dans le sens vertical, où les secousses se réduisent à des trépidations, peut être prise comme définition de l'épicentre. Ainsi posée, cette définition est différente de celle qui a été donnée d'après la considération de l'intensité totale ; mais les deux conceptions conduisent sensiblement au même résultat pratique pour fixer l'aire centrale du phénomène séismique.

Cette conclusion, que nous croyons justifiée par l'observation, est cependant en contradiction avec ce qui est admis par quelques-uns des savants les plus recommandables parmi ceux qui s'appliquent à l'étude de la physique terrestre.

R. Mallet, par exemple, a cru pouvoir déduire de considérations théoriques, que le maximum des désastres se rencontrait dans les points où la composante horizontale et la composante verticale avaient la même intensité et de plus il a pensé que l'observation des faits venait à l'appui de son opinion.

Récemment Günther, dans son *Traité de géophysique*, a exprimé l'idée que les mouvements ondulatoires étaient bien plus destructeurs que les trépidations. Ils désagrègent, dit-il, les constructions et amènent la ruine des édifices, tandis que les trépidations les plus violentes, celles qui projettent les objets meubles, amènent, en définitive, des dérangements beaucoup moins importants. Comme preuve de son opinion, il raconte, en s'appuyant sur l'autorité de Dolomieu, que lors du tremblement de terre des Calabres en 1783, les villes de Messine et de Reggio, assaillies par des secousses trépidatoires d'une extrême violence, sont cependant en grande partie restées debout, alors que la bourgade de Polistena, qui n'avait ressenti qu'un mouvement ondulatoire, n'était plus qu'un monceau de ruines. Le fait qui est l'objet de cette citation nous paraît mal interprété par Günther. L'inégalité d'intensité des secousses successives, la position variable de l'épicentre et la différence de solidité des constructions dans les deux villes et dans la bourgade en question rendent suffisamment compte de l'erreur dans laquelle nous estimons qu'est tombé Günther.

Partant des mêmes principes, J. Le Conte, dans une note récemment publiée à propos du tremblement de terre de Charleston, a admis aussi que la composante horizontale du choc séismique était aussi la plus efficace au point de vue de la destruction. Il fait remarquer que l'intensité du mouvement produit croît en raison inverse du carré du rayon de la sphère agitée et l'élément horizontal du mouvement en raison directe du cosinus de l'angle d'émergence, d'où il suit que le maximum d'intensité de la composante horizontale se produit quand l'angle d'émergence est de 54° 44′, qu'il se manifeste sur la circonférence formée par l'intersection de la surface du sol par un cône dont le sommet est au centre d'ébranlement et dont l'ouverture est de 70° 32′.

Jusqu'à preuve du contraire, et en me basant sur des observations personnelles faites à Mételin et à Céphalonie en 1867, ainsi qu'en Andalousie en 1884, je crois pouvoir maintenir l'assertion que les trépidations sont la cause la plus efficace de la ruine des édifices.

L'intensité du mouvement en un point donné peut être rigoureusement définie comme l'a fait Hayden, par l'énergie de l'effort exercé sur l'unité de surface de la vague séismique en ce point; et, comme nous l'avons dit ci-dessus, les destructions opérées ne fournissent qu'un moyen grossier de déterminer l'intensité ainsi définie. Il y aurait donc lieu de chercher un moyen pratique d'analyser sûrement un mouvement du sol de manière à permettre de tracer des courbes isoséistes qui correspondent à la conception scientifique de l'intensité. C'est principalement dans ce but que Milne a entrepris les remarquables expériences qu'il a inaugurées au Japon en 1881 en collaboration avec Gray, dans lesquelles il a cherché à fixer toutes les conditions que présente la transmission d'un ébranlement violent produit dans le sol. Ces expériences ont eu pour résultat de faire bien connaître le caractère de chacune des composantes du mouvement étudié et d'en montrer les relations, aussi devons-nous signaler ici leurs très grande importance.

La commotion était engendrée par des explosions de dynamite et le mouvement transmis par le sol était constaté à des distances connues au moyen de divers instruments dont le principal était le séismographe à charnière *(brackett sismograph)*. Deux de ces instruments enregistreurs étaient disposés de manière à recevoir le tracé des deux composantes horizontales du mouvement, l'une agissant dans le sens de la transmission (composante longitudinale ou normale), l'autre perpendiculairement (composante transversale); enfin un appareil approprié permettait aussi de connaître l'effet produit par la composante verticale du mouvement. Les actions de ces trois composantes étaient ainsi enregistrées séparément, et l'on obtenait, dans chaque expérience, trois tracés sinueux indiquant les différentes phases de la transmission du choc. De la sorte, on a pu constater

qu'en un point de la surface du sol, le mouvement transmis était représenté par une série de petites oscillations
d'inégale amplitude et d'inégale durée (fig. 15).

A la fin du mémoire intéressant qu'il a publié sur la
question, Milne a réuni, sous forme d'aphorisme, les
données recueillies sur chacune des composantes du mouvement. Citons ici quelques-unes de ses conclusions :

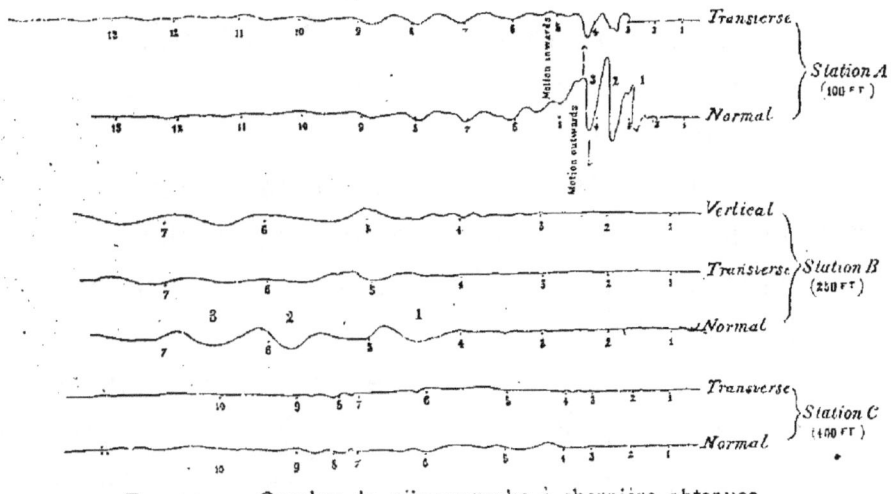

FIG. 15. — Courbes du séismographe à charnière obtenues
dans l'une de ces expériences.

« Dans une station voisine de l'origine, la seconde ou
la troisième ondulation du mouvement longitudinal est
ordinairement la plus ample, après quoi l'amplitude de
l'oscillation décroît rapidement.

« Cette amplitude est approximativement en raison
inverse de la distance à l'origine.

.« Dans une station voisine de l'origine, la période
d'ondulation est d'abord courte. Elle devient plus longue
à mesure que l'ébranlement se propage et finit par devenir égale à celle du mouvement transversal.

« Le maximum de vitesse du mouvement longitudinal a été trouvé de 11 millimètres par seconde dans
une station éloignée de 25 mètres de l'origine, l'ébranlement étant produit par l'explosion d'une mine chargée
de $2^{kg},250$ de poudre.

« En se propageant le mouvement se transforme et
certaines ondulations se dédoublent.

« Près de l'origine, le mouvement longitudinal a un
commencement nettement défini. Plus loin, le mouvement commence irrégulièrement et le maximum est
plus lentement atteint.

« Les caractères du mouvement transversal sont peu
différents de ceux du mouvement longitudinal.

« Près de l'origine, l'amplitude du mouvement longitudinal est plus grande que celle du mouvement transversal. Lorsque l'ébranlement se propage, l'amplitude du
premier décroît plus lentement que celle du second, de
sorte qu'à une certaine distance elles peuvent devenir
égales l'une à l'autre. »

Près de l'origine la période du mouvement transversal peut être le double de celle du mouvement longitudinal ; mais lorsque l'ébranlement s'éteint dans une station donnée ou lorsqu'il se propage, les périodes des
deux séries de vibrations se rapprochent l'une de l'autre.

Le mouvement vertical commence par des vibrations
petites et rapides et se termine par des vibrations lentes
et à longues périodes.

L'intensité d'un mouvement peut être représentée par
l'accélération qu'il communique. Cette quantité est sus-

ceptible d'être déterminée au moyen des diagrammes que tracent les séismographes à charnières. On trouve ainsi des valeurs comprises entre les fractions $\frac{V}{t}$ et $\frac{V'}{a}$ dans lesquelles V est le maximum de vitesse du mouvement ondulatoire, t le quart de la période et a l'amplitude.

L'intensité de l'ébranlement causé par un tremblement de terre en un point donné pouvant être, comme Milne l'a montré, déterminée au moyen de séismographes qui fournissent les valeurs des quantités V, t et a, il s'ensuit que dans un pays muni d'un nombre suffisant d'observatoires séismiques, on pourrait tracer avec précision les courbes isoséistes que l'on construit aujourd'hui par la considération unique des effets mécaniques produits.

Un fait bien remarquable ressort encore des expériences de Milne, c'est la petitesse des amplitudes du mouvement vibratoire occasionné en un point donné par une explosion produite à une distance de quelques mètres. Dans les expériences de ce savant distingué la composante longitudinale du mouvement a engendré des vibrations dont l'amplitude a rarement dépassé 3 millimètres, et dans les tremblements de terre qui ont eu lieu au Japon depuis dix ans, Milne et Gray n'ont pas observé d'amplitude de plus de 2 millimètres, alors même que la secousse ressentie paraissait assez violente.

Assurément ce fait curieux mérite d'appeler l'attention, mais doit-on en conclure que les effets destructeurs observés sont l'œuvre de vibrations répétées d'aussi faible amplitude ? C'est ce qui me semble bien difficile

à admettre ; d'autant plus que l'on sait, par les expériences de Milne lui-même que le nombre des vibrations par
seconde est peu considérable. On n'en compte pas ordinairement plus de sept à huit ; souvent il n'y en a que
trois ou quatre et quelquefois moins encore.

N'y a-t-il pas lieu plutôt de suspecter la sensibilité du
séismographe employé par le savant observateur?

Outre les mouvements trépidatoires et ondulatoires,
on observe encore dans les tremblements de terre des
mouvements gyratoires (*moto vorticoso*). Les exemples
de ce dernier genre de mouvements sont fréquents et
l'explication en est très simple ; ils ne forment pas une
catégorie particulière de mouvements.

Ils sont dus à ce qu'un objet incomplètement fixé
adhère plus particulièrement au sol en un point qui ne
se trouve pas sur la verticale de son centre de gravité.
La composante horizontale d'un choc subi par ce corps
le fait tourner autour de son point d'adhérence.

Il est rare qu'un tremblement de terre se produise sans
qu'on ait à signaler certains exemples de ces phénomènes de gyration ; nous allons rapporter ici quelques-uns
des plus remarquables.

Delomieu raconte qu'en 1783 on vit deux pyramides
en forme d'obélisques, placées devant l'église San Ste-
fano del Bosco en Calabre, dont les assises avaient fourni
un curieux mouvement de rotation.

A Rio Bamba en 1797, à Majorque en 1851, à
Viège en 1855, des faits analogues ont été constatés.

En 1867, une statue élevée à l'entrée du port d'Argostoli, dans l'île de Céphalonie, a subi, sur son piédestal, par l'effet des secousses, une rotation d'environ 20°.

Dans le cimetière de Faro, le 29 juin 1873, une pyramide funéraire composée de sept assises de pierre superposées a éprouvé une sorte de mouvement de torsion ; chacune de ses assises ayant tourné sur l'assise inférieure de plusieurs degrés, tandis que l'axe vertical du monument ne se déplaçait parallèlement à lui-même que d'une très petite quantité.

Falb, auquel on doit cette observation, a constaté des faits analogues lors du tremblement de terre d'Agram, le 9 novembre 1880, et à la suite du même séisme ; Toula a rapporté le fait curieux d'une cheminée d'usine, haute de 30 mètres, qui est demeurée debout, mais a subi à sa partie supérieure une véritable torsion.

En 1884, au moment du tremblement de terre d'Andalousie, une pyramide quadrangulaire, élevée sur l'une des places de Malaga, a offert un phénomène analogue. Ce monument, édifié à la mémoire des généraux fusillés pendant la guerre civile de 1821 à 1823, possède une hauteur d'environ 15 mètres. Il se compose de plusieurs assises superposées, dont chacune s'est déplacée par rapport à l'assise inférieure d'environ 5 centimètres, en tournant du sud au nord par l'ouest.

Le tremblement de terre de Tokio, en 1880, a fourni aussi un exemple de ce genre (fig. 16).

Celui d'Ilopango, dans l'Amérique centrale, du mois de décembre 1879, a présenté de remarquables exemples de rotation, qui sont décrits dans les termes sui-

vants dans le rapport de la commission du Guatémala :
« Le tremblement de terre a produit un effet curieux

FIG. 16. — Pyramide contournée. Extrait des *Transactions of the seismological Society of Japon.*

dans la maison du commandant d'Ilopango. Cette habitation avait sa façade dirigée sud 86° est. Au nord, elle

présentait en avant une véranda soutenue par cinq piliers rectangulaires. Avant la secousse, deux de leurs faces étaient parallèles aux murs de la maison, mais après la commotion leur orientation se montra changée, quelques-uns d'entre eux avaient tourné de 14 à 28° autour de leur axe vertical... Dans l'église d'Ilopango, dont les murs latéraux étaient orientés de l'est à l'ouest, le toit était soutenu par deux files de huit piliers de bois : tous ces poteaux ont tourné de 5 à 6° dans le même sens que ceux de la maison du commandant. (A ce propos, nous ferons remarquer que dans un même édifice le sens de la rotation n'est pas nécessairement le même pour toutes les pièces qui présentent ce phénomène.)

On a cité aussi comme exemple de phénomène gyratoire les mouvements de rotation éprouvés par la frégate russe *la Diane*, dans le port de Simoda, au Japon, le 23 décembre 1854; mais comme nous l'avons vu précédemment, la cause de la gyration de la frégate n'est pas due à l'action directe des secousses, elle a été simplement le résultat du tourbillonnement des eaux du port causé par une série successive et rapide de flux et de reflux anormaux d'une extrême violence.

Lorsqu'un tremblement de terre se prolonge, il se compose dans son ensemble d'une série de commotions séparées par des intervalles divers, d'intensités inégales, correspondant souvent à des épicentres différents; il était intéressant de faire, pour ainsi dire, la somme de la force totale dépensée par la nature dans chacun de ces cataclysmes. C'est pourquoi on a cherché à évaluer pour chaque tremblement de terre approximativement et d'une façon relative cette quantité que l'on considère comme représentant l'importance du phénomène.

M. Forel a proposé une formule à plusieurs termes dont nous allons exposer le principe.

Le premier terme est formé par le produit de l'intensité de la secousse principale, définie suivant l'échelle Rossi-Forel, par son extension. L'extension est mesurée par le numéro d'ordre des aires séismiques. Celles-ci sont divisées en cinq classes.

Les premières ont un plus grand diamètre de moins de 5 kilomètres; les deuxièmes, de 5 à 50 kilomètres; les troisièmes, de 50 à 150 kilomètres; les quatrièmes, de 150 à 500 kilomètres; les cinquièmes, de 500 kilomètres et plus.

Ce produit donne l'importance de la secousse principale. Pour y faire entrer les secousses accessoires, M. Forel additionne le nombre de ces secousses, en donnant le coefficient 1 aux petites secousses, 2 aux secousses moyennes, 3 aux secousses fortes ou étendues.

En appelant I le facteur d'intensité ; E, le facteur d'extension de l'aire séismique ; n, le nombre des secousses accessoires faibles ; n', le nombre des secousses accessoires moyennes ; n'', le nombre des secousses accessoires fortes, l'importance V du tremblement de terre s'exprime par la formule :

$$V = (I \times E) + n + 2\,n' + 3\,n''$$

Une autre manière d'apprécier l'intensité totale d'un

tremblement de terre a été proposée par Seebach et appliquée par von Lasaulx aux tremblements de terre de Herzogernrath de 1873 et de 1877. Elle consiste à admettre que cette intensité est proportionnelle au carré du rayon de l'aire séismique superficielle totale ou de ce que l'on appelle encore l'élongation. Cette méthode serait peut-être justifiée si le sol était homogène. Avec les inégalités de composition et de structure qu'il présente, elle n'est pas plus scientifique que la précédente. Tout au plus, pourrait-elle être employée en prenant pour mesure de l'intensité, non le carré de l'élongation, mais la surface de l'aire séismique totale, et encore il resterait à résoudre la question délicate de la délimitation de cette aire.

CHAPITRE III

DIRECTION DES SECOUSSES

La situation de l'épicentre peut encore être établie par l'observation des azimuths, dans lesquels s'effectuent les oscillations séismiques. Cependant, ce procédé est moins précis que les précédents, car il ne fournit que des renseignements vagues sur les limites de l'épicentre. Si le centre de l'ébranlement était unique et étroitement limité ; si, en outre, le sol était homogène, la verticale du centre d'ébranlement rencontrerait la surface du sol en un point où se croiseraient tous les plans d'oscillations dont il vient d'être question. Ce point mériterait véritablement, à l'exclusion de tout autre, le nom d'épicentre. Mais il n'en est jamais ainsi. Les points de croisement des plans d'oscillation sont multiples ; tout ce que l'on peut dire, c'est que ces points de croisement se trouvent groupés dans un espace plus ou moins nettement circonscrit, qui correspond à peu près à l'épicentre, tel qu'il a été précédemment défini. Néanmoins, lorsqu'un tremblement de terre a eu lieu, il est très important de rechercher, ne fusse que comme moyen de contrôle, quelle a été, en chaque localité ébranlée, la direction du mouvement ondulatoire constaté.

Les séismographes pendulaires dont il vient d'être question remplissent parfaitement ce but. On peut aussi en imaginer de plus simples; employer, par exemple, comme on l'a fait, des quilles de hauteurs inégales que les secousses jettent de côté sur un lit de sable. Ces quilles demeurent en place sur le lieu de leur chute et attestent ainsi la direction de l'ébranlement qui les a renversées. On s'est servi également de boules en ivoire ou en métal mobiles sur un plan horizontal et allant, au moment d'une secousse, tomber sur ses bords dans des cavités disposées pour les recevoir. Enfin, on a employé aussi des godets ou des tubes de forme spéciale, remplis de mercure et disposés de telle façon que les secousses déversent le liquide du côté d'où vient la poussée. Tous ces dispositifs plus ou moins sensibles peuvent montrer l'orientation du plan vertical dans lequel s'opère le mouvement [1].

A défaut d'instruments, l'observation directe ou les renseignements que fournissent les personnes qui ont été témoins du tremblement de terre peuvent encore conduire à de bonnes indications sur l'orientation du plan vertical suivant lequel s'est effectué le choc. Fréquemment, on a des indications assez précises sur la direction dans laquelle ont oscillé les objets suspendus, tels que les lampes, les lustres, etc. ; on peut connaître

_____

[1] Voir l'emploi des séismographes analyseurs, p. 80.

le sens de la chute des objets meubles, tels que les statues, les candélabres, les vases placés sur une table, un buffet ou une étagère. On recueille souvent d'excellents renseignements dans les boutiques des pharmaciens. Du côté faisant face à la direction d'où vient l'ébranlement et du côté opposé les flacons sont généralement jetés par terre, tandis que contre les deux autres parois ils sont simplement dérangés et culbutés sur place. L'observation du tremblement de terre du 25 décembre 1884 en Andalousie a fourni plusieurs exemples de ce genre.

Enfin, l'examen des édifices en ruine peut encore procurer quelques données utiles. Ainsi, par exemple, les maisons dont la façade est perpendiculaire à la direction des secousses sont, en général, relativement très maltraitées et leurs façades sont renversées du côté d'où vient le choc. Dans le cas, au contraire, où l'alignement des murs coïncide avec la direction de propagation du mouvement, le dommage est moins considérable. Si la maison est prise en diagonale par le choc, il s'y détache deux encoignures opposées, limitées chacune par une fente en forme de V; le plan de la fente est moyennement incliné sur l'horizon (souvent voisin de 45°). L'encoignure antérieure, celle qui la première a reçu le choc, est située à la base du bâtiment; l'encoignure postérieure, placée à l'extrémité de la diagonale opposée, en haut de la construction, est fréquemment jetée en bas par les secousses.

Ces règles, établies en 1857 par B. Mallet, à la suite de l'examen des ruines d'un tremblement de terre qui venait de causer de grands désastres aux environs de

Naples, se trouvent vérifiées dans certains cas ; mais elles souffrent de nombreuses exceptions à cause de l'hétérogénité des constructions ébranlées, et aussi à cause des perturbations que les inégalités de structure et de composition du terrain apportent à la direction de propagation du mouvement. De telles inégalités sont la cause des résultats étranges que l'on obtient parfois quand on cherche à déterminer la direction des mouvements séismiques dans une certaine région. Lorsque l'épicentre est connu, que sa position est bien fixée, par la considération des intensités, par exemple, il arrive en effet que les pendules installés dans les meilleures conditions de sensibilité indiquent pour l'orientation du choc, des directions absolument différentes de celles auxquelles on devait s'attendre. Quelquefois même, le mouvement se fait à angle droit de l'orientation prévue. Pour expliquer de telles anomalies, il faut admettre nécessairement que la secousse en se propageant a subi, soit brusquement au contact d'un accident géologique, soit peu à peu par suite de l'hétérogénéité du terrain ébranlé, des modifications profondes dans sa direction de propagation. Certains tremblements de terre n'offrent, pour ainsi dire, aucune difficulté au point de vue de la détermination des directions d'ébranlement. D'autres, au contraire, ne permettent d'arriver à aucune donnée positive sur cette question spéciale. Tel a été le cas par exemple, d'une manière très frappante, pour le tremblement de terre du 23 février 1887. Non seulement uans les localités de l'épicentre les pendules ont oscillé dans tous les azimuths, mais encore tout à l'entour de la zone épicentrale, le choc s'est manifesté dans les directions les plus inattendues. C'est ainsi qu'à Turin les pendules se sont balancés principalement de l'est à l'ouest au lieu d'osciller exclusivement du nord au sud comme on aurait pu le présumer, puisque l'ébranlement venait de la côte de Ligurie. De même, à Florence, le mouvement qui aurait dû arriver dans un azimuth N.O. - S.E., s'est manifesté dans la direction perpendiculaire.

Ces faits montrent bien la complexité du phénomène et la difficulté que l'on aura probablement toujours à étudier les questions, même les plus simples, parmi celles qui se rapportent aux tremblements de terre.

Ces perturbations dans les directions constatées s'observent particulièrement dans les pays qui offrent des accidents orographiques considérables, conséquences de dislocations profondes du sol nombreuses et importantes. C'est pourquoi en Suisse M. Forel insiste sur ces variations désordonnées des directions d'ébranlement, et, dans l'Amérique centrale, M. de Montessus déclare qu'après avoir cherché dans un grand nombre de tremblements de terre à déterminer les directions d'ébranlement, il n'a jamais pu arriver à aucune conclusion certaine. Il attribue le fait à ce que les secousses, en se communiquant dans un sol hétérogène, subissent des phénomènes de réflexion et de réfraction. Il en résulte des ondes secondaires qui se superposent à l'onde principale et en masquent la direction de propagation. Pour une secousse donnée, dit-il, les directions indiquées en des lieux très voisins font presque tout le tour du cadran. C'est aussi à des interférences d'ordre secondaire avec l'onde principale, que l'on attribue les espaces immobiles (ponts) au milieu d'une surface agitée, et réciproquement, les maxima inattendus de la commotion dans une région médiocrement éprouvée par le séisme.

Dans les localités appartenant à l'épicentre, l'onde séismique directement transmise est essentiellement caractérisée par les mouvements trépidatoires qu'elle produit; par conséquent, lorsqu'on y constate un mouvement ondulatoire, il est probable qu'il est le résultat de l'arrivée d'une onde réfléchie. Ce qui rend surtout cette hypothèse probable, c'est que, en général, les mouvements ondulatoires de ce genre y succèdent souvent dans un même lieu à de violentes trépidations. Cependant, nous devons dire que Falb a donné une autre explication de ce fait; partant d'idées théoriques sur la cause des tremblements de terre, il admet que dans un séisme composé de plusieurs secousses se succédant rapidement, le centre d'ébranlement se déplace de bas en haut, se rapproche de plus en plus de la surface du sol. Il en résulte qu'en même temps l'épicentre se rétrécit et tel point compris au début des phénomènes dans son intérieur se trouve en dehors de ses limites au moment de la fin de la secousse : d'où il suit qu'en un tel point, à des trépidations doivent succéder des ondulations du sol. Le seul reproche que l'on puisse adresser à cette théorie telle qu'elle est formulée par Falb, c'est que rien ne justifie l'hypothèse qui lui sert de base.

Au contraire, l'explication en question devient plausible, si on se contente d'admettre en général un déplacement du centre d'ébranlement pendant la durée de la secousse sans en fixer les conditions.

C'est à l'observation à déterminer dans chaque cas particulier le sens dans lequel s'est opéré ce déplacement. Cependant, dès maintenant on peut dire que, contrairement aux idées de Falb, il s'effectue bien plus souvent dans des directions horizontales que dans le sens vertical.

En général, l'observation fait connaître seulement l'angle que forme la direction de la secousse avec la méridienne ; elle n'en indique pas le sens. Les impressions personnelles, par exemple, ne permettent pas de démêler si le choc a été dirigé du nord au sud ou inversement du sud au nord. L'examen des ruines, suivant la méthode de Mallet, est tellement difficile, qu'on en tire rarement quelque conclusion sûre. C'est donc uniquement par une série d'observations faite dans les divers points de la surface ébranlée que l'on arrive à fixer la position du centre superficiel du mouvement. Cependant, contrairement à l'opinion de Heim, nous pensons que l'étude des tracés fournis par les instruments enregistreurs peut aussi conduire dans une localité donnée à la détermination du sens de propagation du mouvement dans le sol. Il suffit pour cela que ce tracé soit assez net pour que l'on puisse apercevoir le trait correspondant à la première ondulation simple, et que l'on sache le sens dans lequel il a été inscrit. Heim objecte que la commotion peut être due à la mise subite en mouvement du sol, ou au retour subit au repos après un mouvement qui avait commencé progressivement, et que les deux phénomènes opposés produisent sur les instruments les mêmes impressions. A cela nous répondrons simplement que la conception d'un repos brusque répondant à une commotion progressive, nous paraît bien hypothétique. Les théories principales qui, jusqu'à présent ont eu cours dans la science pour expliquer les séismes, sont en désaccord avec une pareille manière de voir.

Nous ne pouvons clore l'examen de ce qui est relatif à la direction des secousses séismiques sans appeler l'attention sur une cause d'erreur signalée par Forel, bien qu'elle n'ait pas à nos yeux la gravité qui lui a été attribuée par le savant physicien. « Il ressort, dit-il, des documents entre nos mains, que la plupart des observations sont influencées par le fait d'avoir été prises dans des maisons à façades rectangulaires ; le mouvement d'oscillation est modifié par la direction des façades ; les mouvements obliques à ces façades se transforment le plus souvent dans la maison en balancements perpendiculaires ou parallèles aux murailles principales du bâtiment. Dans une rue, la direction de la secousse est neuf fois sur dix indiquée comme étant ou parallèle ou perpendiculaire à l'axe de la rue. »

Pour éviter l'objection, il est évident que dans la construction des observatoires séismiques, on devra donner aux bâtiments des formes arrondies et autant que possible disposer les instruments le plus près que l'on pourra de l'axe de l'édifice.

CHAPITRE IV

VITESSE DE PROPAGATION DES SECOUSSES
A LA SURFACE DU SOL

Un tremblement de terre doit être étudié non seulement au point de vue de son intensité, du caractère du mouvement vibratoire et de la direction des secousses qu'il imprime à chaque point du sol, mais encore par rapport à la vitesse avec laquelle il étend son action. A partir du centre d'ébranlement, si l'on considère le terrain comme sensiblement homogène, le choc initial se propage suivant une série d'ondes concentriques et arrive en chaque point après avoir parcouru le trajet le plus direct. Il en résulte que, théoriquement au moins, le lieu situé sur la verticale du centre d'ébranlement est celui où le mouvement se manifeste tout d'abord à la surface du terrain. Mais en réalité, comme nous l'avons déjà dit précédemment, au lieu d'un point unique, c'est toujours une étendue superficielle plus ou moins vaste qui reçoit simultanément et de prime abord la commotion souterraine avant qu'elle aille porter plus loin ses effets. L'aire qui reçoit ainsi la première la poussée primordiale est, par sa position et son extension, peu différente de celle que d'autres considérations nous ont fait distinguer sous le nom d'*épicentre*. Elle peut donc aussi recevoir ce nom, et, en fait, la surface que l'on délimite sous ce titre est toujours sensiblement la même. Des observations précises, comme celles qui seront certainement faites dans l'avenir, pourraient seules permettre d'opérer des distinctions.

Autour de l'épicentre, à mesure qu'on s'éloigne, la secousse arrive de plus en plus tardivement; on peut donc encore tracer des courbes qui s'enveloppent les unes les autres, telles que chacune d'elles représente l'ensemble des points où l'ébranlement arrive au même instant. On les appelle *homoséistes*. Pour les tracer, il suffit de connaître exactement l'heure de l'arrivée de l'ébranlement en chaque lieu. Si le tremblement de terre est intense, un bon observateur muni d'une montre ordinaire peut très aisément obtenir ce résultat avec une précision convenable, à la condition que sa montre ait été réglée récemment sur l'horloge d'un observatoire, ou qu'elle puisse l'être dans un laps de temps peu considérable. Actuellement, sur un grand nombre de lignes de chemins de fer, l'horloge de la voie et celle du cabinet du chef de gare sont réglées à une minute près, d'après les indications d'un observatoire astronomique ; elles donnent l'heure de la capitale du pays.

Il n'y a aucune confiance à avoir dans les indications de l'horloge extérieure qui, suivant les lignes de chemins de fer, est en avance de 3 ou 5 minutes sur l'heure de la voie, et qui généralement est réglée seulement par quelque employé subalterne de la gare. On peut, au contraire, avoir assez de confiance dans les indications des deux autres horloges, surtout dans celle du cabinet du chef de gare, car en France, par exemple, chaque semaine, un horloger vérificateur en contrôle le fonctionnement.

En Italie, le réglage se fait autrement : l'un des employés attachés au service d'un train part le matin d'une station principale et parcourt toute la ligne avec une montre réglée, la présente à chaque chef de gare qui la compare à la sienne et doit régler l'horloge de sa station. Avec ce système, la responsabilité est trop divisée et par suite l'exactitude moindre.

Le cas le plus avantageux est celui dans lequel l'heure est transmise à toutes les stations et à chaque minute par un bureau central, au moyen de communications électriques. A défaut d'un tel système d'horloges électriques, il serait facile d'envoyer tous les matins, à chaque chef de gare, l'heure rigoureusement exacte par voie télégraphique, ce qui, bien entendu, ne dispenserait pas du contrôle.

Dans les bureaux télégraphiques, la connaissance de l'heure exacte, à une seconde près, est encore plus utile et plus facile à établir. Tout fait espérer que, dans un avenir très peu éloigné, les pays civilisés seront couverts d'un réseau de communications électriques qui permettra de connaître l'heure avec une grande précision dans une foule de localités.

Actuellement en France et en Italie, par exemple, on

ne connaît en général l'heure qu'à quelques minutes
près, ce qui est insuffisant pour les recherches relatives
aux tremblements de terre. Aussi les observateurs qui
s'occupent dans ce cas de l'établissement des données
horaires se heurtent-ils à de nombreuses difficultés. Ce
n'est qu'après une discussion attentive qu'ils arrivent à
démêler les renseignements exacts de ceux qui sont médiocres ou mêmes fautifs. L'enquête faite par M. Offret,
lors du tremblement de terre du 23 février 1887, est à
ce point de vue des plus instructives. Le long de la voie
de Menton à Marseille, sur une ligne où les horloges
venaient, pour ainsi dire, d'être réglées à une minute
près, il a recueilli sur l'heure de la secousse principale
des chiffres qui entre deux localités voisines diffèrent
entre eux de trois à quatre minutes. Sur la ligne italienne, entre Vintimille et Gênes, les anomalies constatées sont encore bien plus fortes, et cela, que la donnée
soit le résultat de l'observation directe ou qu'elle pro-
vienne de l'examen d'une horloge arrêtée par la secousse.
Cependant il ressort du travail de M. Offret que les
erreurs doivent être attribuées, dans la plupart des cas,
beaucoup plus à la manière dont l'observation a été faite
qu'à l'imperfection du réglage des horloges. Ainsi, par
par exemple, les horloges françaises se sont arrêtées à
$5^h 42^m$ du matin, dans tous les points que l'on peut considérer comme appartenant à l'épicentre, tandis que les
horloges italiennes, dans le même district, se sont arrêtées à $5^h 44^m 30^s$, alors qu'il est évident que dans les
unes et les autres la commotion souterraine s'est fait

sentir au même instant. L'heure de $5^h 44^m 30^s$ des hor-loges italiennes est d'ailleurs démontrée inexacte par ce fait qu'en Suisse et en Italie les séismographes des nombreux observatoires de physique terrestre établis dans des localités plus ou moins éloignées de l'épicentre ont indiqué pour la plupart une heure moins avancée. Pour expliquer cette différence constante de $2^m 30^s$ entre les les heures italienne et française des horloges arrêtées, M. Offret pense qu'il y a eu une distribution erronée de l'heure en Italie, ou bien encore que la différence de construction des horloges françaises et italiennes a permis à ces dernières de marcher plus longtemps que les autres après l'arrivée de la secousse qui a provoqué l'arrêt.

Quant aux divergences des observations directes, elles tiennent, dit-il, surtout à la manière dont celles-ci ont été faites.

« Ignorant l'intérêt que la détermination exacte de l'heure pouvait présenter, nos observateurs improvisés ont bien regardé l'horloge, mais ils l'ont regardée négligemment, comme on le fait ordinairement dans la vie courante. La plupart ont regardé l'horloge de la voie et non celle qui était dans leur cabinet; l'horloge de la voie était haut placée et l'aiguille se projetait plus ou moins bien sur le cadran, suivant la position de l'observateur. De plus, il était un peu plus de 6 heures du matin (heure locale), et il faisait à peine clair. Pour toutes ces raisons, il est certain que l'on doit regarder comme fautives, d'abord, toutes les observations qui indiquent une heure postérieure à celle des horloges françaises, c'est-à-dire postérieure à $5^h 42^m$. Il ne nous reste plus alors parmi les heures observées directement par les chefs de gare que des nombres compris entre $5^h 42^m$ et $5^h 38^m$.

« Parmi ces heures il en est une seule dont je crois pouvoir garantir l'authenticité, à la suite d'une enquête minutieuse : c'est celle de $5^h 38^m$, à la gare de Menton. Elle a été observée par le chef de gare et par plusieurs de ses employés, dans des conditions telles que l'erreur possible n'a pas pu atteindre une minute de plus; elle a été également constatée par M. Hugon, vétérinaire à Menton, avec sa montre réglée sur l'heure de la voie. Elle est d'ailleurs d'accord avec les heures observées dans les observatoires astronomiques de Marseille, de Nice, d'Alassio et de Gênes.

« En somme, l'heure de $5^h 38^m$ est l'heure la plus matinale qui ait été constatée, et en la comparant aux heures fournies par les observatoires on comprend la propagation du phénomène. Quant à l'heure de $5^h 42^m$ donnée par l'arrêt des horloges, ce n'est qu'un maximum. »

Les conséquences pratiques à tirer de ces considérations sont les suivantes : Lorsqu'un tremblement de terre survient dans une localité, toute personne qui a gardé son sang-froid et qui s'intéresse aux questions séismiques doit aussi promptement que possible jeter les yeux sur sa montre ou son horloge et constater avec soin l'heure qu'elle indique. Si la montre est à secondes, et si l'on peut aller peu après la comparer à l'horloge

d'un observatoire on connaîtra l'heure du commencement et de la fin de la secousse à quelques secondes
près. En tous cas, on peut aller contrôler l'heure de sa
montre à la gare ou au bureau télégraphique le plus rapproché et déterminer ainsi celle du phénomène séismique à une minute près.

Le même contrôle doit être effectué dans le plus bref
délai possible, lorsque le mouvement d'une horloge se
trouve arrêté par l'effet de la secousse, ce qui a lieu fréquemment. Dans ce cas il est intéressant de déterminer
approximativement avec une montre le temps que l'horloge met à s'arrêter. En effet, à moins de dispositions
spéciales, comme celles qui ont été adaptées à certains
appareils séismiques, l'arrêt n'est pas instantané ; l'heure
marquée par l'aiguille devenue immobile est ordinairement postérieure de plusieurs minutes à l'heure réelle
de l'arrivée du mouvement. Cela tient surtout à ce que
les premières vibrations sont souvent trop faibles pour
suspendre la marche de l'horloge et à ce qu'alors l'arrêt
ne se produit guère qu'au moment du maximum de
l'ébranlement. De plus, même avec un choc brusque et
violent, le balancier de l'horloge met toujours un temps
appréciable pour rester au repos ; la façon dont s'opère
l'échappement exerce la plus grande influence sur la
rapidité plus ou moins grande avec laquelle l'horloge
cesse de fonctionner.

La constatation de l'heure d'arrêt des horloges ne doit
jamais être négligée malgré l'imperfection de la donnée
qu'elle fournit, car si cette donnée est inférieure sous le

rapport de la précision à celle que peut donner un bon observateur notant immédiatement l'indication d'une montre ou d'une horloge en marche, en revanche, elle est beaucoup plus sûre que celle qu'on obtient trop souvent de personnes inexpérimentées en matière scientifique.

Quand un tremblement de terre est très peu intense, ou bien quand on se trouve à une grande distance de l'épicentre, la commotion passerait inaperçue si l'on n'avait à sa disposition des instruments d'une grande sensibilité, dont quelques-uns révèlent avec une rare perfection les plus petits mouvements du sol. Les plus simples ont été désignés sous le nom d'*avertisseurs;* leur rôle consiste simplement dans l'annonce de ce fait que le sol a tremblé. L'un des plus communément employés est l'avertisseur à sphère de Cecchi. C'est un pendule renversé, surmonté d'un clou qui tombe au moindre mouvement. Mais généralement les avertisseurs remplissent en outre une fonction plus importante ; ils donnent l'heure du commencement du séisme. A cet effet, ils sont disposés de manière à fermer au moindre mouvement le circuit d'une pile. Aussitôt un électro-aimant interposé dans le courant fait agir une sonnerie et avertit l'observateur ; en même temps il amène la chute d'un taquet qui arrête le mouvement d'une horloge, ou au contraire déclanche une horloge arrêtée et la fait fonctionner.

Parmi les appareils de ce genre nous citerons comme communément employés l'avertisseur électrique de Cecchi, composé d'un pendule qui vient choquer des tiges métalliques horizontales et détermine ainsi la formation d'un courant qui déclanche un réveil-matin, et l'avertisseur à disque des frères Brassard, qui diffère de l'avertisseur à sphère de Cecchi en ce que le clou mobile est remplacé par un petit disque métallique. En outre, ce dernier instrument est disposé de façon que le disque, en tombant, vient fermer un circuit électrique. Il fait fonctionner un réveil-matin qui appelle l'attention de l'observateur et en même temps donne l'heure de la secousse.

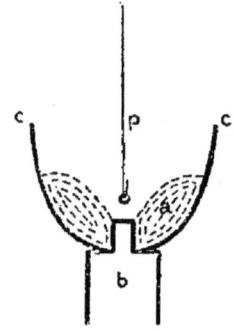

FIG. 17. — Cupule de l'avertisseur Bertelli.

Enfin un avertisseur plus sensible que les deux précédents est l'avertisseur de Bertelli. Il se compose d'un pendule dont la pointe pénètre dans une petite cavité produite au milieu d'une surface de mercure par la saillie du fond d'une cupule. L'appareil est rendu très délicat grâce à deux spirales métalliques dont l'une sert de fil au pendule pendant que l'autre porte la cupule. Au moment du contact un courant électrique s'établit et arrête une horloge (fig. 17).

Des appareils analogues existent en Suisse, tel est celui qui se trouve à l'observatoire de Berne et qui est connu sous le nom de microséismographe de Forster : il se compose d'un pendule renversé mis en mouvement par les secousses horizontales, et d'un fléau de balance dont l'un des bras peut osciller entre deux pointes métalliques sous l'effet des secousses verticales. A la moindre oscillation il se produit un contact d'où résulte la fermeture d'un circuit électrique, et l'arrêt d'une horloge à secondes.

Cet appareil peut être considéré comme un type spécial du genre d'instruments connus sous le nom de séismographes à roulement. Les plus simples sont constitués par un plateau porté sur des sphères mobiles, ou par des cylindres pouvant rouler sur un plan fixé au sol ou encore par un cône dont la base appliquée sur le sol offre une surface sphérique.

Un avertisseur combiné avec un système de pendules enregistreurs constitue le type le plus complet des appareils connus sous le nom de *séismographes*. Ces instruments enregistrent à la fois et à chaque instant les données relatives à la direction et à l'intensité des secousses; ils font connaître le moment précis de chacune des phases du phénomène pendant toute sa durée; ils en présentent donc pour ainsi dire l'image exacte. C'est pourquoi ceux qui remplissent toutes ces conditions ont été désignés sous le nom de *séismographes analyseurs*.

Le plus usité d'entre eux a été jusqu'à présent celui de Cecchi [1]. On le trouve dans plusieurs des observa-

[1] Cecchi, directeur de l'Observatoire ximénial de Florence, est l'un des hommes qui se sont occupés avec le plus de succès de la question des tremblements de terre. La science regrette sa perte récente.

toires d'Italie; il ne fonctionne qu'au moment où un tremblement de terre vient mettre en jeu les pièces dont il se compose. Des pendules entrent alors en mouvement ; deux d'entre eux oscillent dans des plans verticaux en face d'une caisse en bois à section carrée dont les parois sont revêtues de papier enduit de noir de fumée. Un déclanchement opéré par un avertisseur analogue à celui de Bertelli met une horloge en marche au moment de la secousse et en même temps détermine la descente de la caisse en bois au contact des styles enregistreurs fixés aux deux pendules signalés ci-dessus. L'amplitude des oscillations de ces pendules se trouve de la sorte enregistrée en même temps que l'horloge donne l'heure à laquelle chacune d'elles s'est produite. L'un des instru-

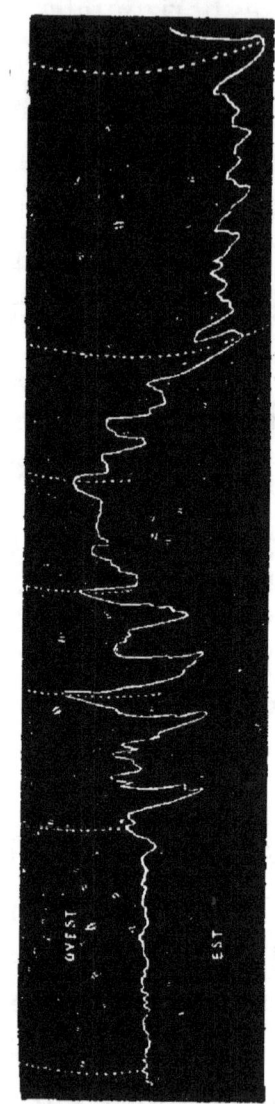

Fig. 18. — Observatoire de Moncalieri, Sismographe Cecchi. Diagramme du tremblement de terre du 23 février 1887. (Denza)

ments de ce modèle, établi à l'Observatoire de Moncalieri, près de Turin, dirigé par M. Denza, a parfaitement fonctionné lors du tremblement de terre du 23 février 1887. Il a fourni une courbe dont les sinuosités repré-

sentent les diverses phases d'intensité de la secousse
(fig. 18), en même temps qu'il donnait avec une grande
précision l'heure de chacune des périodes du phénomène.

Des séismographes fondés sur le même principe, mais
différant de celui-ci par des perfectionnements divers
apportés dans la construction, ont été construits et soumis
à des essais divers en attendant qu'ils servent à l'étude de
quelque séisme.

Parmi les plus intéressants, nous citerons celui d'Ewing
utilisé à l'Observatoire de Tokio au Japon; il est composé
de deux pendules associés entre eux et de sens inverse,
l'un stable et l'autre instable; le centre d'oscillation du
pendule instable peut être écarté ou rapproché du point
fixe autour duquel l'oscillation s'effectue, De la sorte on
peut rendre ce système aussi sensible qu'on veut.

Un séismographe à deux pendules oscillant dans des
plans perpendiculaires a été construit par M. Angot, et
déposé provisoirement au Collège de France; il mérite
d'être signalé à cause de la simplicité de son mécanisme et de la continuité de son fonctionnement.

Enfin le séismographe à charnière de M. Thury, récemment installé à Genève, et fondé sur le même principe
que le brackett séismographe de Gray, semble, par les
études minutieuses qui ont présidé à sa construction et
par les expériences auxquelles il a été soumis, représenter
un excellent type des instruments de ce genre[1].

---

[1] Un mémoire de MM. Chesneau et Lallemand, inséré dans les *Annales des
mines* (t. XI, 1886, p. 207), donne la description détaillée des principaux ins-

Après avoir présenté au lecteur l'exposé des moyens divers employés pour arriver à la connaissance de l'heure d'arrivée de la secousse dans les différents points d'une région ébranlée par un tremblement de terre, jetons un coup d'œil sur les résultats numériques qui ont été recueillis dans les principaux séismes étudiés jusqu'à ce jour.

Quand on considère ces nombres on est frappé de l'inégalité extrême des résultats obtenus. La liste qui suit, dressée d'après les données provenant des auteurs les plus recommandables, va mettre le fait en évidence.

Volger a trouvé pour la vitesse de propagation superficielle dans le tremblement de terre de Amt-Gehren 742 mètres; pour celui de Saint-Goar 567^m,6; pour celui de la Basilicate 259^m,7.

J. Schmidt a obtenu pour le tremblement de terre du Rhin du 29 juillet 1846 une vitesse de 459 mètres. Il a calculé, d'après les renseignements recueillis dans les documents de l'époque, que le tremblement de terre de Lisbonne du 1er novembre 1755 avait dû se propager avec une vitesse de 2488 mètres. Pour ce même séisme Mitchel avait trouvé une vitesse de 1390 mètres et Mallet des vitesses variant de 500 à 1500 mètres suivant les directions.

Von Lasaulx a trouvé pour le tremblement de terre

---

truments séismiques employés dans les observatoires italiens. La note de M. Offret publiée dans les *Comptes rendus* (t. CIV, p. 1150) fournit des renseignements intéressants sur la manière dont ils ont fonctionné, lors du tremblement de terre du 29 février 1887.

de Herzogenrath en 1877 une vitesse moyenne de 475 mètres.

Pour les tremblements de terre du Népaul et du bassin du Gange les vitesses observées ont varié de 300 à 1100 mètres.

Soret a érabli, lors du tremblement de terre du 21-22 juillet 1881, en Suisse, que la vitesse avait varié suivant les directions de propagation. Entre Modane et Chalon, elle a été de 747 mètres; entre Allevard et Moncalieri, de 695 mètres; entre le Locle et Chalon, de 379 mètres; entre Genève et Allevard, de 300 mètres seulement.

M. Offret a constaté que, lors du récent tremblement de terre de Ligurie, la vitesse moyenne avait varié avec la distance à l'épicentre.

A des distances de	75 à 250^{km}	la vitesse a été de	500 à 800^{m}
— —	250 à 300	— —	700 à 1000
— —	300 à 400	— —	800 à 1200
— —	500 à 1000	— —	1100 à 1700
— —	1500	— —	2100

Lors du tremblement de terre d'Agram de 1881, Toula rapporte que la secousse a mis 49″ pour se transporter d'Agram à Vienne, ce qui donne une vitesse de 5500 mètres.

Les observations suivantes, que nous empruntons à un mémoire de Dutton et Hayden[1], démontrent que lors du tremblement de terre de Charleston du 31 août 1886

1 Science, t. IX, p. 489.

les vitesses de propagation des secousses ont été également très considérables :

NOMS DES LOCALITÉS	DISTANCES A L'ÉPICENTRE	HEURE DE L'ARRIVÉE DE LA SECOUSSE	VITESSE
Wytheville (Va.). . . .	286 milles	9h 52m 37s	5300m
Chattanoga.	332	9 53 0	4860
Washington.	450	9 33 20	5570
Baltimore.	486	9 53 20	6000
Atlantic City (N. J.). . .	552	9 54 0	5250
Belvidere (N.-J.). . . .	622	9 54 0	5900
New-York.	645	9 54 25	5380
Stockbridge (Mass.). . .	772	9 56 0	4283
Albany (N. Y.).	772	9 55 45	4516
Toronto.	753	9 56 18	4250
Dyersburg (Tenn.).. . .	569	9 54 0	5230[1]

Comme contraste à ces chiffres si élevés, il nous reste à citer ceux qui ont été déterminés par le professeur Heim pour le tremblement de terre senti à Genève le 28 juin 1880, à 3h 7m du matin. La propagation du mouvement entre Genève et Nyon s'est faite avec une vitesse de 114 mètres par seconde, et entre Genève et Coppet elle n'a même été que de 54 mètres.

---

[1] Sur ce tableau les distances sont comptées à partir de l'épicentre en milles de 1609m,3. Toutes les localités inscrites dans la première colonne sont situées au nord de l'épicentre. La plupart des heures citées sont exactes seulement à une demi-minute près. Dans certaines localités, comme New-York et Albany, on a recueilli des heures qui diffèrent entre elles d'une minute. Dans d'autres, il y a incertitude sur la phase du mouvement dont l'heure a été observée.

CHAPITRE V

CENTRE D'ÉBRANLEMENT

La détermination de l'épicentre, le tracé des courbes isoséistes et homoséistes, constituent des problèmes qui dès maintenant sont abordés avec succès. Dans un avenir peu éloigné, la solution s'en fera certainement d'une façon très satisfaisante pour chaque cas particulier; c'est pourquoi, plus d'un chercheur, ami de la précision que comportent les sciences positives, s'estimera peut-être heureux de borner là le but de son travail. Cependant l'esprit ne s'arrête qu'avec peine à cette limite. Un autre problème plus malaisé se présente invinciblement à la pensée de tous ceux qui s'occupent de la question des tremblements de terre. Si on pouvait le trancher sûrement, on ferait faire un tel progrès à la connaissance des phénomènes séismiques, qu'on serait en droit de se croire à la veille de pénétrer la nature intime des mystérieux agents qui en sont les instigateurs.

Il s'agit de la détermination de la profondeur à laquelle siège le centre d'ébranlement ou ce que l'on appelle encore quelquefois le *foyer d'un séisme*. Plusieurs procédés ont été proposés pour atteindre ce but.

Le plus communément employé est fondé sur l'observation de la rapidité plus ou moins grande avec laquelle l'intensité des secousses décroît à partir de l'épicentre. Ce procédé a été, de temps immémorial et presque instinctivement, mis en usage par tous ceux qui s'occupent de la question des tremblements de terre. Plus le foyer séismique est profond, et plus l'épicentre couvre une vaste surface, plus l'intensité des mouvements communiqués décroît lentement à mesure qu'on s'écarte de la région la plus maltraitée. Si le foyer était situé au centre même du globe, les secousses se feraient sentir partout à la surface à peu près avec la même énergie. Les différences dans l'action transmises tiendraient exclusivement, comme nous l'avons vu, à la diversité des conditions géologiques locales. Inversement, si le centre d'ébranlement se trouvait près de la superficie terrestre, l'épicentre se réduirait presque à un point et le mouvement transmis décroissant d'intensité à partir de ce point proportionnellement au carré de la distance cesserait rapidement d'être perceptible. C'est entre ces deux conditions extrêmes que les tremblements de terre se développent; mais, tandis que les cataclysmes séismiques à épicentre très restreint et à ébranlements rapidement décroissants sont très fréquents, le cas contraire ne s'observe que rarement, et encore, dans ces circonstances exceptionnelles, la décroissance d'intensité du mouvement est assez rapide

pour que l'on ait pu conclure que, dans tout tremblement de terre, le centre d'ébranlement avait son siège
dans l'épaisseur de l'écorce de notre globe. Assurément,
ces conclusions, considérées comme absolument rigou-
reuses, dépassent la limite des observations, car la décroissance de l'intensité des secousses d'un tremblement
de terre n'a jamais été déterminée mécaniquement avec
précision ; jamais on n'a donné un tracé certain des courbes isoséistes et même, on est en droit de se demander
si le défaut d'homogénéité des masses qui composent
l'écorce terrestre n'empêchera pas à tout jamais d'atteindre le degré d'exactitude cherché ; mais néanmoins, les
faits constatés sont tels qu'il y a la plus grande proba-
bilité en faveur de l'opinion que ces conclusions représentent. Il y donc lieu de considérer cette méthode,
quelque grossière qu'elle soit, comme susceptible de
fournir des indications approximatives.

Une autre méthode a été proposée par R. Mallet. Elle
repose sur la relation simple qui existe théoriquement
entre la direction suivant laquelle les secousses atteignent un lieu donné, et la disposition des crevasses
qui s'y produisent, soit dans le sol, soit dans les murs
des constructions. En effet, un ébranlement qui se
communique à une masse solide se propage en y donnant naissance à des vibrations, c'est-à-dire à des mouvements dans lesquels le sens des déplacements moléculaires change à chaque instant. Si la limite d'élasticité
de la masse solide se trouve dépassée, la masse ébranlée se fend, une rupture s'opère, transversalement à la

direction dans laquelle le mouvement s'est effectué. Mallet, se basant sur ces idées théoriques, en a conclu qu'il suffisait, par exemple, de constater dans les localités en dehors de la zone épicentrale, la direction des plans de fracture des constructions, pour pouvoir trouver, au moyen de perpendiculaires menées à ces plans, le lieu de leur convergence souterraine, lequel ne serait autre que le foyer séismique.

Ayant appliqué ces principes à l'examen des crevasses des maisons en ruines par suite du tremblement de terre de 1847, près de Naples, il en a conclu que le centre d'ébranlement y avait siégé à une profondeur d'environ 11 kilomètres.

Depuis l'époque où Mallet a publié ses remarquables études, on a cherché bien des fois à appliquer son procédé et l'on y a rarement réussi. Les règles qu'il a données sont presque toujours contredites par l'observation en raison de la complexité des causes qui déterminent le phénomène.

Lors des tremblements de terre de Céphalonie et de Mételin en 1867, et plus récemment, lors du tremblement de terre d'Andalousie en 1884, je n'ai pu constater aucune vérification des idées de Mallet, ni tirer aucun parti de son procédé. A côté d'un exemple qui semble concorder avec la conception de cet auteur, on en trouve dix qui conduiraient à des conclusions absurdes. Il m'a semblé qu'il y avait là une part énorme laissée à l'arbitraire et qu'il fallait éviter avec le plus grand soin de se laisser aller à ses premières impressions, car autrement, on risque fort de prendre des déductions illusoires pour des données positives. Ce n'est donc, évidemment, que dans des conditions tout à fait exceptionnelles. qu'il pourra être permis d'attendre quelques résultats sérieux de l'application de cette méthode.

Cependant, nous ne pouvons clore ce débat, sans citer un exemple intéressant de l'emploi du procédé de Mallet.

Lors du tremblement de terre du 28 juillet 1883, dans l'île d'Ischia, au milieu des ruines des habitations, on observait un grand nombre de fentes dans les murs. M. Mercalli, qui les a observées, a déduit la profondeur du foyer séismique de l'inclinaison des fentes en cinq points situés à des distances inégales de l'épicentre. Parmi les nombreuses observations qu'il a pu faire, ce sont, dit-il, celles qui lui ont paru mériter *quelque* confiance.

LOCALITÉS	DISTANCE DE L'ÉPICENTRE	ANGLE D'ÉMERGENCE [1]	PROFONDEUR DU FOYER CALCULÉE km
Casamicciola marina. .	1200ᵐ	45°	1,200
Casamicciola.	1000	45	1
Forio.	2500	15	0,669
Fiaiano.	3000	30	1,732
Morapane.	3000	25	1,399

Pour déterminer la profondeur du centre d'ébranlement, Mallet a imaginé encore une autre méthode fon-

---

[1] L'angle d'émergence est l'angle que fait avec l'horizon le rayon mené du centre d'ébranlement au lieu d'observation ; il est égal à l'angle que fait la fente considérée avec la verticale.

dée également sur la connaissance de l'angle d'émergence du rayon mené au foyer du tremblement de terre, mais indépendant de l'observation des fentes. Le procédé a pour base l'examen du phénomène suivant : Supposons une boule placée sur le bord d'une terrasse. Appelons b la hauteur de la terrasse au-dessus du sol, a la distance horizontale comprise entre cette verticale et le point où la boule est projetée par une secousse. Soit ε l'angle d'émergence, v, la vitesse du mouvement séismique au moment du choc et g l'intensité de la pesanteur, on a l'équation suivante :

$$\text{tg}\,\varepsilon = \frac{b}{c} - \frac{cg}{2v^2}$$

Une autre observation, qui peut se faire très fréquemment, permet de déterminer v. Mallet suppose que dans le même lieu on a pu constater le renversement d'un corps solide possédant une forme géométrique régulière. Soit m la masse de ce corps, a la distance de son centre de gravité à l'axe autour duquel s'opère le renversement. La force vive du choc est égale à $\frac{1}{2}mv^2$. Le travail effectué consiste dans le renversement du corps, il est en raison inverse de la distance a et égal à la force vive. Soit T le moment d'inertie du corps par rapport à l'axe autour duquel il tourne; soit $f(\varphi)$ une certaine fonction de l'angle φ que forme, avec la verticale, la droite sur laquelle on mesure a. On a l'équation :

$$\frac{1}{2}mv^2 = \frac{T}{a}f(\varphi)$$

·d'où Mallet déduit la formule :

$$v = \sqrt{\frac{2\,T}{m\lambda} \cdot \frac{g(1 - \cos\varphi)}{\cos^2\varphi}}$$

Il résulte des considérations en question qu'au moyen ·des deux observations précédentes combinées, on pourrait déduire la valeur de l'angle d'émergence en un point ·donné, et si, en ce lieu, on connaît la distance d à l'épicentre (supposé assez restreint pour être considéré ·comme un point), en appelant h la profondeur du centre d'ébranlement, on a : $h = d\,\text{ctg}\,\varepsilon$, ce qui donne la profondeur du foyer.

Cette seconde méthode de Mallet ne paraît pas avoir été sérieusement mise en pratique.

On doit à Falb une méthode qui se rapproche de celle de Mallet en ce que, pour déterminer la profondeur du ·centre d'ébranlement, elle s'appuie comme la précédente sur la considération de l'angle d'émergence de la ligne qui représente la direction de la secousse. Elle suppose qu'en deux points, E_1 et E_2, on connaît non seulement les angles d'émergence ε_1 et ε_2, mais de plus, en chacun des deux points la différence de l'azimuth de la composante horizontale du choc et de de l'azimuth de la ligne qui joint les deux points E_1 et E_2.

Soit a la différence en question pour le point E_1 et b la ·différence correspondante pour le point E_2, on a, en appelant d la distance des deux points E_1 et E_2, la formule ·suivante :

$$b = d \frac{\sin(\epsilon_1 - \epsilon_1)}{\sin \epsilon_2 \sin \epsilon_2} \cdot \frac{\cos \dfrac{a + b}{2}}{\cos \dfrac{(a - b)}{2}}$$

Ce procédé a l'avantage d'être indépendant du tracé des homoséistes et de la détermination de l'épicentre, mais il est évident que dans la pratique il ne vaut pas mieux que le premier procédé de Mallet et la forme mathématique sous laquelle il se présente n'ajoute rien à sa précision.

Il n'a jamais été mis en usage.

L'opinion défavorable que nous venons d'émettre sur les ingénieux procédés, que nous venons d'exposer, est actuellement partagée par la plupart des hommes compétents; on ne se fait plus guère d'illusion sur la possibilité de tirer parti de ces conceptions. Il n'en est pas de même pour une autre méthode dont la première idée paraît remonter à Hopkins, mais qui a particulièrement été développé et préconisée par Seebach. Elle est fondée sur la considération de l'heure du commencement de la secousse en des points inégalement distants de l'épicentre. Déjà, nous avons dit que l'extension du mouvement dans un tremblement de terre se faisait différemment, suivant que le centre d'ébranlement avait son siège à faible distance de la surface du sol ou qu'il était, au contraire, profondément situé. Dans le premier cas, les secousses se propagent avec une vitesse sensiblement uniforme; les courbes homoséistes, représentant les lieux où la commotion se fait sentir au bout d'intervalles de temps égaux, sont presque également écartées les unes des autres. Dans le second cas, la vitesse, d'abord très grande, se ralentit ensuite, et d'autant plus que le centre d'ébranlement est plus profond, pour ne devenir constante qu'à une grande distance de l'épicentre. Seebach a exprimé ces relations au moyen d'une élégante construction géométrique qui permet de déduire la profondeur du foyer séismique et la vitesse de propagation du mouvement dans le sol, de la connaissance de la vitesse aux différents points de la surface.

Soit b la profondeur du centre d'ébranlement, x la distance d'un point D quelconque de la région ébranlée à ce centre, et y la distance du même point à l'épicentre supposé réduit à un point que nous appellerons *point épicentral*, on a :

$$x^2 - y^2 = b^2 \qquad (1)$$

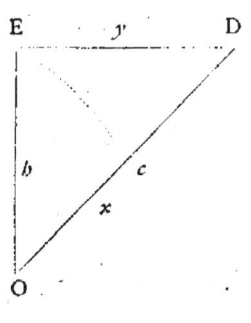

FIG. 19.

équation d'une hyperbole équilatère, dont le demi-axe est égal à b.

Soient T le moment de la secousse initiale en O, t le moment où elle arrive en D. La distance est parcourue dans le temps $t - T$.

Soit v la vitesse de propagation de l'ébranlement dans le sol, on a :

$$x = (t - T) v$$

et en substituant à x cette valeur dans l'équation (1) il vient :

$$t = T + \sqrt{\frac{y^2 + b^2}{2}} \qquad (2)$$

Si l'on possède trois points D d'observation pour lesquels on connaisse la distance y à l'épicentre et le temps t d'arrivée de la secousse, l'équation (2) fournit le moyen d'obtenir les valeurs de b, de v et de T. On a donc ainsi un procédé très simple pour déterminer les éléments séismiques cherchés, savoir : la profondeur du centre d'ébranlement, l'instant du choc initial et la vitesse de propagation des secousses.

La relation entre les éléments du problème séismique a été encore présentée par Seebach sous une autre forme.

Si du point O comme centre avec la distance OE comme rayon on décrit un arc de cercle, la droite OD se trouve coupée en un point C dont la distance x' au point D est égale à $x - b$.

Si dans l'équation (1) on remplace x par $x' + b$, il vient :

$$y^2 = (b + x')^2 - b^2$$
$$y^2 - x'^2 - 2\,b\,x' = 0$$

équation d'une hyperbole rapportée à deux axes qui se croisent à l'un de ses sommets.

D'après cette équation, on voit que $x' < y$ pour toutes les valeurs finies de y, et que ces deux quantités ne deviennent égales que pour $y = \infty$. Appelons t_0 le moment où la secousse arrive au point épicentral; alors la distance x' est parcourue dans le temps $t - t_0$; d'où il suit que :

$$x' = v\,(t - t_0)$$

Si l'on appelle v' la vitesse avec laquelle le tremble-ment de terre se propage à la surface du sol, on a aussi :

$$y = v'(t - t_0)$$

d'où l'on déduit :

$$v' = v\,\frac{y}{x'}$$

et comme $y > x'$, on en conclut que $v' > v$ c'est-à-dire que la vitesse de propagation des secousses à la surface du sol est plus grande que leur vitesse de propagation dans le sol. On sait d'ailleurs que les valeurs de y et de x' sont d'autant plus rapprochées l'une de l'autre que le mouvement transmis est considéré en un point plus éloigné de l'épicentre. En supposant le sol homogène, v est constant, v' est variable et se rapproche d'autant plus de v que la secousse se transporte plus loin.

Seebach a tiré de l'équation précédente une construc-tion graphique qui peut offrir un certain intérêt pra-tique.

On a, en effet :

$$y^2 - v^2(t - t_0)^2 - 2bv(t - t_0) = 0$$

y étant donné par l'observation directe ainsi que $t - t_0$, l'hyperbole représentée par cette équation peut être aisé-ment construite. Le demi-axe est égal à $\frac{b}{v}$ et la tangente de l'angle formé par l'asymptote avec l'axe des x repré-sente la vitesse v de propagation des secousses dans le sol.

La méthode de Seebach donne prise à de graves objections. En premier lieu elle implique l'exactitude d'une hypothèse que l'observation ne semble pas généralement confirmer. Elle suppose, en effet, que la portion du sol qui est le théâtre du séisme est sensiblement homogène. Seebach et ses nombreux disciples admettent tous plus ou moins explicitement que les matières au sein desquelles un tremblement de terre prend naissance profondément sont, au point de vue de leur élasticité, peu différentes de celles qui constituent la partie superficielle de l'écorce terrestre; ou bien encore, ils considèrent le revêtement extérieur de cette écorce, lequel est relativement très mince et composé de roches éruptives et sédimentaires extrêmement variées, comme pouvant être négligé par rapport à la partie sous-jacente que traversent les secousses séismíques. Ceux qui se servent de cet argument font remarquer que les roches secondaires et tertiaires ne forment en réalité qu'une sorte de placage à la surface de l'enveloppe solide du globe ; les roches cristallines, stratoïdes ou compactes affleurent entre elles et leur servent partout de soubassement, de telle sorte qu'on est en droit d'affirmer que même au milieu des grands bassins sédimentaires, si l'on pouvait pénétrer à une profondeur relativement peu considérable, on serait certain de ne rencontrer que des masses cristallisées d'autant plus denses qu'on s'enfoncerait davantage dans l'épaisseur de l'écorce terrestre. Il y a donc, disent-ils, bien des chances pour que le foyer séismique soit situé dans un milieu de composition uniforme, et, effectivement, plus ce foyer est profond et plus cette conception se rapproche de la vérité. Mais il ne peut plus en être de même quand il n'est situé qu'à quelques kilomètres de profondeur; dans ce cas, en effet, la partie massive du sol et la partie hétérogène qui lui est superposée ont des épaisseurs comparables et le tout ne peut plus être assimilé à un milieu identique dans toute son épaisseur. Le plus ordinairement même, on ne peut partir de l'hypothèse d'une succession régulière de masses disposées dans un ordre méthodique, car on sait que les tremblements de terre ont pour sièges habituels des régions qui, au moins superficiellement, sont brisées et disloquées.

On peut objecter encore contre le procédé graphique imaginé par Seebach qu'il suppose un foyer séismique étroitement localisé dans les profondeurs du sol, et que contrairement à l'opinion théorique dont il est l'expression, il est à peu près démontré aujourd'hui que certains ébranlements souterrains ont pour point de départ une surface très étendue.

En résumé, la méthode basée sur l'examen des courbes homoséistes ne sera probablement trouvée applicable dans l'avenir qu'à un nombre très limité de cas, que l'on pourra distinguer seulement après une discussion attentive et minutieuse.

Il faudra la rejeter quand on constatera par exemple que la vitesse de propagation superficielle augmente au lieu de diminuer avec la distance à l'épicentre, ou bien encore quand l'épicentre sera extrêmement allongé ou très irrégulier.

Lors du tremblement de terre de la côte de Ligurie, en 1887, M. Offret a cherché si la méthode de Seebach était applicable. Dans ce but il a recueilli un grand nombre de données horaires qui permettent de trancher la question. Dans un premier tableau il détermine les vitesses de propagation du mouvement, à partir de l'épicentre jusqu'en des points dont les distances à celui-ci varient de 75 à 400 kilomètres. Un second tableau contient les vitesses pour des points dont l'éloignement varie de 320 à 1500 kilomètres. Or, si l'on consulte le premier tableau, on voit que pour les localités dont les distances à l'épicentre varient de 75 à 250 kilomètres, la vitesse constatée varie de 500 à 800 mètres environ par seconde; de 250 à 300 elle varie de 700 à 1000 mètres et de 300 à 400 elle est comprise entre 800 et 1200 mètres.

Le second tableau montre que pour des localités dont l'éloignement à l'épicentre est compris entre 500 et 1000 kilomètres, la vitesse varie de 1100 à 1700 mètres par seconde, et enfin, pour Lisbonne, ville située à 1500 kilomètres de l'épicentre, la vitesse moyenne superficielle trouvée a été de près de 2100 mètres.

Dans la discussion de ces chiffres, M. Offret a tenu grand compte des erreurs possibles et cependant il fait remarquer avec raison que les vitesses trouvées, quelque imparfaitement fixées qu'on les suppose, laissent apercevoir avec netteté le *sens* de leur variation de grandeur.

Elles croissent avec la distance à l'épicentre. — Ce fait, dit-il est en contradiction avec les idées admises jusqu'à présent par tous les savants qui se sont occupés de la détermination de la profondeur du foyer séismi-

Fouqué, *Les Tremblements de terre.* 7

que. On ne peut donc partir dans tous les cas de cette idée théorique que le sol est sensiblement homogène à une faible profondeur et négliger les variations de composition et de structure qui existent dans la partie superficielle de la croûte terrestre.

Cet exemple montre avec quelle réserve extrême il faut accueillir la théorie de Seebach. Cependant elle ne doit pas non plus être rejetée *a priori*. Quelquefois elle pourra être mise en usage; elle conduira par une voie simple et élégante à la solution de l'importante question qui nous occupe. Son emploi est d'autant plus digne d'être recommandé qu'elle a pour base l'examen de données horaires qui, grâce au perfectionnement et l'installation plus fréquente des séismographes, seront de plus en plus obtenues avec précision.

Jusqu'à présent c'est elle qui a été employée de préférence en Allemagne et en Autriche. Son application à différents tremblements de terre a donné pour les vitesse de propagation superficielle des nombres compris entre 10 et 35 kilomètres (je néglige à dessein les nombres trouvés en deçà ou au delà de cette limite, lesquels ne me paraissent pas présenter les conditions désirables de certitude).

Von Lasaulx, l'un des partisans les plus zélés de la méthode de Seebach, l'a appliquée aux données qu'il avait recueillies lors des deux tremblements de terre de Herzogenrath de 1873 et de 1877. Dans le premier cas, il a trouvé que le foyer séismique était situé à une profondeur de 28 kilomètres; dans le second, à environ

27 kilomètres et demi (3,619 milles allemands). Dans ce cas la secousse aurait employé 56^s,2 pour parvenir du centre d'ébranlement à l'épicentre.

Von Lasaulx a été un des savants les plus recommandables parmi ceux qui dans ces dernières années ont cultivé la physique terrestre. L'examen qu'il a fait des deux tremblements de terre d'Herzogernrath peut passer pour un modèle en ce genre. Cependant, si l'on compare, par exemple, dans l'opuscule qu'il a publié sur le tremblement de terre du 24 juin 1877, les renseignements recueillis par lui et les conclusions qu'il en a tirées, on est étrangement frappé de l'incertitude des premières et de la confiance du regretté physicien dans les secondes. Dans la notice en question tout s'enchaîne si méthodiquement, les faits sont présentés inconsciemment avec un tel art, les déductions paraissent si logiques, qu'involontairement on se laisse aller à accepter toutes les déductions de l'auteur et à considérer comme démontré ce qui en réalité n'est que vaguement aperçu.

Il applique la méthode de Seebach et trace la figure géométrique recommandée par l'auteur en considérant la propagation du tremblement de terre au travers des homoséistes compris entre les environs d'Aix-la-Chapelle et Haldern, localité située au delà de Bonn. L'épicentre réduit à un point est supposé placé assez arbitrairement à 7 kilomètres d'Aix-la-Chapelle un peu au delà de la frontière hollandaise. Sur le tracé graphique qu'il a donné, les abscisses représentant les distances comptées à partir de ce point, les ordonnées représentant en minutes le temps de l'arrivée de la secousse en chaque localité, il trouve ainsi que Düsseldorf, Cologne, Bonn, Solingen, Neviges, Haldern donnent des points appartenant à une même ligne droite. Wittlaer s'en écarte très peu. Voilà donc l'asymptote de l'hyperbole obtenue. Mais si on se reporte au recueil des observations, on n'en trouve qu'une seule, celle de Bonn qui soit rigoureusement exacte; toutes les autres sont fournies par des horloges de chemin de fer ou par des montres comparées plus tard à ces horloges.

Von Lasaulx n'indique pas comment étaient réglées en 1877 les horloges des chemins de fer allemands. Il n'est pas probable qu'elles aient été, surtout à cette époque, mieux réglées que les horloges françaises, c'est-à-dire à une minute près au moment du réglage qui ne se fait pas tous les jours. D'ailleurs, l'heure recueillie en chaque point par von Lasaulx n'est donnée qu'à une minute près, il ne faut donc pas se laisser éblouir par les secondes qui figurent dans le tableau des heures transformées en heures de Cologne. L'heure de Bonn est seule fournie à 10 secondes près, grâce à la donnée recueillie à l'observatoire astronomique de cette ville. En réalité, toutes les autres heures indiquées peuvent être fautives d'une minute et alors on voit avec ces erreurs possibles ce que devient l'asymptote si rigoureusement tracée par von Lasaulx.

Des réflexions analogues peuvent être faites à propos des heures de la secousse dans les localités voisines de l'épicentre et même en deux points à Rolduc et à Kerkrade l'heure est donnée par des arrêts de pendule et von Lasaulx considère cet arrêt comme ayant été instantanné, ce qui de saurait être exact. En admettant que les heures de Rolduc et d'Aix-la-Chapelle soient fautives d'une minute, le nombre obtenu par von Lasaulx fait plus que doubler immédiatement. Et si, d'autre part, on admet une erreur de même ordre et de sens inverse, dans la position du point de rencontre de l'asymptote avec l'axe des y, on voit le faible degré d'exactitude du nombre admis par le savant physicien.

Nous avons cherché à utiliser la méthode de Seebach pour déterminer la profondeur du centre d'ébranlement du récent tremblement de terre de la côte de Ligurie. La chose semblait se présenter dans les conditions les plus favorables. On avait, en effet, tout le long de la ligne de chemin de fer qui longe la corniche de Marseille à Gênes, une série nombreuse de localités où l'heure d'arrivée de la secousse avait été déterminée sur des horloges de chemin de fer qui venaient d'être réglées. Sur cette même ligne des observatoires astronomiques avaient fourni l'heure exacte. Plus loin de bonnes observations avaient été faites dans les établissements météorologiques d'Italie et de Suisse par des hommes expérimentés ; enfin à une distance plus grande on trouvait les données résultant de la constatation des perturbations magnétiques. Eh bien, tout cela transporté sur le papier quadrillé destiné au tracé de la courbe a donné des résultats tellement incohérents qu'il a fallu renoncer à l'espoir d'obtenir une ligne régulière quelconque.

Assurément, dans les nombres qui figurent sur les tableaux dressés par M. Offret, on pourrait faire un choix et obtenir ainsi une courbe qui ressemblerait un peu à une branche d'hyperbole, mais nous ne croyons pas qu'un tel procédé puisse être rationnellement employé.

La complexité du tracé que nous avons obtenu dans cet essai est pour nous la preuve que l'hétérogénéité du terain traversé par la commotion souterraine exerce une influence capitale sur le mode de propagation de l'onde séismique et ce résultat met ainsi en évidence la cause pour laquelle le procédé de Seebach n'a pas été applicable.

Kortum a montré dans un travail spécial adjoint à l'une des notices de von Lasaulx l'influence considérable qu'exerçait une petite erreur dans la détermination du temps sur le nombre qui représente la profondeur du foyer séismique; et, pour rémédier autant que possible à cette circonstance fâcheuse, il a proposé d'appliquer la méthode des moindres carrés à la correction des nombres fournis par l'observation directe. Assurément il y aurait avantage notable à suivre le conseil de Kortum si l'incertitude des nombres obtenus provenait exclusivement d'erreurs personnelles d'observation; mais tel n'est pas le cas, et quand la méthode de Seebach n'est pas applicable, il est certain que celle de Kortum ne l'est pas davantage.

Un savant auquel on doit des vues originales et d'ingénieuses observations sur les tremblements de terre, Falb, a eu l'idée, pour résoudre la question du centre d'ébranlement, de recourir à la détermination de l'intervalle de temps qui s'écoule entre l'arrivée d'une secousse et celle du bruit qui la précède ou qui l'accompagne ordinairement. C'est un fait bien connu et que l'on peut vérifier dans tous les séismes importants, qu'un bruit plus ou moins intense est presque toujours le phénomène initial et précurseur d'une commotion du sol. On l'a comparé tantôt au grondement d'un tonnerre lointain, tantôt au roulement d'un train de chemin de fer, au bruit occasionné par le passage d'une voiture lourdement chargée sur un pavé inégal, au cliquetis d'un bruit de chaînes.

Tous ceux qui s'occupent de physique terrestre admettent qu'il est engendré par la même cause qui produit l'ébranlement du terrain et que les deux phénomènes prennent simultanément naissance. S'il précède généralement la secousse, c'est que les vibrations qui lui correspondent se propagent plus rapidement que celles auxquelles on doit les mouvements destructeurs. Dès lors, plus on est éloigné du centre d'ébranlement et plus l'intervalle de temps compris entre le moment de la perception du bruit et celui de la sensation du choc doit augmenter, le rapport entre la vitesse de propagation de la secousse et celle du son étant supposé fixe. Il existerait donc, d'après cela, dans l'observation du laps de temps qui s'est écoulé entre ces deux phénomènes en un lieu donné, un moyen de savoir si l'on est à une distance plus ou moins grande du foyer séismique. Le calcul est analogue à celui qui permet de déterminer la distance à laquelle on se trouve d'un nuage orageux lorsqu'on connaît le temps qui s'est écoulé entre l'arrivée de l'éclair et celle du coup de tonnerre correspondant. Il y a cependant une difficulté de plus que dans le cas du phénomène qui nous sert de terme de comparaison, car on connaît la vitesse de transmission de la lumière ainsi que celle du son dans l'air, tandis que généralement on ne connaît ni la vitesse de propagation du mouvement, ni celle du son dans le sol.

Voyons cependant quel parti Falb a su tirer de sa méthode et comment il a su en soumettre les éléments au calcul.

Soit v la vitesse du mouvement séismique dans le sol, et v_1 la vitesse du bruit correspondant.

Soit T le temps écoulé depuis l'origine du mouvement jusqu'à l'arrivée de la secousse en un point E_1 de la surface du sol, et t le temps écoulé de même jusqu'à l'arrivée du son au même point.

En appelant r la distance du point E_1 au centre d'ébranlement O, on a :

$$r = vT = v_1 t$$

Appelons s la différence $T - t$, et, comme précédemment, b la profondeur du centre d'ébranlement, ε l'angle d'émersion.

$$r = \frac{v_1 \, sb}{v_1 - v}$$

et comme on a $b = v \sin \varepsilon$

il vient :

$$b = \frac{v_1 \, sv \sin \varepsilon}{v_1 - v}$$

Et d'autre part, en appelant d la distance du point E_1 à l'épicentre E supposé réduit à un point, on a :

$$\cos \varepsilon = \frac{d\,(v_1 - v)}{v_1\,sv}$$

De la sorte, la profondeur du centre d'ébranlement et l'angle d'émergence se trouvent exprimés en fonction de d, s, v et v_1. Si l'on suppose constant le rapport k de $\frac{v}{v_1}$ les deux formules précédentes deviennent :

$$b = \frac{sv \sin \varepsilon}{1 - k}$$

$$\cos \varepsilon = \frac{d\,(1 - k)}{vs}.$$

En supposant le sol homogène, v et v_1 peuvent être déterminés directement par l'observation, car à une distance suffisante de l'épicentre les vitesses de propagation des vibrations observées dans la couche superficielle du sol deviennent respectivement pour le choc d'un tremblement de terre et pour le bruit qui l'accompagne égales à v et v_1. Ces deux quantités sont d'ailleurs susceptibles d'être expérimentalement mesurées.

La connaissance de d et de s résulte aussi d'observations directes.

Von Lasaulx a tenté d'appliquer cette méthode de Falb à la recherche des éléments séismiques du tremblement de terre de Herzogenrath du 24 juin 1877, mais il a été immédiatement arrêté par une difficulté, k n'est pas constant; alors, au lieu d'employer les procédés que nous venons d'indiquer pour obtenir la connaissance de

v et de v_1, et par suite pour arriver à la détermination de h, il a utilisé les nombres qu'il avait obtenus pour v et pour b au moyen de la méthode de Seebach. Il a ainsi calculé h en deux localités ébranlées par le tremblement de terre.

Les valeurs de v et de b qui lui servent de point de départ sont : $b = 27^{km}$, $v = 475^m$ par seconde.

Pour calculer h la première observation dont il se sert est celle qui a été faite à Rolduc, localité distante de $2^{km},473$ du point épicentral E. En ce lieu l'arrivée du bruit a précédé celle de la commotion de 1 seconde, d'où il suit qu'à partir du centre d'ébranlement jusqu'en ce point, v_1 a été égal à 493 mètres et $h = 0,9625$.

Si h eût été constant, le bruit aurait précédé la secousse de près de 7 secondes à Düsseldorf et d'un peu plus de 9 secondes à Bonn, eu égard à la distance de ces deux villes ou point épicentral. Il n'en a rien été. A Düsseldorf on avait déjà ressenti deux ou trois oscillations du sol lorsque le bruit a commencé. A Bonn, c'est seulement à la fin de la secousse, deux secondes et demie après son début que le bruit s'est fait entendre.

Il en résulte, par exemple, qu'en prenant pour Bonn les mêmes valeurs de v et de b que pour Rolduc, on trouve :

$$v_1 = 468^m \quad h = 1,01$$

la distance de Bonn au point épicentral étant de $77^{km},9$.

Le rapport h va donc en augmentant avec la distance des localités considérées au point épicentral. Les choses se passent donc comme si la vitesse de propagation de la secousse dans le sol demeurant constant, la vitesse de propagation des vibrations correspondant au bruit allait en diminuant, à mesure qu'on s'éloigne du point épicentral. Von Lasaulx partant des valeurs de k trouvées pour Rolduc et pour Bonn, a calculé le coefficient de ce retard. Il a trouvé ainsi, que pour avoir en chaque lieu l'heure qui serait observée pour l'arrivée du bruit, si k conservait partour la valeur qu'il a au point épicentral, il faut avancer l'heure constatée effectivement d'un nombre de secondes égal à $0^s,12 \times d$.

On peut ensuite, après cette correction faite à la quantité s, et prenant la valeur de v donnée par la méthode de Seebach, calculer h pour différents points de la région ébranlée et constater ainsi l'accord plus ou moins satisfaisant que l'on trouve entre les divers nombres obtenus pour h.

Mais après tout ce que nous avons dit précédemment de la méthode de Seebach, on comprend aisément qu'elle mérite peu de confiance et qu'il serait avantageux de ne pas lui emprunter l'une des données fondamentales d'un calcul.

On arrive à ce résultat au moyen d'une autre procédé proposé par Falb, qui permet d'obtenir la valeur de h sans connaître ni v, ni k. Ce procédé, qui se recommande par sa simplicité, n'est qu'une modification du précédent. Il suppose la connaissance de l'intervalle de temps compris entre l'arrivée du bruit et celle de la secousse en *deux* localités, dont l'une est le point épicentral.

Soient s et s_1 les intervalles en question, on a :

$$\frac{s}{s_1} = \sin \varepsilon$$

et
$$b = d \, \mathrm{tg} \, \varepsilon$$

ce qui permet de déterminer b.

Le plus souvent il n'est pas difficile de recueillir des renseignements sur la valeur de s en des lieux divers voisins du point épicentral. Alors les valeurs de b que l'on obtient pour les localités éloignées du point épicentral se servent mutuellement de moyen de contrôle.

C'est ainsi que von Lasaulx ayant pu être renseigné sur la valeur de s_1, dans les trois localités de Elmpt près de Erkelenz, de Roetgen et de Düsseldorf situées à des distances variées du point épicentral, et connaissant d'ailleurs s d'après l'observation de Rolduc, a déduit trois valeurs de b de ces données.

A Elmpt $d = 31^{km}$, s_1, (non corrigé) $= 2$ secondes d'où l'on déduit : $b = 35^{km},3$.

A Roetgen $d = 23^{km},7$, s (non corrigé $= 2$ secondes, d'où : $b = 26^{km},8$.

A Düsseldorf $d = 63^{km},5$ s_1 (corrigé) $= 6^s,17$ d'où $b = 21^{km},5$.

Von Lasaulx se montre très satisfait de l'accord relatif qu'il trouve entre les diverses valeurs qu'il obtient ainsi et de leur faible écart avec celles qu'il a déduites des observations de Rolduc et de Bonn par la méthode de Seebach ou par la combinaison de celle-ci avec celle de Falb. La moyenne des six valeurs de b qu'il trouve, est égale à $27^{km},2$

Cependant, si comme il l'admet, le rapport h n'est pas constant, il faut reconnaître que la méthode de Falb devient bien incertaine. Pour mon compte, bien qu'ayant eu plusieurs fois l'occasion de sentir des secousses de tremblement de terre et d'entendre le bruit séismique, j'ai toujours constaté que l'arrivée du bruit précédait celle de la secousse. C'est pourquoi j'éprouve une certaine répulsion à accepter comme exactes les observations de Düsseldorf et de Bonn citées par Von Lasaulx, malgré l'importance des sources auxquelles elles sont empruntées. Il y a lieu d'en attendre la confirmation par des constatations nouvelles.

En tous cas, la méthode de Falb mérite au plus haut degré d'appeler l'attention de toutes les personnes qui s'intéressent à l'examen des phénomènes séismiques. L'étude des bruits souterrains qui accompagnent les commotions du sol mérite d'être faite tout autant que celle des secousses et avec la même précision.

Il y a lieu de s'inquiéter aussi au point de vue théorique de la cause pour laquelle le bruit et le choc se transmettent avec des vitesses inégales. Dans une note imprimée dans les *Comptes rendus de l'Académie des sciences* j'ai émis l'hypothèse que peut-être le bruit est dû aux vibrations longitudinales et la secousse aux vibrations transversales produites par un même ébranlement. Si cette hypothèse était exacte, h devrait être constant et égal à 0,58, tandis que Falb et von Lasaulx ont trouvé pour ce rapport le nombre 0,97.

Dans un mémoire publié par Dutton et Hayden sur le

tremblement de terre de Charleston[1], ces savants distingués ont exposé un procédé pour calculer la profondeur du centre d'ébranlement fondé sur la considération de la distribution des lignes isoséistes. L'idée première de la méthode remonte à R. Mallet qui l'avait accessoirement présentée.

De même que la loi de décroissance des vitesses de propagation du mouvement à la surface du sol à partir de l'épicentre varie avec la profondeur du centre d'ébranlement, de même la loi de la distribution des intensités se modifie par cette cause. On conçoit donc à priori qu'il soit possible de tirer parti de ce fait pour déterminer la position dans le sol du foyer séismique. Voyons comment Dutton et Hayden ont appliqué le principe en question :

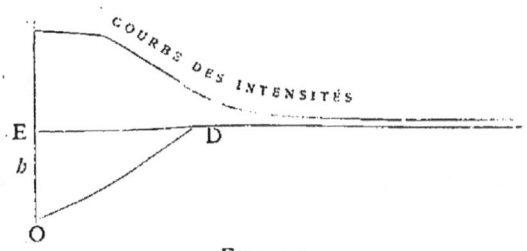

FIG. 20.

Soient b la profondeur du centre d'ébranlement, x la distance d'un point D de la surface du sol au point épicentral E, a l'intensité du mouvement à l'unité de distance à partir du foyer séismique et y l'intensité au point D. L'intensité variant en raison inverse du carré de la distance, on a :

$$y = \frac{a}{b^2 + x^2}$$

[1] *Sciences*, t. IX, n° 224, p. 489.

Les ordonnées de la courbe qui représente les intensités décroissent rapidement à une certaine distance du
point E et plus loin ne varient que lentement ; c'est ce que
l'on peut voir aisément en supposant successivement
$x = q$, $2\,q$, $3\,q$, etc. Elle présente donc un point d'inflexion dont la position peut être calculée en égalant à
o la différentielle seconde de l'équation précédente. Il
vient, en effet :

$$\frac{d^2\,y}{dx^2} = \frac{8\,ax^2 - 2\,a\,(b^2 + x^2)}{(b^2 + x^2)^2} = 0$$

$$8\,ax^2 = 2\,a\,(b^2 + x^2)$$

$$x = \frac{b}{\sqrt{3}}$$

On voit d'après cela que l'abscisse du point d'inflexion
est indépendante de l'intensité de l'ébranlement initial,
qu'elle dépend uniquement de la profondeur du foyer
séismique.

Il résulte de là que si l'on a un moyen pratique de
déterminer sur un rayon partant de l'épicentre à la surface du terrain le point où la décroisssance des intensités
se fait le plus rapidement, la distance de ce point à l'épicentre multipliée par $\sqrt{3}$ donnera la profondeur du foyer
séismique. Le point en question ne peut évidemment être
apprécié avec précision qu'au moyen de séismographes
convenables distribués dans la région ébranlée. Mais en
attendant que des observations scientifiques puissent
être établies de manière à constituer un ensemble
coordonné, la méthode qui vient d'être exposée peut

encore conduire à des données approximatives intéressantes.

En fait, la décroissance rapide cherchée se manifeste
sur les bords de la zone centrale à laquelle nous avons
donné le nom d'épicentre, réservant celui de point épicentral au point situé sur la verticale du foyer séismique,
et bien que les effets destructeurs produits ne soient pas
rigoureusement proportionnels à l'intensité de la cause
qui les engendre, on peut dans la pratique confondre
la courbe qui représente ces effets avec celle qui donnerait
les intensités. Le point d'inflexion de l'une est certainement peu différent de position du point d'inflexion de
l'autre.

Quand l'épicentre a la forme d'une ellipse plus ou
moins allongée, c'est le plus petit rayon de l'ellipse qui
doit être multipliée par $\sqrt{3}$ pour fournir la profondeur
du centre d'ébranlement. Cette méthode, appliquée par
les savants américains au tremblement de terre de Charleston du 31 août 1886, a donné pour la profondeur
cherchée le nombre de 29 kilomètres.

Appliquée au tremblement de terre d'Andalousie du
25 décembre 1884, elle donne 18 kilomètres pour la
profondeur du foyer séismique correspondant. La même
méthode appliquée au tremblement de terre d'Ischia
y donnerait pour la profondeur du foyer seulement
250 mètres, ce qui n'a rien d'improbable.

Il est à remarquer à ce propos qu'une échelle des intensités convenablement choisie devrait, à la simple vue des
courbes isoséistes tracées sur la carte d'une région

ébranlée par un tremblement de terre, permettre de
déterminer le lieu des points qui correspondent à la
décroissance plus rapide des intensités. Le long de ces
points les courbes isoséistes devraient se resserrer, se
rapprocher les unes des autres. Il faut reconnaître que l'é-
chelle Rossi-Forel ne remplit que bien imparfaitement cette
condition. Les différents degrés sont trop écartés, et d'autre part, il est difficile d'en augmenter le nombre à cause
de l'impossibilité de les caractériser convenablement.

Quand les courbes isoséistes seront tracées non plus
d'après les effets mécaniques produits grossièrement
appréciés, mais d'après les intensités véritablement établies d'une façon scientifique, on sera encore en butte à
de nombreuses causes accidentelles d'inexactitude dont
l'influence est loin d'être négligeable. Cependant, malgré
ses imperfections, la méthode de Dutton et Hayden se
recommande par sa simplicité, par la facilité de son
emploi et, en somme, par les résultats certainement
approchés auxquels elle conduit. Ainsi que le remarquent
ces auteurs eux-mêmes, elle n'est susceptible ni d'une
grande précision, ni de graves erreurs.

Il est à noter que les diverses méthodes qui ont été
employées pour calculer la profondeur des foyers des
tremblements de terre s'accordent dans leur application
pour montrer que ces foyers sont situés presque tous à
de faibles profondeurs.

D'après Dutton et Hayden, parmi les principaux séismes des cent cinquante dernières années, neuf seulement auraient eu leur foyer plus profond que celui du

tremblement de terre de Charleston. La plupart l'auraient eu à une profondeur bien moindre.

En résumé nous voyons que toutes les méthodes proposées jusqu'à présent pour déterminer la profondeur du centre d'ébranlement ne doivent être mises en usage qu'avec une extrême réserve. De plus, à cause de l'hétérogénéité du terrain, et de l'étendue généralement notable occupée par le foyer souterrain, on peut affirmer dès maintenant qu'elles ne conduiront jamais qu'à des résultats grossièrement approximatifs, lesquels cependant ne sont pas à dédaigner.

En s'appuyant sur les données imparfaites qu'a fournies jusqu'à présent l'observation, et sur les procédés de calcul qui leur ont été appliqués, on peut actuellement assurer que les tremblements de terre ont leur siège à une très médiocre profondeur, quand on compare celle-ci à la longueur du rayon terrestre. Dans des cas exceptionnels, le point de départ du mouvement a été considéré comme pouvant se trouver à une profondeur de 60 kilomètres; mais, dans la plupart des séismes, on a reconnu qu'il devait être à une distance bien moindre de la surface du sol. Il est donc à peu près certain que c'est dans l'épaisseur de l'écorce terrestre, et non dans l'immense noyau incandescent qu'elle recouvre, qu'il faut chercher la cause des phénomènes. Tout au plus, a-t-on le droit de l'attribuer aux parties de l'écorce en contact avec le noyau sous-jacent supposé fluide.

CHAPITRE VI

DES MOUVEMENTS MICROSÉISMIQUES

Dans les régions sujettes aux tremblements de terre, la cause qui engendre ces phénomènes se maintient active en dehors des périodes durant lesquelles elle produit des commotions violentes et des bouleversements. A l'aide d'appareils appropriés d'une délicatesse extrême, on peut suivre et étudier son fonctionnement et constater sa permanence. On voit son influence passer par des alternatives d'accroissement et de diminution et des phases de troubles succéder à des périodes de repos relatif.

Les appareils employés, plus sensibles encore que les séismographes, sont connus sous les noms de *microséismographes* et de *tromomètres*. La première dénomination s'applique particulièrement à ceux qui sont enregistreurs et la seconde à ceux qui ne le sont pas. Ces instruments ont été surtout expérimentés grâce à l'influence et aux recherches patientes et habiles de Rossi et de ses nombreux collaborateurs.

Le microséismographe de ce savant observateur se

compose de cinq pendules d'inégales longueurs, reliés entre eux par de petits fils de soie, au milieu desquels est suspendu un petit poids soutenu au centre d'une cupule formée de mercure. Au moment d'un choc le petit poids entre en contact avec le mercure, un courant électrique se trouve établi et détermine l'inscription d'un point sur un papier enregistreur à mouvement continu. L'instrument est très sensible, mais malheureusement d'un réglage difficile ; il exige l'intervention d'un observateur expérimenté. Lors du tremblement de terre du 23 février 1887, deux de ces instruments établis, l'un à l'Observatoire de San Luca, près de Bologne, l'autre à Rome, à l'Observatoire de M. de Rossi, ont indiqué l'apparition de la secousse principale, bien qu'à Rome le séisme ait passé complètement inaperçu de la population.

Le tromomètre le plus usité est un pendule formé d'un petit poids suspendu à l'aide d'un fil de soie sans torsion et portant un trait vertical gravé sur l'une de ses faces. L'instrument est protégé contre les courants d'air par une cage en verre. En face du trait se trouve un microscope qui peut tourner autour de l'axe d'oscillation du pendule. Il est mis au point de manière à permettre d'observer incessamment le trait et de suivre les plus petites oscillations. Un écart de la position d'équilibre ne dépassant pas un centième de millimètre est ainsi aisément constaté. L'appareil est rarement au repos ; dans certaines localités, particulièrement dans les régions volcaniques, le sol est en perpétuel mouvement. Tantôt les oscillations sont lentes; d'autrefois, elles sont rapides, saccadées. Près d'un volcan, leur nombre et leur intensité sont en relation évidente avec l'état de celui-ci. Rien de plus intéressant à ce point de vue, que les tableaux fournis par le professeur Silvestri, directeur de l'Observatoire de l'Etna, dans l'important travail publié par lui sur l'éruption, de l'Etna du 22 mars 1883. Plusieurs jours avant une éruption les tromomètres de l'Observatoire de Catane commencent à se mouvoir plus vivement; on dirait qu'une sorte d'inquiétude les agite, puis les vibrations microscopiques s'accentuent; elles sont très marquées et presque continues pendant tout le temps que l'explosion est imminente. Aussitôt celle-ci produite, elles présentent seulement de temps en temps des exacerbations violentes séparées par des intervalles de repos relatif. Le calme domine pendant toute la période éruptive. Enfin lorsque la lave cesse de couler, quelques maxima d'intensité se produisent encore au moment des derniers dégagements de gaz violemment effectués ; puis tout rentre dans un état de tranquillité plus ou moins durable. Ainsi les oscillations du sol s'affaiblissent ou se réveillent suivant les phases diverses de ralentissement ou de paroxysme des forces volcaniques. Quand celles-ci sommeillent elles reprennent leur marche journalière normale.

Loin des volcans, quand un tremblement de terre a lieu, les tromomètres s'agitent à des centaines de kilomètres de l'épicentre, même quand le phénomène dans sa partie centrale est de médiocre intensité. C'est ainsi par exemple que lors du tremblement de terre du

23 février dernier, ils ont en Italie, à Bologne, à Florence, à Aquila, à Bénévent, accusé nettement la production des secousses; ils la signalaient aussi en Suisse, à Genève et à Zurich; en France, à Perpignan et à Douai.

En même temps qu'eux, dans les localités plus rapprochées de l'épicentre, les séismographes moins sensibles que les tromomètres ont eu l'avantage de donner des indications automatiquement enregistrées. A Moncalieri par exemple, Denza a pu recueillir à la fois les renseignements donnés par les deux genres d'instruments, mais à une grande distance de l'épicentre, les tromomètres ont seuls fourni trace du phénomène séismique.

De toutes ces observations, il résulte que les tromomètres sont des instruments dont la sensibilité est supérieure à celle des microséismographes actuels les plus parfaits. Pour compléter leur bon fonctionnement, il suffirait, sans supprimer l'observation microscopique directe qui leur est appliquée, de les rendre enregistreurs au moyen d'un dispositif comme celui dont nous ferons mention ci-après à propos des appareils magnétiques. On imaginerait aisément une combinaison permettant à la fois l'enregistrement photographique et l'observation directe.

L'inconvénient le plus grave des tromomètres, tels qu'ils sont actuellement employés, résulte de la discontinuité des observations. Il arrive ainsi qu'un ébranlement qui se produit inopinément passe inaperçu dans un observatoire s'il ne survient pas au moment où celui qui surveille l'instrument tient l'œil appliqué au microscope.

Un autre inconvénient provient de ce que les tromomètres sont influencés par les mouvements de l'atmosphère, particulièrement lorsqu'ils sont établis dans des
localités peu éloignées de la mer. Au moment des oura-
gans, les constructions et les parties du sol en saillie
sont ébranlées par le vent et leurs vibrations se com-
muniquent au terrain sur lequel elles reposent. Il en est
de même, à plus forte raison, dans le voisinage des côtes,
que souvent la mer vient battre avec fureur. Et même,
le choc des vagues contre les rochers du rivage est encore manifesté par les oscillations des pendules du tromomètre, lorsque déjà l'atmosphère est redevenue tran-
quille. Ajoutons cependant, que quand un tromomètre
est agité par une bourrasque atmosphérique, le tracé de
la perturbation offre un caractère particulier de persis-
tance et de durée, qui permet à un observateur habile
de le distinguer aussitôt de celui que fournissent les
commotions séismiques.

En somme, cet instrument, malgré sa sensibilité pour
ainsi dire exagérée, mérite au plus haut degré d'appeler
l'attention des savants qui s'occupent de physique terrestre. La connaissance de ses imperfections actuelles ne
met que mieux en relief les services qu'il est appelé à
rendre dans un avenir prochain, après avoir subi les modifications convenables.

L'étude des derniers tremblements de terre a révélé ce
fait curieux, et pour beaucoup de personnes, inattendu,
que les appareils magnétiques établis dans les divers
observatoires pour suivre l'action incessante des courants

-terrestres sur l'aiguille aimantée, étaient aussi à l'occasion d'excellents séismographes. Ils sont comparables aux
tromomètres pour la sensibilité et, dès maintenant, ils
ont sur eux l'avantage d'être automatiquement enre-

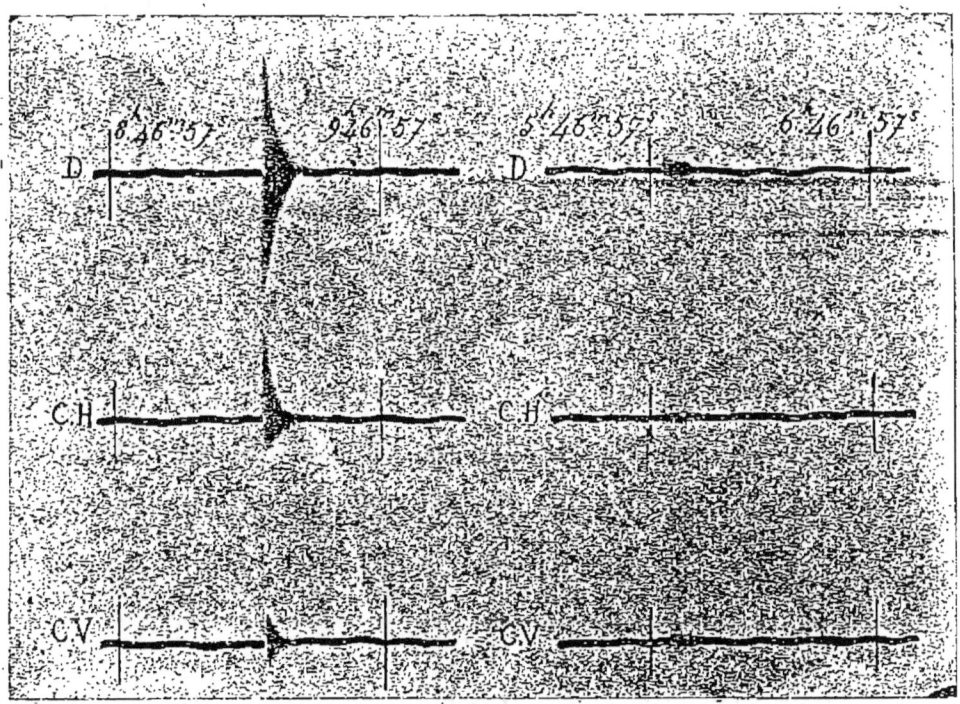

FIG. 21. — Tracés des perturbations magnétiques constatées à Lisbonne
au moment du récent tremblement de terre de Ligurie; D,courbe de
déclinaison; C.H, courbe de la composante horizontale; C.V, courbe
de la composante verticale.

gistreurs[1]. Deja, en 1884, lors du tremblement de terre

[1] Des perturbations magnétiques accompagnant des tremblements de terre
avaient été indiquées bien antérieurement, mais toujours avec quelques doutes:
en 1755, par Sarti (tremblement de Lisbonne); en 1799, par Humboldt
(tremblement de Cumana); en 1822, par Arago (tremblement d'Auvergne);
en 1846, par Pilla (tremblement de Toscane); en 1851, par Palmieri et
Scacchi (tremblement de Melfi).

de l'Andalousie, on avait constaté à Lisbonne, à Wil-helmshafen et à Greenwich, la production d'une pertur-bation magnétique postérieure de quelques minutes, à la secousse qui a ravagé les provinces de Grenade et de Malaga. En 1887, le tremblement de terre de la côte de Ligurie a mis encore plus clairement le phénomène en évidence. Des perturbations magnétiques ont été constatées dans les observatoires de Perpignan, de Lyon, de Nantes, dans ceux de Saint-Maur et de Montsouris, à Paris, dans ceux de Greenvich, de Wilhelmshafen, de Bruxelles, d'Utrecht, de Lisbonne, de Vienne, de Pola. Ces perturbations n'ont pas eu lieu au même instant; on ne peut donc les considérer comme produites par un grand courant terrestre qui aurait simultanément agi sur tous les barreaux aimantés des observatoires. De tels effets ne sont probablement pas dus non plus à des courants locaux, déterminés par l'arrivée en chaque point d'une secousse trop faible pour être perçue par des ins-truments ordinaires ; car il est à remarquer que, parmi les observatoires qui viennent d'être cités, il en est peu dont tous les appareils magnétiques, sans exception, aient présenté une perturbation. Or, un courant eût agi sur toutes les aiguilles aimantées, tandis qu'un mouve-ment mécanique très faible peut très bien avoir influencé l'un de ces instruments sans agir sur l'autre, suivant leur mode de suspension et le caractère du mouvement communiqué. De plus, nous ferons observer que les appareils magnétiques actuellement en usage, ne sont en somme que des tromomètres enregistreurs et

que l'un deux, par exemple, peut très bien avoir fonctionné à Bruxelles alors qu'un tromomètre normal, qui
en diffère fort peu, a signalé l'arrivée de la secousse à
Douai.

Enfin contre l'hypothèse d'un développement de courants locaux, nous pouvons ajouter que les appareils
télégraphiques de Nice, de Menton, de Gênes, disposés
au moment du tremblement de terre de telle sorte qu'un
courant de très faible intensité en eût fait fonctionner les
sonneries, sont demeurés muets malgré la multiplicité
des fils qui y aboutissaient.

Il est donc à peu près certain que la perturbation
constatée le 23 février dernier dans le tracé des courbes
magnétiques est le résultat direct de transmission des
tremblements de terre à grande distance.

L'opinion que nous soutenons ici est loin d'être partagée par tous les physiciens. En France, M. Mascart, au
Japon, MM. Milne et Gray sont d'avis que les perturbations magnétiques en question sont dues au développement de courants électriques produits par la commotion
du sol.

Milne et Gray, qui depuis dix ans observent attentivement les effets des tremblements de terre japonais, ont
constaté que chacun de ces séismes, même les plus faibles,
amenait toujours une déviation brusque de l'aiguille
aimantée. De plus. dans les expériences qu'ils ont faites
sur les mouvements du sol causés par des explosions de
dynamite, ils ont constaté la production constante de
phénomènes du même genre. Le galvanomètre employé

était placé à une distance telle du lieu de l'explosion qu'en ce point les séismographes à pendule et à charnière n'indiquaient aucune trace de mouvement. Un fossé profond creusé autour du lieu d'observation empêchait d'ailleurs la transmission directe de la commotion. Bref, les expérimentateurs se considérant comme à l'abri de tout transfert du mouvement communiqué par l'explosion, n'ont pas hésité à rejeter l'hypothèse d'une action purement mécanique exercée sur l'aiguille du galvanomètre. Enfin, Gray a montré à l'appui de cette opinion, qu'en imprimant un léger contournement à une plaque de schiste ou de calcaire, on amenait la production d'un courant dans un circuit terminé par deux lames appuyées sur les deux faces de la roche.

La question peut donc être considérée comme restant en suspens[1].

Il sera facile de la trancher en établissant côte à côte un appareil magnétique et un tromomètre, tous les deux enregistreurs, dans une localité appartenant à une région fréquemment ébranlée par les tremblements de terre. Les deux instruments peuvent être établis avec des fils de même longueur et des barreaux sensiblement de même poids et de mêmes dimensions, de manière à ce que la différence qui existe entre eux réside exclusivement dans la nature du métal employé.

Du reste, lors même que la perturbation d'un appa-

---

[1] D'après les renseignements que j'ai recueillis, il semble que dans les tromomètres la barre mobile oscille autour d'un axe vertical sensiblement fixe, absolument comme le barreau aimanté d'un appareil de déclinaison.

reil magnétique serait due à la production d'un courant local développé par l'arrivée de la secousse, il est évident qu'elle indiquerait néanmoins le moment précis où le mouvement est parvenu dans chaque localité. Par conséquent, quelle que soit l'opinion que l'on adopte, on est en droit de se servir de l'heure de la perturbation pour fixer le tracé des courbes homoséistes et pour calculer la vitesse de propagation de l'ébranlement dans les différentes directions.

Ainsi, on peut dire actuellement que les appareils magnétiques installés dans un tout autre but que l'étude des tremblements de terre, se sont montrés dans la pratique comme étant les plus parfaits de tous les microséismographes.

Ce résultat, étrange en apparence, tient à l'excellence de leur mode d'enregistrement fondé sur l'emploi d'un procédé bien connu et journellement employé par les physiciens dans les expériences de diverse nature. L'inscription s'y fait sans aucun contact de la pièce pendulaire avec le papier destiné à recevoir le tracé indicateur du mouvement ou avec un conducteur électrique quelconque servant d'intermédiaire pour l'enregistrement. Le barreau aimanté mobile, qui constitue la pièce capitale de l'instrument, porte à l'une de ses extrémités un petit miroir, sur lequel vient se réfléchir un rayon lumineux dont l'incidence se fait dans une direction constante. Le rayon réfléchi fait son image sur un papier photographique qui se déroule régulièrement au moyen d'un mouvement d'horlogerie. Quand le miroir est immobile, l'image tombant dans une direction fixe, décrit une ligne droite sur le papier sensible. Si le miroir remue, agité par les oscillations du barreau, au lieu d'être droite, la trace effectuée sur le papier est sinueuse. Quand un déplacement brusque de l'image sur le papier est seulement de quelques millimètres, l'impression photographique est déjà assez fortement étalée pour que la ligne tracée semble discontinue. C'est ce qui fait que l'on distingue facilement sur le tracé des courbes magnétiques, ce qui appartient en propre à l'influence toujours continue des courants terrestres et l'interruption apparente qui a pour cause un phénomène séismique.

L'instant de chaque accident d'une courbe magnétique est indiqué par des interruptions que l'on produit à des intervalles de temps déterminés, d'heure en heure par exemple, soit en impressionnant l'aiguille aimantée à l'aide d'un faible courant momentané, soit en interceptant pendant quelques minutes, à l'aide d'un écran, le passage du rayon réfléchi. Actuellement, le seul défaut des appareils magnétiques au point de vue de l'enregistrement des secousses de tremblement de terre dans une localité éloignée de l'épicentre est la lenteur trop grande avec laquelle se déroule le papier photographique. Dans les observatoires étrangers, le papier se déroule de 15 millimètres à l'heure, et dans les observatoires français de 10 millimètres seulement. Il en résulte que la détermination de l'heure d'une perturbation ne se fait que de deux à trois minutes près, ce qui est insuffisant ; mais il serait facile de remédier à cet inconvénient et de donner au mouvement du papier photographique la rapidité de déroulement convenable pour obtenir une inscription du phénomène beaucoup plus exacte.

On peut encore, à l'aide de microphones de construction spéciale, appliqués sur le sol, entendre des bruits souterrains de caractère variable que plusieurs savants italiens n'ont pas hésité à rattacher à la cause des phénomènes séismiques. Ces bruits s'interrompent quelquefois pendant des journées et des semaines entières dans une localité donnée. Ils ressemblent tantôt à de sourds grondements, tantôt à un murmure continu et lointain, plus souvent, à un souffle strident comme celui qui produit un échappement de vapeur. Parfois la ressemblance avec cette dernière catégorie est telle que l'on ne peut s'empêcher s'établir une assimilation entre les causes auxquelles les unes et les autres doivent leur origine. Cependant, d'autre part, les instruments qui servent à ce genre d'observations et auxquelles M. de Rossi donne le nom d'*auscultateurs endogènes*, fournissent au dire des savants qui les préconisent, de même que les miscroséismographes et les tromomètres, certains résultats qui seraient bien difficiles à expliquer si on les considérait comme les témoins exclusifs et fidèles de phénomènes séismiques. En effet, les bruits qu'ils révèlent semblent, d'après les observations, non seulement en rapport avec l'état des parties profondes du sol, mais encore sous la dépendance de causes d'origine atmosphérique. Alors, quelle confiance accorder à des appareils fournissant des données aussi complexes, quelle part attribuer à chacun des agents dont ils traduisent l'influence? En réfléchissant à ces incertitudes on se prend alors à mettre en doute tout ce qui les regarde, et à suspecter l'interprétation des phénomènes, et même leur réalité. Par conséquent, ici encore, le naturaliste consciencieux doit éviter de se prononcer maintenant d'une façon définitive, mais, pourtant la question soulevée est digne d'intérêt; ce serait une faute grave de la dédaigner. Elle peut et doit recevoir de l'observation une solution positive.

CHAPITRE VII

DE LA COORDINATION DES OBSERVATIONS SÉISMIQUES

Dans les pages qui précèdent, on a pu voir que pour l'étude des tremblements de terre, il était indispensable que les observateurs fussent munis d'instruments de précision ; mais il faut en outre, qu'il y ait coordination dans tout l'ensemble des données que l'on recueille. Dans plusieurs des pays sujets aux tremblements de terre, on a depuis quelques années entrepris d'établir ainsi un réseau d'études séismiques. Les premières tentatives ont été faites en Suisse, elles datent de l'année 1878. Organisées par la Commission séismologique, instituée par la Société helvétique des sciences naturelles, dans sa session de Berne, en août 1878, elle a établi son programme en dirigeant son activité sur trois points principaux :

1° Réunir tous les documents sur les tremblements de terre constatés en Suisse dans les temps passés ;

2° Collecter toutes les données possibles sur les tremblement de terre actuels ;

3° Organiser un système d'observations méthodiques à l'aide d'appareils distribués sur tout le territoire de la Suisse, qui donnent des chiffres et valeurs comparables entre eux et permettent une étude vraiment scientifique du phénomène. Cette partie du programme était de beaucoup la plus difficile [1].

Ces essais, inaugurés dans les conditions les plus modestes, ont eu pour premier résultat de réunir sur toute l'étendue du territoire hélvétique, un grand nombre d'observateurs de bonne volonté auxquels un bureau central dirigé par le professeur Forster, directeur de l'Observatoire tellurique de Berne, a donné des instructions détaillées et dont l'éducation scientifique, d'abord très imparfaite, s'est complétée graduellement. Les instruments séismographiques faisaient entièrement défaut.

Peu à peu, quelques instruments, d'abord très grossiers, ont été introduits dans les observatoires. Jusqu'à ce jour, on a dû chercher surtout à tirer parti des indications horaires obtenues par l'observation directe. Pour donner à celles-ci la valeur indispensable à leur utilisation, il a fallu d'abord s'occuper du réglage des montres et des horloges employées. Cette question du réglage est maintenant résolue de la manière suivante : Un observatoire central, muni d'une pendule réglée astronomiquement, est relié directement par voie télégraphique à un certain nombre de stations principales réparties

---

[1] Extrait du rapport de M. Forel, *Archives des sciences physiques et naturelles,* t. VI, p. 461.

aussi bien que possible sur toute l'étendue de la Suisse et, tous les matins, l'heure exacte est envoyée de là à chacune de ces stations. Elle est ensuite distribuée sur des réseaux secondaires reliés aussi par voie télégraphique à chacune des stations principales.

L'Italie est de même divisée en provinces séismiques, recouvertes chacune par un réseau de communications télégraphiques en relation plus ou moins directe avec un observatoire régional. Jusqu'à présent, la liaison des diverses provinces n'est qu'imparfaitement établie et, dans chacune d'elles, l'organisation est seulement plus ou moins avancée sans être tout à fait achevée. L'un des services les plus complets est celui de la province de Sicile dont l'observatoire régional, dirigé par le professeur Silvestri, est à Catane. Le réseau télégraphique qui part de cet établissement s'étend sur toute la Sicile; il doit prochainement être prolongé jusqu'à Pantellaria et jusqu'aux îles Lipari.

Des essais d'une organisation analogue sont faits en Allemagne, en Autriche et au Japon. Il serait à désirer qu'on y songeât aussi dans le midi de la France, dans la partie méridionale de l'Espagne, en Algérie, en Grèce, en Asie Mineure, en Syrie. Il en est de même dans les régions de l'Amérique et de l'Asie orientale, les plus sujettes aux tremblements de terre.

Plus le nombre des observations séismiques sera considérable, plus les instruments dont ils doivent être pourvus seront précis, et plus les documents fournis par l'étude des tremblements de terre acquierront d'importance. Cependant, en attendant que ce résultat désirable soit atteint, l'institution d'une bonne organisation peut encore conduire à l'établissement de données nombreuses et intéressantes, et surtout contribuer puissamment à faire rejeter les théories bizarres qu'a fait surgir de tout temps la considération des phénomènes séismiques.

A. Heim a rendu un véritable service à la science en montrant que, même en l'absence d'observatoires et d'instruments spéciaux, on pouvait encore faire des progrès dans la connaissance des séismes, à la condition de réunir un groupe nombreux d'hommes attentifs, capables de conserver leur sang-froid au moment où le sol s'ébranle sous leurs pas, demeurant en relations suivies les uns avec les autres et stationnant en des localités diverses sur l'étendue d'une région sujette aux cataclysmes séismiques. Tel a été le but de la notice et du questionnaire qu'il a rédigés en 1879, et c'est encore pour arriver à ce résultat qu'il a publié[1] le compte rendu détaillé d'une conférence dans laquelle il faisait appel à tous les amis de la science, s'adressant non seulement aux naturalistes de profession, mais encore à tous ceux qui s'intéressent aux choses de la nature. L'organisation remarquable du service séismique en Suisse et son développement rapide ont été la conséquence de cet appel chaleureux ; de toutes parts ont surgi des observateurs volontaires ; tous les tremblements de terre se produisant sur le sol helvétique ont été signalés et étudiés dans

---

[1] *Bulletin de la l'Association scientifique de France* en 1880.

toutes leurs manifestations. On a vu peu à peu les observateurs, se soumettant eux-mêmes à une sorte de disci-
pline et perfectionnant leur éducation scientifique, remplir chaque jour plus efficacement la mission à laquelle
on les appelait à concourir, de telle sorte que, dès la fin
de 1881, Forel pouvait écrire les lignes suivantes, dans
le rapport qu'il publiait au nom de la Société séismologique suisse : « Grâce à l'appui de la presse périodique,
grâce surtout à la bonne volonté que notre appel a ren-
contrée dans toutes les classes de la société, nous avons
pu réunir un nombre très considérable d'observations,
la plupart très bien faites, souvent beaucoup plus com-
plètes et beaucoup plus précises que nous n'osions l'espérer au début; il en est bien peu, même parmi les plus
simples et les plus modestes, dont une comparaison et
une critique intelligente ne puisse tirer quelque chose
d'utile. Un fait particulièrement intéressant, c'est que la
valeur relative de ces observations s'est notablement
élevée et que, après deux ans de récolte de ces documents, nous reconnaissons une supériorité très évidente
dans ceux qui nous ont été envoyés les derniers. »

CHAPITRE VIII

QUESTIONNAIRES

M. Heim, en Suisse, et M. Pilar, en Autriche-Hongrie, ont dressé des questionnaires qui, distribués à un très grand nombre d'exemplaires, rendent journellement des services signalés aux personnes qui s'intéressent à l'étude des séismes.

Nous reproduisons ci-après le questionnaire de Heim, adopté par la commission suisse et qui nous paraît contenir les principaux desiderata de la science :

1º A quel jour, à quelle heure, et, si possible, à quelle minute et à quelle seconde, a-t-on ressenti un tremblement de terre?

2º La pendule qui a servi à la détermination de l'heure a-t-elle été comparée avec la pendule de la station de télégraphe? Quelle est la différence de marche au moment de la vérification?

3º Veuillez désigner aussi exactement que possible la localité où l'observation a été faite (canton, district, commune).

Désignez aussi l'emplacement dans lequel vous étiez lorsque la secousse a été perçue. Était-ce en plein air ou dans un bâtiment? Était-ce au rez-de-chaussée on dans un étage de la maison? Quelle était votre ocupation au moment de la secousse?

4° Quelle est la nature du sol sur lequel repose le lieu de l'observation (sol rocheux, sol d'alluvion, sol tourbeux, etc.)?

5° Combien y a-t-il eu de secousses? A quel intervalle de temps se sont-elles succédé?

6° Essayez de décrire la secousse. Était-ce un choc par en bas, une secousse latérale, un balancement plus on moins lent, un mouvement de vagues, un tremblement, un frémissement du sol? S'il y a eu plusieures secousses, ont-elles eu toutes le même caractère?

7° De quel côté est venue la secousse? Dans quelle direction s'est-elle propagée?

8° Combien de temps on duré les chocs? Combien de temps a duré le tremblement consécutif?

9° Quels ont été les effets principaux du tremblement de terre?

10° Pouvez-vous comparer ce tremblement de terre à d'autres phénomènes analogues auparavant ressentis par vous?

11° A-t-on entendu quelque bruit? Quelle en a été la nature? Était-ce de simples craquements des boiseries de la maison, ou bien était-ce un bruit souterrain? Était-ce un bruit, un coup, une détonation, un roulement?

12° Le bruit a-t-il précédé ou suivi la secousse? Quel a été le moment relatif des deux phénomènes?

13° Signalez toutes les observations extérieures qui peuvent, de près ou de loin, se rapporter au phénomène : effets de la secousse sur les animaux, effets sur les sources, coup de vent, tempête concomitante, etc.

14° Y a-t-il eu des mouvements dans l'eau des lacs ou des étangs? Décrivez ces mouvements.

15° Y a-t-il eu de petites secousses ayant précédé ou suivi la secousse principale? A quel jour et à quel moment ont-elles eu lieu?

16° Veuillez enfin nous donner les observations faites, dans votre localité ou les localités environnantes, par des personnes de votre connaissance. Veuillez aussi nous donner l'adresse de personnes capables de remplir, en tout ou en partie, un questionnaire analogue à celui-ci.

CHAPITRE IX

DÉGAGEMENT DE FLUIDES ÉLASTIQUES
ET MODIFICATIONS PERMANENTES DU SOL

Parmi les questions que soulève l'étude des tremblements de terre, il en est que les observations récentes
paraissent résoudre en sens contraire des idées naguère
généralement admises. L'une d'elles est relative à l'existence de dégagements de gaz et de vapeurs, en dehors
des régions volcaniques, au moment des commotions
séismiques. Il est peu de tremblements de terre dans lesquels on n'ait signalé l'émission de gaz, de fumée ou
d'odeurs singulières, provenant des fentes du sol nou-
vellement ouvertes, et dans ces émanations on a vu les
traces d'éruptions volcaniques avortées. La production
de ces dégagements de matières volatiles était liée, dans
l'esprit de ceux qui en admettaient la réalité et l'importance, à l'une des théories le plus volontiers acceptées sur
la cause des ébranlements souterrains. Mais une enquête
poussée suffisamment loin démontre que les émanations
en question font défaut dans la presque totalité des cas,
et, quand par hasard on en observe quelque indication,

l'explication en est facile et peut toujours être rapportée à quelque phénomène superficiel, sans aucune relation immédiate avec la constitution géologique des parties profondes du sol. Tantôt c'est une montagne calcaire dont les assises redressées laissent passer un courant d'air qui monte entre les strates et s'échappe à un niveau élevé après avoir pénétré dans la masse stratifiée par un point situé à la base des pentes. Ces dégagements d'air tiède, plus ou moins altéré, sont connus d'ailleurs en beaucoup de localités où ils constituent un phénomène naturel permanent, indépendant des séismes. Un tremblement de terre en peut modifier le débit ou le trajet, de même qu'il change habituellement la direction et le volume des cours d'eau souterrains, tarissant les sources ou augmentant le volume de leurs eaux ou bien encore en créant de nouvelles. D'autres fois, c'est un amas d'argile boueuse chargée de gaz des marais, provenant d'une décomposition de matières organiques dont la partie superficielle desséchée à l'air formait comme un revêtement imperméable. Cette partie durcie venant à être fendillée par les secousses, la boue sous-jacente laisse échapper les effluves du gaz qu'elle tenait emprisonné. Il se fait ainsi un dégagement gazeux généralement de très médiocre importance. Rien dans tout cela ne rappelle les violents dégagements de gaz et de vapeurs qui sont la cause des explosions dans les paroxysmes volcaniques. On ne peut même voir qu'une analogie lointaine et certainement douteuse entre ces faits et ceux qui caractérisent les volcans boueux.

Si quelque jour, un volcan nouveau se montre dans une région où jusqu'alors on n'a observé aucune manifestion éruptive, il est probable que le développement des phénomènes volcaniques normaux aura pour prélude de violents tremblements de terre ; mais, depuis le commencement de la période historique, rien de pareil n'a été constaté.

Il faut donc regarder comme fautifs ou suspects les récits si fréquents d'émissions de matières volatiles produites sous l'influence de commotions souterraines dans une région qui n'a pas été précédemment ou n'est pas encore le théâtre de phenomènes volcaniques.

Une seconde question, plus importante que la précédente doit aussi être résolue en sens inverse des idées qui ont régné dans la science jusqu'en ces dernières années. Il s'agit des changements durables dans la constitution du sol que l'on croyait naguère engendrés d'une manière fatale par les séismes. On pensait autrefois généralement, et beaucoup de savants partagent encore cette opinion, que tout violent tremblement de terre amenait nécessairement une dislocation profonde du sol et que des modifications stables dans le relief de la surface étaient la conséquence forcée de ces déplacements souterrains. On assimilait les fentes que produisent à notre époque les commotions séismiques avec les failles que l'on constate dans les anciens dépôts géologiques, et l'on a cherché à identifier les particularités que présentent ces deux catégories de phénomènes. Or, le trait essentiel qui distingue les failles anciennes est la dénivellation des deux bandes de terrain qui en constituent les bords. Par suite, on a cherché à prouver que des changements de niveau s'opéraient encore de nos jours de chaque côté des crevasses engendrées par les secousses et qu'un des bords des fentes subissait, par rapport à l'autre, un mouvement de descente correspondant à un affaissement inégal du terrain. Un examen rapide des modifications apportées par les ébranlements séismiques semble au premier abord donner raison aux partisans de cette idée. Les lèvres des fissures formées par les commotions souterraines présentent effectivement, dans la plupart des cas, des dénivellations légères. Mais il est facile de constater que les différences de niveau dues à l'action des secousses, sont opérées par un mécanisme spécial, bien différent de celui qui a donné naissance aux failles. Elles proviennent de ce que les déchirures du sol qu'elles affectent ont pour cause un glissement partiel de couches superficielles qui reposent sur un sous-sol incliné et sont susceptibles de se déplacer le long de leur surface de contact. Une assise dans ces conditions, lorsqu'elle est agitée par un tremblement de terre, tend à se détacher de la couche sous-jacente et à glisser vers le bas de la pente. Là crevasse qui se fait résulte de ce qu'ordinairement l'assise qui subit ce mouvement ne se déplace qu'en partie. La fente se produit au point de séparation de la partie qui glisse et de celle qui demeure en place. Il ne s'agit donc pas là du déplacement d'une bande de terrain dans le sens vertical, correspondant à un effondrement ou à un tassement profond. On se trouve simplement en présence d'un glissement superficiel dont la cause est visible et qui ne constitue qu'un phénomène de médiocre importance.

Le tremblement de terre du 25 décembre 1884 en Andalousie a fourni plusieurs faits qui viennent à l'appui de notre assertion. Au nord-ouest de Grenade, à quelques kilomètres de cette ville, le tremblement de terre s'est fait sentir avec une certaine énergie sur le territoire de Guévéjar et y a occasionné des crevasses du sol qui ont vivement appelé l'attention. Le village est bâti sur une couche épaisse d'argile qui repose sur des bancs calcaires fortement inclinés et se trouve adossé à des escarpements formés des mêmes bancs. Les secousses ont eu pour effet d'entraîner vers le bas de la pente une portion de ce sol plastique avec tout ce qu'il portait. Le glissement a été de quelques mètres le long de la pente ; les arbres, les maisons, tout ce qui se trouvait sur une partie du terrain se sont trouvés mis en mouvement avec lui et se sont déplacés en même temps. La portion du terrain demeurée stationnaire s'est ainsi séparée de la partie dérangée par des crevasses d'un à deux mètres de large et de quelques mètres de profondeur. La déchirure tout à fait superficielle a laissé intacte la roche sousjacente à la masse argileuse.

A Guaro, près de Periana, dans la province de Malaga, le phénomène, plus accentué encore, s'explique de la même façon. Là, le sol très incliné était constitué par une argile détrempée par des sources abondantes, recouverte de quelques lambeaux calcaires et adossée à des escar-

pements élevés de roches compactes jurassiques. Un sol
aussi peu stable a été bouleversé violemment par les
secousses. La masse argileuse, délayée par les pluies de
l'hiver, a flué de tous côtés vers les parties déclives du
terrain, transportant avec elle les débris d'assises calcaires
dont elle était recouverte comme d'une carapace. Elle
s'est sillonnée de larges crevasses transversales dues aux
inégalités du mouvement de descente dont elle était
animée. De plus, elle s'est détachée, vers le haut, des
roches jurassiques auxquelles elle était adossée, et s'en
est trouvée difinitivement séparée par une sorte de
fossé peu profond, large de 1 à 2 mètres. Là encore, il
ne peut donc être question de rien qui soit assimilable
à une faille. Et il en est de même pour tous les exemples de fentes avec dénivellation qui ont été cités comme
ayant eu pour cause un ébranlement souterrain. Toutes
les fois que les faits signalés ont été soumis à un contrôle sérieux, on a toujours trouvé qu'il s'agissait de
phénomènes superficiels comme ceux dont il vient d'être
question et non de déplacements profonds transmis à la
surface.

L'observation révèle au contraire que les effets des
tremblements de terre sont à peine sensibles dès que l'on
s'enfonce dans le sol. Ils ne se traduisent en effet que
par les variations que présente le débit, le degré de lim-
pidité et la température des sources. C'est ainsi par
exemple que j'ai vu en 1867 à Métetin les eaux qui
avaient circulé souterrainement dans des tufs trachytiques devenir laiteuses pendant quelques jours et subir

les changements les plus inattendus dans leur débit. En 1854, en Andalousie, la commission française a constaté près du pont d'Ilo l'apparition d'une source abondante qui, dit-on, au moment de la secousse principale, avait présenté une température de 45°, et qui, trois mois plus tard, possédait encore une température de 26°. Par suite du même tremblement de terre des modifications sensibles se sont manifestées dans le débit, la température et même dans la composition chimique des eaux de la source thermale d'Alhama ; en même temps, une autre source abondante ayant à peu près la température et la composition de la source ancienne, s'est montrée un kilomètre plus loin.

Les exemples de ce genre abondent dans les annales de la séismologie, et le recul des eaux du Jourdain décrit dans les vers du Psalmiste n'est autre chose que l'arrêt des sources qui alimentent le fleuve ; il est du reste rattaché par l'auteur sacré à l'ébranlement des collines et des montagnes et au mouvement de la mer dont le poète décrit l'imposante évolution en termes magnifiques [1].

Assurément les commotions n'arrivent pas à la surface du terrain sans produire quelques troubles dans les parties profondes qu'elles traversent, mais ces modifications ne sauraient être bien considérables, autrement elles entraîneraient des modifications importantes dans l'orographie de la région ébranlée. Ajoutons que dans

---

[1] Si je cite avec quelque détail ces faits qui semblent contredire la thèse que je soutiens, c'est afin de laisser en dernier lieu le lecteur seul juge de la question débattue.

l'intérieur des mines les chocs séismiques les plus violents passent le plus souvent inaperçus, les galeries ne sont jamais bouleversées, les boisages les plus imparfaits demeurent intacts. Les crevasses anciennes ne se rouvrent pas et les failles préexistantes ne manifestent aucun dérangement nouveau. Les parties superficielles du sol présentent seules des dérangements notables ; elles subissent le sort des constructions et des objets meubles qui s'y rencontrent ; de même qu'eux, elles sont secouées et tirées de leur position d'équilibre, disloquées si elles ne présentent entre elles qu'une faible cohésion. Dans ce qu'il est permis d'observer, rien ne prouve qu'il se produise profondément aucun tassement notable, aucun plissement des couches, aucune dislocation, aucun de ces dérangements que l'on a réunis sous le nom générique de phénomènes géotechniques.

Pour expliquer les désordres presque exclusivement superficiels causés par les tremblements de terre, on a comparé l'effet produit à ce qui a lieu quand des billes d'ivoire suspendues se trouvent en contact et que l'on donne un choc à celle qui est située à l'une des extrémités de la série. La seule qui se mette en mouvement est celle qui est placée à l'autre bout.

On a également expliqué le fait en disant que les roches de la surface offraient une élasticité plus grande que celles de la profondeur à cause de l'absence de pression, mais une telle opinion ne nous paraît pas plausible, eu égard aux limites des variations d'élasticité que peuvent présenter les roches. Ces variations sont trop faibles pour rendre compte de la différence des effets mécaniques produits. La première explication nous paraît bien plus satisfaisante, car il est indéniable par exemple que dans les localités où, sur une roche compacte repose un mince dépôt d'alluvion, celui-ci entre en mouvement «comme du sable sur la table de résonance d'un piano»[1]. Dans une même maison, les secousses d'un tremblement de terre sont bien plus fortement senties aux étages supérieurs qu'au rez-de-chaussée, et là plus encore que sur le sol des caves. Lors du tremblement de terre du 25 février dernier, M. Stéphan, à l'Observatoire de Marseille a pu, au second étage de l'établissement, noter tous les détails du phénomène, tandis que les personnes stationnant dans une pièce située au rez-de-chaussée, et au sous-sol du même édifice, n'ont éprouvé aucune sensation particulière. A Nice, dans un hôtel, dans les chambres du quatrième étage, tous les meubles ont été jetés par terre, tandis qu'au premier, tout s'est trouvé en place après l'ébranlement.

Le même fait peut être d'ailleurs constaté expérimentalement. Dans le cours des études préalables que j'ai dû faire avec M. Michel Lévy, pour arriver à la construction de l'appareil qui nous a servi à mesurer la vitesse de propagation des vibrations dans le sol, nous avons reconnu qu'un bain de mercure était fortement agité par les moindres mouvements de la rue quand il était placé sur une table de l'une des salles du second étage au Col-

[1] Heim, *Association scientifique*, août 1880, p. 293.

lège de France, et, qu'au contraire, il demeurait à peu près constamment au repos quand on le posait par terre sur le sol des caves.

Je ne crains donc pas de considérer comme controuvés tous les récits dans lesquels on a fait mention de la formation de fentes avec dérangement inégal et notable des assises du sol dans le sens vertical sous l'action des secousses d'un tremblement de terre, et où l'on n'a vu, dans les modifications toujours minimes de la surface, que l'indication d'un trouble beaucoup plus marqué dans la disposition des masses profondes de l'écorce terrestre [1].

L'opinion négative qui vient d'être émise, formulée surtout aussi nettement que je me suis efforcé de le

[1] Les tremblements de terre qui accompagnent les éruptions volcaniques sont également très remarquables par l'absence ordinaire de changements dans la configuration du sol. La fissure longue quelquefois de plusieurs kilomètres, qui donne issue aux laves et aux dégagements de gaz s'accompagne rarement de dérangements considérables du terrain avoisinant. Les deux lèvres de la fissure offrent à peine de dénivellation. Quand il s'opère des changements durables, ils sont toujours peu importants. On peut en juger par les deux faits suivants que je considère comme tout à fait exceptionnels et par suite comme très remarquables.

En décembre 1861, une éruption du Vésuve, précédée et accompagnée de secousses qui ont en partie ruiné la ville de Torre del Greco, a amené sur le bord de la mer dans le voisinage, sur une longueur de 200 mètres environ, un relèvement de la côte d'à peu près 1 mètre en sa partie centrale. Inversement, l'éruption de 1866 à Santorin a produit un affaissement du sol de l'île de Néa Kaméni. Les maisons bordant le quai, composées uniquement de rez-de-chaussée, se sont peu à peu enfoncées et quelques-unes ont été entièrement submergées. Cet effet s'est produit pendant une période de l'éruption durant laquelle il n'y avait pas d'explosions ni de secousses sensibles. Je ne connais pas d'exemples de soulèvement ou d'affaissement plus importants produits à l'époque contemporaine.

faire, paraîtra certainement étrange à qui ne connaît les tremblements de terre que par les descriptions des ouvrages classiques ou par les récits toujours pleins d'exagération des recueils périodiques ; elles surprendront moins ceux qui ont cherché à étudier sur place ces mystérieux phénomènes. Quand un tremblement de terre a lieu, les termes dans lesquels il est raconté en amplifient généralement les moindres détails, mais, sur aucun point de la question, l'exagération n'est plus manifeste que dans l'exposé des modifications du sol. Les plus minces crevasses sont représentées comme de larges fossés ; des fentes de quelques mètres de profondeur sont décrites et figurées comme des cavités sans fond. Il est peu de sujets sur lesquels l'imagination des narrateurs se soit laissée aller avec plus de complaisance.

Je n'insisterais donc pas davantage sur cette discussion, s'il n'y avait lieu de prendre en considération quelques faits importants admis comme exacts par la plupart des savants qui s'occupent de physique terrestre, et qui, s'ils étaient réels, constitueraient autant d'arguments puissants en faveur de l'opinion que je combats.

Les principaux sont empruntés à l'observation des côtes du Chili et du Pérou, qui, comme on le sait, sont fréquemment ébranlées par les tremblements de terre. On rapporte que les commotions séismiques ont pour effet ordinaire d'y produire des dénivellations, de telle telle sorte que certaines plages sont envahies par la mer, tandis que d'autres s'exhaussent et laissent à sec des bandes de terrain jadis immergées. Suess, dans l'un des chapitres les plus intéressants de son magistral ouvrage de physique terrestre, a longuement réfuté ces opinions erronées, accréditées dans la science comme des sortes de légendes. Les lignes qui vont suivre ne font que reproduire les principaux traits de son argumentation [1].

Le premier fait cité comme exemple de soulèvement du sol à la suite d'un séisme est celui qui se rapporte au tremblement de terre de Callao, du 28 octobre 1746. L'ébranlement du sol fut accompagné de mouvements violents de la mer; une marée extraordinaire inonda les ruines de Callao et couvrit les débris de la ville d'un énorme amas de sable et de cailloux roulés. L'île de San Lorenzo, située à 2 milles du rivage, se trouva séparée de la côte par un bras de mer profond, tandis que plus tard, en 1760, elle s'y trouvait presque réunie par un bas-fond. Évidemment, il ne s'agit point ici d'un soulèvement du sol, mais seulement d'un espace marin, creusé et comblé alternativement par les vagues.

Il en est de même pour les effets du tremblement de terre de Valparaiso du 19 novembre 1882. Le soulèvement de la côte décrit en détail par Mrs. Maria Graham, dans une lettre adressée par elle à la Société géologique de Londres, est complètement nié par le zoologiste Cuming, témoin oculaire comme elle de l'événement. Le seul fait sur lequel ils soient d'accord est l'accumulation au devant des quais de la ville d'un amas de sable

---

1 Suess, *Das Antlitz der Erde*, t. I, p. 124.

et de cailloux sur lequel, plus tard, des maisons ont été
édifiées et des rues tracées. Comme le fait observer
Cuming, il n'y a point eu en ce lieu élévation du sol,
mais simplement apport de dépôts alluviaux, dont le
principal s'est opéré en juin 1827, c'est-à-dire cinq ans
après le tremblement de terre. A la suite de pluies
abondantes, il s'est formé en ce point un entassement
de sable granitique détaché des collines voisines.

Reste le cas très remarquable du tremblement de
terre de la Conception. En face de la ville, s'étend la
vaste baie d'Arauco, à l'ouest de laquelle s'allonge l'île
de Santa María. Le 20 février 1835, à 11^h 40^m, une
violente commotion, suivie de plusieurs autres secousses, ruina cette ville de fond en comble. Une demi-
heure après la secousse principale, la mer se retira si
loin que des bateaux ancrés sur un fond de sept
brasses se trouvèrent à sec; tous les récifs du petit golfe
de Talcahuano, situé au nord de la Conception, devinrent visibles. Bientôt une vague haute de 10 mètres y
revint avec fureur, balayant tout sur son passage, et fut
suivie à court intervalle de deux autres vagues plus formidables encore; ces alternatives de flux et de reflux
irréguliers se produisirent encore pendant trois jours.
Quelques heures après la catastrophe, ces mouvements
de la mer avaient lieu deux ou trois fois par heure.

Le commandant Fitzroi, qui se trouvait alors dans
cette région à bord du *Beagle*, a cru pouvoir affirmer
qu'au moment du tremblement de terre il s'était produit
un relèvement du sol. D'après lui, la partie méridionale

de l'île Santa María se serait soulevée d'environ $2^m,50$, et la partie septentrionale de la même île d'à peu près $3^m,50$. Cependant, il reconnaît que quelques semaines après, le soulèvement paraissait avoir diminué et qu'il n'était plus en moyenne alors que d'environ 60 centimètres. En même temps que le récit de l'amiral Fitzroi arrivait à la Société géologique de Londres, elle recevait un rapport de Rivero et une lettre de Walpole qui tous les deux niaient le prétendu soulèvement de la côte du Chili.

En somme, rien d'authentique et de rigoureusement démontré ne subsiste relativement aux changements durables éprouvés par les côtes de l'Amérique méridionale sous l'influence des tremblements de terre.

Depuis longtemps déjà, on a reconnu que les terrasses récentes observées le long des côtes à des hauteurs variables au-dessus du niveau de la mer n'appartenaient pas à l'époque actuelle. On a su distinguer aussi les amas de coquilles entassés sur les plages, lesquels ne sont autre chose que des débris de repas des anciens indigènes. Par conséquent, tous ces faits, qui avaient été cités comme des preuves incontestables de soulèvements contemporains de notre époque, doivent être mis de côté.

Ajoutons qu'en beaucoup de points le long des côtes, on trouve à une faible hauteur au-dessus du niveau de la mer des monuments anciens qui montrent que, depuis plusieurs siècles, l'altitude du lieu où ils ont été bâtis n'a pas sensiblement varié, bien que dans cet intervalle la région où on les observe ait été ébranlée par des milliers de tremblements de terre.

On connaît aussi un exemple d'affaissement du sol attribué à l'action des tremblements de terre, qui, jusqu'en ces derniers temps, était pour ainsi dire classique ; c'est celui de l'immense plaine de Sindrée, comprise au milieu du delta de l'Indus.

A diverses reprises, les embouchures de ce fleuve ont varié de position, et surtout l'importance de l'écoulement des eaux par chacune d'elles s'est notablement modifiée dans le cours des siècles, soit naturellement, soit par suite de travaux effectués de main d'homme. Au milieu du siècle dernier, l'une des bouches principales, connue sous le nom de Phurraun, se déversait dans un vaste estuaire, appelé aujourd'hui Ran of Kachh. Une barre en forme de presqu'île, sur laquelle s'élevaient la ville de Kachh et le village de Sindrée, ne permettait la communication de l'estuaire avec la mer que par une passe située à son extrémité orientale. Au fond de cette sorte de bassin intérieur s'étendait une plaine basse, marécageuse, couverte de rizières. A la suite d'une guerre entre des souverains indigènes, l'un des chefs, pour se venger des habitants de Kachh qui lui avaient opposé une vigoureuse résistance, interrompit par une digue le cours du Phurraun. Il en résulta que la portion de l'estuaire non inondée s'agrandit considérablement, mais en même temps, privée d'eau douce, elle se transforma en un désert stérile, recouvert dans la saison sèche de dépôts salins et parsemée de flaques d'eau salée. Vers l'est, la surface de cette plaine argileuse se trouvait au niveau de l'estuaire; à l'ouest, les alluvions s'étaient accumulées par l'effet des débordements et présentaient une plus grande épaisseur, de telle sorte que le sol s'élevait peu à peu et atteignait une hauteur de 3 à 4 mètres au-dessus de la mer. Le tremblement de terre du mois de juin 1819 a eu pour effet d'amener un tassement dans ce sol boueux, solidifié seulement à la surface. La partie la moins élevée s'est enfoncée et, se détachant, par une découpure orientée du nord-est au sud-ouest, de la portion alluviale la plus haute, elle a donné à celle-ci l'apparence d'une longue digue placée en travers de l'ancien cours de l'Indus. Cette sorte de barrage naturel a reçu le nom d'*Allah-Bund* (digue de Dieu), pour le distinguer de celui qui avait été élevé de main d'homme en amont du fleuve. La saillie de l'Allah-Bund a environ 88 kilomètres de largeur et seulement 3^m,50 de hauteur dans ses parties les plus proéminentes. Quant à l'étendue de la plaine de Sindrée, dont la surface s'est affaissée sous l'influence des secousses, elle est de plus de 5000 kilomètres carrés. En aucun point, il n'y a eu élévation du niveau préexistant; c'est donc à tort que l'on a considéré l'Allah-Bund comme le résultat d'un soulèvement et, quant à l'affaissement, il s'explique bien simplement, comme nous venons de le voir.

En somme, bien que les changements survenus dans cette région à la suite du tremblement de terre de 1819, se soient opérés sur une très large surface, il est impossible de les considérer comme dus à une dislocation profonde du terrain ; il ne s'agit encore dans tout ceci que d'un tassement superficiel sans relation directe avec la cause des phénomènes séismiques dont le pays a été le théâtre.

Nous pouvons donc, après cet examen détaillé, répéter ce que nous avons déjà énoncé précédemment : que les tremblements de terre considérés en eux-mêmes, indépendamment des éruptions volcaniques qui les accompagnent quelquefois, ne produisent aucun dérangement notable dans les assises du sol accessibles à nos investigations. Rien n'indique qu'ils amènent souterrainement une dislocation quelconque ou qu'ils s'associent nécessairement à des dénivellations, des plissements de couches ou des éboulements.

CHAPITRE X

RELATION DES TREMBLEMENTS DE TERRE
AVEC D'AUTRES PHÉNOMÈNES PHYSIQUES

Des efforts considérables ont été faits pour démontrer qu'il existe une relation étroite entre les tremblements de terre et d'autres phénomènes physiques. Des savants consciencieux ont consacré une grande partie de leur vie à la recherche de ces rapports. Admettant que des relations de ce genre pouvaient être masquées par des phénomènes secondaires concomitants, ils ont tenté d'éliminer les causes d'erreurs au moyen de comparaisons statistiques. Les influences astronomiques, c'est-à-dire celles qui tirent leur origine de causes extérieures au globe terrestre et les actions météorologiques qui se rattachent plus directement à la terre elle-même ont été également examinées. On a cherché par exemple, d'une part, quelle pouvait être l'influence des attractions solaires et lunaires sur la fréquence des commotions séismiques, celle des taches solaires, celle du passage des essaims astéroïdes, etc., etc., d'autre part, ce que produisaient les variations barométriques, les pluies, les actions magnétiques etc. Les données positives à déduire de ces travaux compliqués et pénibles sont bien médiocres ; elle sont tout à fait en disproportion avec l'énergie de l'effort qu'il faut déployer pour les acquérir. Et d'abord, elles pèchent par la base ; l'un des éléments de l'opération statistique effectuée est la détermination du nombre des tremblements de terre qui se produisent dans telle ou telle période de temps, dans telles ou telles conditions connues. Or, jusqu'à présent, rien d'incertain et de difficile comme ce travail préalable fondamental. Si un tremblement de terre est peu intense, il passe inaperçu pour la plupart de ceux qui habitent la région ébranlée, et souvent il est mis en doute par les uns alors que d'autres, dans des conditions semblables, prétendent en avoir senti les effets. Doit-on enregistrer toutes les commotions souterraines qui ont été perçues exclusivement par quelques personnes, ou seulement celles qui ont été ressenties par toute une population, ou bien encore celles qui ont produit des désastres matériels ? Lorsque des appareils séismiques sont en usage dans un pays, doit-on tenir compte des ébranlements dont seuls ils révèlent l'existence ? Ces instrument sont plus ou moins sensibles, quels sont ceux dont on consignera les indications ? Où posera-t-on la limite des mouvements séimisques et microséismiques ? Et, en supposant que l'on soit d'accord sur la détermination des séismes, comment arrivera-t-on à établir une concordance dans les observations, les appareils destinés à les déceler étant très inégalement répandus ?

Remarquons d'ailleurs que, dans la pluplart des cas, les discussions portent non seulement sur les phénomènes contemporains de notre époque, mais encore sur ceux qui ont eu pour témoins les siècles passés. Alors ce critérium d'uniformité dans les observations que nous considérons comme indispensable fait nécessairement défaut, et pourtant, s'il l'on se contentait de limiter les recherches à la période actuelle, le principe même des opérations statistiques se trouverait méconnu, car les influences accidentelles cesseraient d'êtres négligeables.

Une autre cause d'erreur plus grave encore provient de la difficulté de délimiter ce qui constitue un cataclysme séismique. En effet, un tremblement de terre se compose ordinairement d'une série de secousses qui se succèdent presque toujours pendant plusieurs mois et quelquefois pendant plusieurs années, avec des recrudescence et des périodes d'affaiblissement. Comment distinguer si l'on a affaire à un ensemble unique de phénomènes ou au contraire à plusieurs séries distinctes de commotions? Et cependant, de la réponse faite à cette question dépendra tout à fait la donnée qui sera obtenue relativement à la fréquence des tremblements de terre. Il est difficile à un même observateur, dans un pays sujet aux tremblements de terre, de distinguer ce qui appartient à chaque séisme en particulier; à plus forte raison il y a des chances d'inexactitude lorsque l'on réunit les données fournies par des observateurs divers qui sur cette question du groupement des secousses n'ont pas exactement la même opinion.

Ces causes initiales d'incertitude expliquent en grande partie les résultats contradictoires auxquels on est arrivé. Joignons à cela que l'auteur le plus consciencieux, lorsqu'il part à priori d'une idée théorique, a beaucoup de peine à ne pas faire plier la statistique au besoin de son opinion; et lors même qu'il respecte les chiffres recueillis dans l'enquête à laquelle il se livre, il est enclin à mettre en relief les petites différences favorables à sa manière de voir.

Un de nos physiciens les plus distigués, le regrettable Alexis Perrey, va fournir une preuve éclatante de ce genre d'abus pour lequel il a trouvé trop d'imitateurs. Ce savant, plein de zèle et animé d'une confiance absolue dans la méthode dont il faisait usage, a consacré de longues années à recueillir tous les exemples connus de tremblements de terre et à comparer le moment de leur production avec celui des phases lunaires.

Il était persuadé que sous une écorce solide de faible épaisseur, le globe terrestre renfermait une masse énorme de liquide igné influencé par les attractions du soleil et de la lune de la même manière que l'eau à la surface de la terre; en un mot, il supposait qu'il y avait des marées souterraines de matière incandescente, comme il y a des marées aqueuses dans les océans. Il croyait en outre que les marées souterraines pressant contre la paroi interne de l'écorce terrestre devaient y injecter des matières incandescentes et engendrer des actions mécaniques capables de produire les tremblements de terre ou au moins d'en faciliter le développement.

Comme conséquence de ces idées, il admettait que le moment du maximum d'effet des attractions lunaire et solaire devait être en même temps celui de la plus grande fréquence des ébranlements du sol. Les commotions séismiques devaient s'observer, par suite, en plus grand nombre : 1° aux syzygies qu'aux quadratures; 2° aux périgée qu'à l'apogée, surtout dans la saison des équinoxes; 3° en un lieu donné, elles devaient être plus nombreuses au moment des passages de la lune au méridien. Telles sont les trois déductions connues sous le

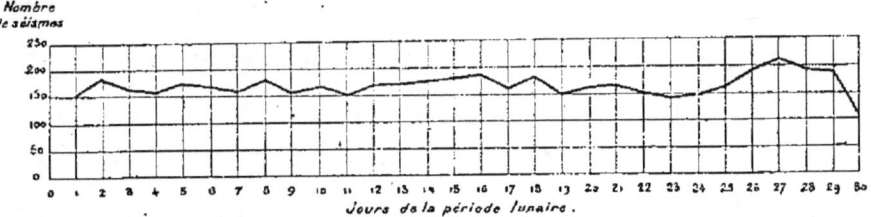

FIG. 22. — Première loi de Perrey.
Études de M. de Montessus.

nom de *lois de Perrey* (fig. 22). Or, voici ce qu'a fourni la statistique appliquée à leur démonstration. Sur 5588 tremblements de terre, enregistrés par Perrey, 2761 se sont produits au moment des syzygies et 2627 au moment des quadratures; il y en a donc eu 134 de plus dans la première période que dans la seconde. Et Perrey y voit naturellement une confirmation de sa loi. Mais si l'on considère que le nombre ainsi constaté ne représente pas 3 pour 100 du total des ébranlements séismiques qui figurent dans cette statistique, on sera loin de partager l'assurance du savant physicien relativement à l'exactitude de sa première loi. Le doute sera encore plus grand si l'on tient compte des résultats obtenus par d'autres auteurs au moyen de statistiques analogues. En effet, Roth, par exemple, trouve qu'au lieu d'un maximum, les tremblements de terre présentent, au moment de la pleine lune, un minimum de fréquence, lequel, à la vérité, s'étend au dernier quartier. D'après Schmidt, le maximum s'observerait pendant la nouvelle lune et le dernier quartier. Il y a discordance complète entre ces résultats et ceux qui ont été obtenus par Perrey. Le désaccord est moins prononcé avec les chiffres recueillis par M. de Montessus en partant principalement de l'observation des commotions terrestres sur le continent américain. Voyons cependant ce qui résulte de cette étude. Le graphique ci-joint représente les résultats détaillés des recherches statistiques compulsées par l'auteur dans un mémoire couronné en 1883 par l'Académie des sciences. Sur les 4943 tremblements de terre qui y figurent, un millier environ se retrouvent seulement parmi les 5388 utilisés par Perrey, de telle sorte que si l'on réunissait les nombres recueillis par les deux savants on arrive à un total de près de 9000 observations. Les 4943 tremblements de terre du catalogue de M. de Montessus se décomposent comme il suit : 1225 se sont produits pendant la nouvelle lune, 1221 pendant le premier quartier, 1278 pendant la pleine lune, et 1218 pendant le dernier quartier. On voit donc que le maximum de la nouvelle lune est insignifiant et que celui de la pleine lune ne correspond guère à plus de 1 pour 100 du total des observations, ce qui vraiment est

presque négligeable. En somme, la première loi de
Perrey est si mal étayée par l'emploi des statistiquesqu'il
y a lieu d'en suspecter l'exactitude. Il n'est donc pas
permis jusqu'à nouvel ordre d'en tirer aucune conséquence théorique.

Les deux autres lois du même auteur ne sont pas
mieux vérifiées par l'observation; il s'agit toujours, entre les nombres comparés, de différences trop faibles pour
qu'on puisse leur attacher une importance quelconque.

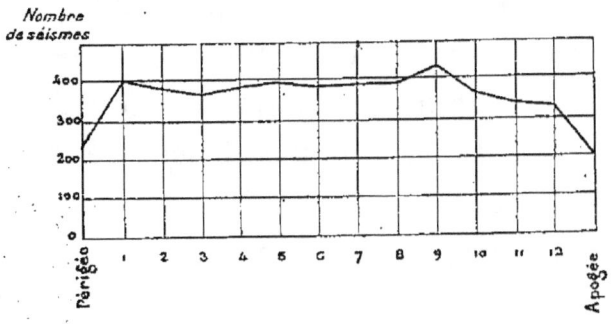

FIG. 23. — Deuxième loi de Perrey.
Études de M. de Montessus.

La deuxième loi de Perrey (fig. 23), même en se pla-
çant au point de vue de l'auteur est celle qui, *a priori*,
offre le moins de prise aux vérifications statistiques, car
l'excentricité de l'orbite lunaire est trop petite pour que
la plus ou moins grande distance du satellite à la terre
exerce une influence sensible sur le nombre des tremblements de terre. Cependant, Perrey ayant trouvé en
considérant les 5388 séismes qu'il a notés qu'il s'en
présentait un peu plus du côté du périgée, que du
côté de l'apogée, en a conclu qu'il y avait là une vérification de sa loi. Un essai du même genre a été

fait par M. de Montessus. Le graphique ci-joint, calculé (pl. 23) en divisant en quatorze parties la révolution moyenne de la lune du périgée à l'apogée représente les résultats qu'il a obtenus. Il trouve 2543 tremblements de terre du côté du périgée contre 2400 du côté de l'apogée. Ce nombre 143, qui représente la différence de ces deux nombres équivaut seulement à 3 pour 100 du total observé ; de plus, le périgée et l'apogée y correspondent à des minima. M. de Montessus a trouvé en effet 229 séismes le jour du périgée et 196 le jour de l'apogée alors qu'il en compte jusqu'à 417 certain jour intermédiaire. Il en conclut très hardiment à la négation de la loi et pense que sa statistique combinée à celle de Perrey donnerait des nombres de séismes à peu près égaux pour les quatorze ordonnées de la courbe.

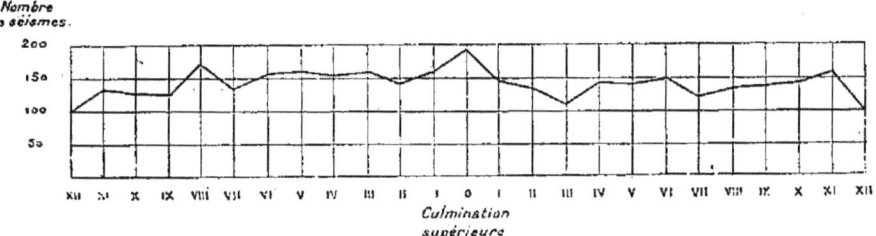

Fig. 24. — Troisième loi de Perrey.
Études de M. de Montessus.

La troisième loi de Perrey (fig. 24) indique un maximum du nombre des secousses à l'heure du passage de la lune au méridien et surtout à celle de sa culmination supérieure. La loi, formulée d'une façon moins précise, peut aussi être exprimée dans les termes suivants : Ces secousses sont plus fréquentes lorsque la lune est dans le voisinage du méridien que lorsqu'elle est à 90°.

L'examen statististique de cette loi a été tenté aussi par M. de Montessus. Le graphique ci-joint (pl. 24) renferme l'indication des résultats auxquels il est arrivé. Les séismes de l'Amérique centrale y figurent au nombre de 1163 au lieu de 801, comme dans les tableaux précédents, ce qui tient à ce que l'auteur a tenu compte dans ce cas-ci de la nombreuse série de secousses qui, en 1879-1880, ont accompagné la remarquable éruption du lac d'Ilopango, près de San Salvador. Il est possible qu'un certain nombre des secousses provenant de cette série d'Ilopango ne soient autre chose que des commotions du sol dues à l'explosion du gaz et des vapeurs qui ont été l'un des traits caractéristiques de l'éruption ; mais la même loi horaire étant supposée vraie, pour les séismes proprement dits et pour les explosions volcaniques, il n'y a pas lieu d'incriminer l'extension donnée par l'auteur à son tableau statistique. Sur le graphique, un maximum assez net se montre à la culmination supérieure au milieu de la courbe qui représente la fréquence moyenne des séismes, et l'auteur fait remarquer qu'un maximum de moindre importance apparaîtrait encore si l'on augmentait comme on doit le faire les ordonnées de la culmination inférieure dans le rapport de 25 à 60. L'examen du tableau de M. de Montessus semble effectivement justifier dans une certaine mesure l'exactitude de la troisième loi de Perrey, au moins en ce qui regarde la culmination supérieure, car pour 190 séismes qui se produisent pendant l'heure de la culmination, on n'en constate environ que 150 pendant la sixième heure avant ou après celle-ci. Sur 3589 tremblements de terre, il s'en produit donc 40 de plus au moment du passage supérieur de la lune au méridien que lorsqu'elle est à 90°, c'est-à-dire 1 pour 100. De plus, nous remarquons que dans l'heure qui précède la culmination, on ne constate que 153 secousses et 144 seulement dans celle qui suit.

La faiblesse de ces chiffres ne correspond guère à l'idée qu'on se fait d'observations provenant d'un voisinage de maximum. Enfin, quand on compare les diverses courbes qui fournissent les éléments destinés à constituer la courbe totale, on est frappé de leurs irrégularités et de leur bizarrerie, et l'on est vraiment tenté d'attribuer à un heureux hasard le maximum présenté par la courbe générale.

On trouve des différences de même ordre quand on compare le nombre des tremblements de terre compris entre les deux passages de la lune au méridien avant et après la culmination supérieure; c'est ainsi, par exemple, que dans le tableau ci-dessus, de M. de Montessus, on constate 1858 séismes avant la culmination supérieure, et 1731 après. Il n'y a évidemment aucune importance à attacher à cette différence. Et cependant, les données fournies par M. de Montessus, sont d'autant plus intéressantes que plusieurs physiciens ont attribué une importance spéciale aux observations de statistique séismographique faites sur les régions voisines de l'équateur, prétendant que l'influence de la lune devait y être plus manifeste qu'aux latitudes moyennes.

Certains jours ont été signalés comme correspondant particulièrement aux grands cataclysmes séismiques ; tel est le jour qui précède le premier quartier de la lune, noté à ce point de vue par Edmonds [1].

Les statisticiens sont actuellement d'accord pour considérer cette prétendue loi d'Edmonds comme tout à fait dépourvue de fondement.

En résumé, les influences attribuées à la lune sur la production des tremblements de terre sont des plus contestables et, en tous cas, la démonstration est loin d'en être faite.

Cependant, il faut avouer que dans certains cas on observe de singulières coïncidences ; telles sont celles par exemple qui se sont produites lors du tremblement de terre de Charleston, en août 1886. La secousse principale s'est manifestée le 31 à 9ʰ 59ᵐ 30ˢ environ du soir. Or, deux jours auparavant, la lune était au périgée à 2 heures du matin ; il y avait nouvelle lune ce jour-là à 8 heures du matin et éclipse à 5 heures. Peu après, c'est-à-dire à peu après au moment du tremblement de terre, avaient lieu les plus hautes marées du mois. La plus forte se produisait à 9ʰ 44ᵐ du soir à Charleston, c'est-à-dire seize minutes avant la secousse principale. Enfin, le passage supérieur de la lune au méridien avait lieu à Charleston à 2ʰ 31ᵐ du soir, le 31 août.

Ce tremblement de terre s'est donc produit au moment d'une très forte marée et, si les mouvements du

---

[1] *Cornval. polytechn. Soc. Journal. et Edinb. n. phil. Journ.*, 1845, t. XXXVIII, p. 271, et t. XXXIX, p. 386.

sol n'avaient été médiocrement intenses malgré l'énorme extension du séisme, la coïncidence astronomique aurait pu augmenter dans une effrayante mesure les dégâts que la mer est susceptible de causer en pareil cas.

On a cherché aussi à établir qu'il existait dans la fréquence des tremblements de terre une certaine périodicité en rapport avec d'autres phénomènes astronomiques de diverses nature. C'est ainsi que Gautier a cru que l'importance et le nombre des commotions séismiques étaient soumis à une périodicité de dix ans, correspondant au cycle de Méthon; que le capitaine Delaunay a cherché à prouver l'existence de périodicités de douze et de vingt-huit ans, correspondant aux révolutions de Jupiter et de Saturne. Jadis, on a cherché sans succès à établir l'influence des planètes auxquelles on attribue encore volontiers d'autres actions bien plus étranges.

On s'est également adressé au soleil et à ses taches. La découverte des relations qui existent entre l'apparition des taches du soleil, les déviations de l'aiguille aimantée et, par suite, les aurores boréales, ont également appelé l'attention de ce côté. On sait, en effet, qu'en appliquant la méthode statistique à la comparaison des taches solaires et des phénomènes magnétiques, Loomis et Wolf ont admis entre ces phénomènes l'existence d'une relation assez simple. D'après eux, durant la période de cent cinquante années environ, pendant laquelle on a fait des observations suivies, on constate des maxima et des minima qui coïncident à peu près avec une période d'environ dix ans. Wolf a exprimé cette loi, en termes très absolus, en adoptant la formule suivante : « Le nombre des taches et les variations moyennes en déclinaison sont non seulement soumis à la même période de dix ans un tiers, mais ces périodes coïncident jusqu'aux moindres détails, de manière que le nombre des taches présente des maxima à la même époque que les variations. »

Chercher s'il existe un rapport simple entre l'apparition des taches solaires et les tremblements de terre revient donc, d'après cela, à l'examen des relations qui peuvent lier les phénomènes séismiques et les phénomènes magnétiques ; nous nous occuperons ci-après de la discussion du problème.

Enfin, parmi les influences astronomiques susceptibles d'agir sur le développement des séismes, nous devons noter encore celle du passage des essaims d'astéroïdes au voisinage de la terre. Le capitaine Chapel a été l'un des principaux soutiens de cette hypothèse, attribuant aux astéroïdes non seulement les tremblements de terre, mais encore les phénomènes météorologiques les plus divers. D'après lui, ces éléments cosmiques, malgré leurs dimensions généralement très petites, détermineraient par leur chute des vibrations de l'écorce terrestre susceptibles de se propager à de grandes distances. On ne peut s'empêcher de sourire quand on songe à la très faible quantité de mouvement qu'ont pu communiquer en tombant les plus gros des bolides connus et quand on compare les effets mécaniques qui ont pu résulter à ceux qu'engendrent les ébranlements séismiques, même de médiocre intensité. D'ailleurs, on sait que le sol est rarement en repos complet. Les appareils microséismiques montrent qu'au moins certaines parties de l'écorce terrestre offrent un mouvement incessant; il faudrait donc supposer notre globe assailli par une grêle perpétuelle d'astéroïdes. De plus, les tremblements de terre devraient présenter leur maximum de fréquence aux époques annuelles bien connues du passage de ces corps : tout cela est contredit par l'observation. L'argument tiré par Chapel de la verticalité fréquente des chocs séismiques n'a véritablement aucune portée; cette direction de certaines secousses pouvant être expliquée plus rationnellement de bien d'autres manières; bref, la singulière théorie dont il vient d'être question peut tout au plus être considérée comme un jeu de l'esprit, ou, à un autre point de vue, comme un exemple frappant des abus auxquels l'imagination peut se laisser aller dans l'explication des phénomènes naturels lorsqu'une base sérieuse fondée sur l'observation ou l'expérimentation fait défaut. Certains phénomènes astronomiques ont une action météorologique directe; tel est, par exemple, le mouvement de la terre dans le plan de l'écliptique, qui détermine les saisons; telle est encore la rotation de la terre sur elle-même qui produit le jour et la nuit. On a cherché encore, par l'emploi de la méthode statistique, si ces phénomènes agissaient aussi sur le développement des tremblements de terre. Considérons d'abord ce qui est relatif aux saisons :

De nombreux auteurs, Mallet, Perrey, Volger, Hoff,

Mérian, Kluge, Élysée Reclus, Fuchs, Poey, etc., ont construit des tables ou tracé des graphiques qui représent la distribution des secousses tout le long de l'année et qui montrent par conséquent la relation entre les saisons et la production des séismes. Presque tous ces auteurs sont d'accord pour conclure à un maximum séismique pendant la saison pluviale; ils pensent en conséquence que dans l'hémisphère boréal le maximum séismique a lieu eu hiver, et que dans l'hémisphère austral il se produit en été. En général, ce maximum est d'autant plus marqué et de plus courte durée que l'on a affaire à une région plus circonscrite. C'est ce qui ressortira nettement de la considération de quelques-unes des courbes tracées ci-après. La constatation de ce maximum hivernal dans quelques-unes de nos régions européennes est l'un des faits qui semblent ressortir avec le plus de netteté des études séismiques. C'est Mérian qui le premier, en 1834. ayant classé suivant l'ordre de leur répartition les tremblements de terre survenus dans les cantons du nord-ouest de la Suisse, publia ce résultat inattendu. La surprise fut grande dans le monde savant. Mais bientôt Perrey et Volger vinrent prêter à cette découverte l'autorité de leur compétence. Depuis lors, les statistiques relatives à la question se sont multipliées; plusieurs d'entre elles, empruntées à des observations locales, semblent confirmer la loi de Mérian; d'autres sont moins nettes dans la formule résultant de leur application, et d'autres paraissent l'infirmer. Pour permettre à nos lecteurs de juger véritablement de l'état de la question, nous mettrons sous leurs yeux, d'une part, les tableaux graphiques consignés dans l'opuscule consacré par Toula, en 1880, à l'exposé des doctrines séismiques, généralement acceptées à cette date, et, d'autre part, nous présenterons ceux qui résultent des travaux plus récents de M. de Montessus. Nous ferons remarquer à ce propos que la statistique appliquée par deux auteurs différents à la même région est loin de conduire toujours à des résultats identiques, ce qui s'explique bien par les causes d'incertitude et d'erreur que nous avons signalées au début de cette étude et, pour montrer tout l'intérêt du problème, nous rappellerons que la loi de Mérian à peine révélée fut l'objet des préoccupations de Humboldt et d'Arago. Humboldt[1] a cru devoir donner son adhésion aux affirmations du savant suisse. Arago, tout en penchant vers la même opinion, a pensé cependant que sa confirmation réclamait des études nouvelles; aussi, le voyons-nous[2] poser le problème suivant : Les tremblements de terre sont-ils plus fréquents au Chili dans une saison que dans une autre? Dumoulin, ingénieur hydrographe à bord de *l'Astrolabe*, s'appuyant sur l'examen de 150 secousses observées par Vermoulin en 1833 à la Conception, et sur un catalogue de 1200 autres notées par le même observateur du 20 février 1835 jusqu'au passage de l'expédition, rapporta une réponse négative.

[1] *Cosmos.*

[2] *Instructions relatives à la physique du globe*, rédigées au nom de l'Académie des sciences pour le voyage de circumnavigation de *la Bonite*.

Disons encore que, parmi les statistiques régionales, celles qui ont apporté l'appoint le plus considérable en faveur de la loi de Mérian, sont les statistiques combinées de Volger et de Forel[1]. Elles portent sur plus de 1500 secousses observées en Suisse et indiquent avec une assez grande netteté un maximum de fréquence en hiver et un minimum en été. La statistique de Volger comprend 1230 tremblements de terre depuis le IXe siècle de notre ère jusqu'en l'année 1854; elle donne les chiffres suivants :

Hiver.	461 tremblements de terre
Printemps.	315 —
Été.	141 —
Automne.	313 —

Mais cette statistique de Volger laisse à désirer et Forel en fait la critique en ces termes : « Elle réunit indistinctement ce que nous appelons les tremblements et les secousses ; elle ne sépare pas les ébranlements principaux du sol et les ébranlements accessoires qui accompagnent les grandes secousses ; elle ne distingue pas (ce qui est le cas ordinaire) deux éléments fort importants : la fréquence des phénomènes séismiques et leur intensité. »

A l'appui de cette dernière remarque, Forel montre par les données de vingt-six mois d'observation (en 1882, 83, 84) que la fréquence et l'intensité moyenne des

[1] O. Volger, *Untersuchungen über das Phänomen der Erdbeben in der Schweiz*, Gotha, 1857. — Forel, *Archives des sciences physiques et naturelles*, 1881 à 1885. Genève.

tremblements de terre ne se correspondent pas dans leur distribution suivant les saisons. Tandis que la statistique générale de Volger donnait un maximum en hiver et un minimum en été, Forel trouve pour la fréquence des tremblements un maximum en hiver et en automne, et un minimum au printemps ; pour l'activité séismique, un maximum en été et un minimum au printemps [1].

Les tableaux graphiques de M. de Montessus conduisent aux conclusions suivantes : Aux Antilles, il trouve égalité entre le printemps et l'été, l'une et l'autre saison étant bien plus riches en séismes que l'automne et l'hiver qui sont aussi de leur côté presque égaux entre eux sous le rapport séismique. Il est à remarquer que les deux maxima principaux ont lieu en mai et en juillet et qu'un minimum très accentué se montre en

---

[1] Forel comprend dans l'hiver les mois de janvier, février et mars, dans le printemps avril, mai, juin, et ainsi de suite. Il calcule l'importance des tremblements de terre d'après la formule que nous avons donnée page 58. Au point de vue de la fréquence, les séismes se distribuent mensuellement en Suisse comme il suit dans ces dernières années :

	1880	1881	1882	1883	TOTAL
Janvier. . . .	2	1	4	5	12
Février. . . .	2	4	6	2	14
Mars.	0	4	4	1	9
Avril.	2	1	3	0	6
Mai.	3	0	1	0	4
Juin.	3	5	0	0	8
Juillet.. . . .	4	1	4	1	10
Août.	0	2	0	2	4
Septembre. . .	4	1	1	0	6
Octobre. . . .	0	4	2	0	6
Novembre. . .	0	9	0	1	10
Décembre. . .	1	5	4	3	13

décembre. Ainsi, d'après cela, les séismes seraient plus fréquents aux Antilles dans la saison sèche que dans la saison des pluies, contrairement à la loi généralement admise.

Au Pérou on trouve un maximum en été, mais là, l'été correspondant à notre hiver, la loi de Mérian est réalisée. Sur la courbe mensuelle, le maximum principal a lieu en mai et un minimum très marqué se montre en novembre, ce qui montre bien que le maximum mensuel ne correspond pas toujours au maximum saisonal. En réalité on voit que le maximum de l'été est peu important et que la discussion sur ce point manque véritablement de base sérieuse.

Pour le Japon, M. de Montessus reconnaît lui-même que le nombre de séismes inscrits dans son catalogue ne permet pas de tirer la moindre conclusion du maximum qu'il constate en été.

Pour l'archipel indien, il trouve un maximum en automne, un minimum en hiver. Dans les courbes mensuelles un maximum assez prononcé apparaît en décembre et deux minima se montrent en mars et en mai. La saison des pluies ayant lieu de mai jusqu'en août, la loi de Mérian ne paraît pas justifiée.

Au Centre-Amérique, M. de Montessus trouve un maximum au printemps, égalité entre l'hiver et l'été, minimum en automne. Dans la courbe mensuelle, le maximum principal se montre en juin, des minima très prononcés apparaissent en août et octobre.

Les 429 observations de tremblements de terre suisses donnent un maximum en automne avec une valeur presque égale pour l'hiver et un minimum très prononcé en été et au printemps, ce qui est conforme aux tableaux de Volger et de Forel. Notons en outre un maximum moins important en juillet, mais remarquable par l'existence de minima dans les mois contigus.

Enfin M. de Montessus emprunte encore l'indication de 1046 autres séismes à diverses autres régions et trouve que ceux-ci fournissent un maximum en automne et un minimum au printemps (fig. 25).

Puis, faisant le total des 4943 séismes qui figurent dans son tableau, il les répartit suivant les saisons et les mois et trouve alors qu'ils donnent presque les mêmes chiffres pour chaque saison, savoir : 1195 en

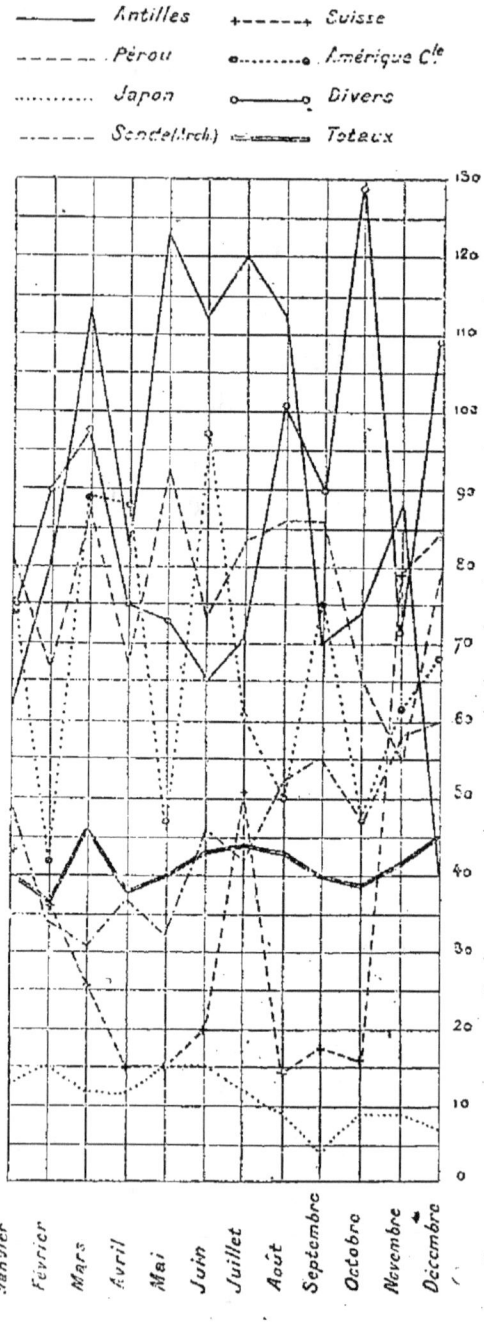

Fig. 25. — Répartition des séismes par mois.

automne, 1319 en été, 1190 au printemps, et 1239 en hiver.
Les différences qui existent entre ces nombres sont véritablement bien peu considérable. Aussi admettrons-nous
volontiers la conclusion formulée dans les termes suivants
par M. de Montessus : « Il est difficile d'admettre que la
loi du maximum hivernal soit une de celles qui s'im-
posent à la conviction. Dès qu'on opère sur de grandes
séries, on voit les nombres relatifs aux différents mois de
l'année tendre sinon à l'égalité à mesure qu'augmente
le nombre des phénomènes observés et enregistrés, du
moins leur différence diminuer et cela aussi bien pour le
monde entier que pour une région isolée. »

La courbe mensuelle générale montre un maximum en
mars entre deux minima en février et avril, ce qui rend
bien difficile l'interprétation de cette partie de la courbe.
Il existe aussi un maximum plus régulier en juillet,
mais il nous semble avoir peu d'importance, bien qu'à la
rigueur on puisse l'identifier à celui que Kluge considère
comme l'expression de la fréquence plus grande des
phénomènes éruptifs dans cette portion de l'année pour
l'univers entier (particulièrement en août).

Les savants qui n'admettent pas la loi de Mérian dans
toute sa généralité, mais qui la considèrent cependant
comme vérifiée par l'observation dans certains pays tels
que la Suisse, ont cru pouvoir expliquer le fait d'après
la diversité des causes qui engendrent les tremblements
de terre. D'après eux, les séismes qui se manifestent loin
des volcans seraient dus à des effondrements, à des
glissements souterrains ou à des dislocations d'autre

genre, facilités par les infiltrations des eaux. Alors, dans les contrées qui en sont le théâtre il n'est pas étonnant que la fréquence de ces phénomènes soit en rapport avec l'abondance des eaux pluviales, tandis que dans les pays volcaniques la cause des séismes étant tout autre, leur loi de fréquence se traduit par des graphiques absolument différents.

Dans l'Amérique centrale une croyance populaire très répandue attribue un plus grand nombre de secousses aux mois pendant lesquels on passe de la saison sèche à la saison pluvieuse et réciproquement ; mais les observations de M. de Montessus paraissent tout à fait contraires à cette opinion.

La question de la relation entre les saisons et la fréquence des tremblements de terre a aussi été étudiée par Falb. Ce savant compte 5500 tremblements de terre, de l'an 800 avant Jésus-Christ jusqu'en l'année 1842, et divise l'ensemble de ces séismes en deux séries, l'une comprenant ceux qui sont antérieurs à 1794, l'autre ceux qui sont postérieurs à cette date. Chacune des deux séries renferme 2750 tremblements de terre.

La courbe qui correspond à la première est beaucoup moins accidentée que celle qui représente la seconde. Elle offre un maximum en janvier et un minimum en août.

La seconde courbe montre deux maxima à peu près égaux en août et en octobre, un maximum de moindre importance en janvier et un minimum en juin. Le même savant a construit la courbe de fréquence pour les séismes qui se sont fait sentir à Copiapo, ville du Chili septentrional. Il trouve des maxima en octobre et en janvier et des minima en septembre et en décembre.

Mallet, en compulsant 120 tremblements de terre de l'hémisphère sud, avait trouvé un maximum en novembre, des minima en mars et en août. Si l'on compare ces résultats à ceux qui résultent de l'étude des tremblements de terre du Pérou, on voit quelle confusion règne dans ces données de la statistique.

Milne, dans l'espoir d'obtenir des résultats plus nets, a groupé autrement les 255 tremblements de terre qui ont été constatés dans la Grande-Bretagne. Il trouve que la moyenne mensuelle est de 21,2 ; que la moyenne des mois de mars à août inclusivement est de 16,1, et celle des mois de septembre à février de 26,3.

Kluge, dans un groupement analogue, a trouvé pour l'hémisphère nord :

862 séismes d'avril à septembre ;

948 séismes d'octobre à mars.

Et pour l'hémisphère sud :

300 séismes d'avril à septembre ;

337 séismes d'octobre à mars.

Dans l'état actuel de nos connaissances, on est en droit de penser que les tremblements de terre sont plus fréquents la nuit que le jour. C'est au moins ce qui résulte de l'ensemble des renseignements qui ont été recueillis sur chacun des séismes, et les statistiques appliquées à la question sont d'une clarté qui ne laisse rien à désirer. Il semble même que le rapport du nombre des séismes nocturnes à celui des séismes diurnes soit dans toutes les régions représenté par une fraction très différente de l'unité. Pour la Suisse, par exemple, ce rapport est évalué par la commission scientifique à environ 75 pour 100. Pour l'Amérique centrale, il s'élèverait à 65 pour 100. Le rapport en question est encore plus élevé si, au lieu de considérer les mouvements du sol, on applique la statistique à l'examen des bruits souterrains qui, comme nous l'avons vu, constituent l'une des manifestations les plus caractéristiques et les plus fréquentes de la cause séismique. En effet, pour l'Amérique centrale, ce rapport peut être évalué à environ 75 pour 100. Le tableau et le graphique dressés par M. de Montessus mettent en évidence la généralité du fait. Le maximum de fréquence, comme en Suisse, a lieu entre 2 et 4 heures du matin, le minimum entre midi et 2 heures. Cependant, ces résultats, en apparence si tranchés, ont été maintes fois contestés et ne seront définitivement établis que quand ils résulteront d'observations faites à l'aide d'instruments enregistreurs. Ceux qui en nient l'exactitude font remarquer que les phénomènes séismiques se perçoivent bien plus nettement la nuit que le jour. Pendant la journée, les bruits souterrains échappent aisément, confondus avec tous ceux qui résultent des conditions ordinaires de la vie. Toute personne en mouvement n'éprouve aucune sensation distincte d'ébranlements du sol qui n'ont pas une forte intensité. Le silence de la nuit et la position horizontale sont très favorables à la perception des bruits et des commotions terrestres. Par conséquent un grand nombre de tremblements de terre diurnes doivent échapper à l'observation, et les statistiques appliquées à la question manquent dès lors d'une base certaine.

Cette opinion est, du reste, celle des savants suisses qui ont le plus contribué à établir la loi en question.

M. Forster, par exemple, rattache cette différence à l'état d'activité des observateurs; il estime qu'un homme au repos ou couché est dans de meilleures conditions d'observation qu'un homme en activité. Il divise la journée en deux périodes, l'une d'activité, l'autre de repos; ces périodes sont variables suivant la saison.

Dans les mois d'hiver, d'octobre à mars, les heures de repos sont de 7 heures du soir à 7 heures du matin et dans les mois d'avril à septembre de 6 heures du matin à 7 heures du soir ; il compte encore, comme période de repos, étant donné les mœurs suisses, l'heure du repas de midi à 2 heures.

Il répartit ainsi les secousses observées :

	1882	1883
Heures d'activité.	9	6
Heures de repos.	33	12

et trouve pour la distribution des secousses :

	1882	1883
De 9 heures du soir à 9 heures du matin.	34	14
De 9 heures du matin à 9 heures du soir.	8	4

Il conclut dans les termes suivants :

« Comme il n'y a aucune raison pour que le nombre

des secousses ne soit pas égal dans les heures d'activité et de repos, il est évident que notre statistique, qui se base sur l'observation d'un appareil de sensibilité variable (l'homme actif ou l'homme au repos) est insuffisamment exacte. Il serait nécessaire pour une statistique vraiment scientifique que l'on pût obtenir la dissémination à la surface d'un pays d'un nombre considérable de séismomètres automatiques [1]. »

Ajoutons encore qu'au point de vue théorique, il est difficile de s'expliquer pourquoi les tremblements de terre en un point donné seraient plus fréquents lorsque par la rotation de la terre ce point se trouve sur la face de notre globe qui est le plus éloignée du soleil.

Il est à noter que beaucoup d'auteurs considèrent cette répartition horaire des phénomènes séismiques comme tout à fait analogue à celle que l'on note dans les éruptions volcaniques, où les explosions seraient également plus nombreuses la nuit que le jour, de telle sorte que si la relation en question était démontrée pour l'une des deux catégories de phénomènes, on pourrait la considérer aussi comme vraie pour l'autre catégorie. C'est ce qui nous engage à relater ici l'ensemble des observations faites sur les secousses et les bruits souterrains qui ont accompagné l'éruption du lac d'Ilopango en décembre 1879. Avant que les matériaux volcaniques fissent leur apparition à la surface du lac, avant qu'aucune explosion ait eu lieu, il s'est produit environ 700 secousses de trem-

---

[1] Forel, *Archives des sciences physiques et naturelles*, Genève, 15 mai 1885.

blements de terre dont la plupart ont été accompagnées de bruits souterrains *(retumbos)*. Deux commissions locales, l'une dirigée par M. Goodyear, l'autre par M. Rockstroh, en ont suivi attentivement toutes les phases, et nous devons à M. de Montessus l'exposé détaillé et la critique minutieuse des faits observés. Or, d'après ce savant, la proportion des secousses nocturnes serait de 66 pour 100 et celle des *retumbos* nocturnes de 78,8 pour 100. Nous ajouterons que l'auteur de ce travail, quoiqu'en général peu disposé à admettre les résultats de la statistique appliquée à l'étude des tremblements de terre, se montre ici très enclin à en accepter la donnée.

Les influences météorologiques ne sont pas moins contestables que les influences astronomiques ; cependant dans quelques cas particuliers exceptionnels on leur a attribué une action efficace ; c'est pourquoi nous devons discuter attentivement l'appui que les considérations statistiques peuvent leur prêter.

Et d'abord, la relation entre la fréquence des tremblements de terre et la production des phénomènes d'électricité statique ou dynamique terrestre a été à diverses reprises regardée presque comme manifeste et soumise à des recherches ayant moins pour objet de l'établir que de la confirmer avec éclat. Des théories étranges ont été basées sur ces rapports et un ouvrage remarquable de vulgarisation scientifique s'en est fait l'écho [1]. Des paratonnerres séismiques ont été construits

---

[1] Jules Verne, *Voyage au centre de la terre*. L'auteur figure un naturaliste qui, pénétrant dans les profondeur de l'écorce terrestre, s'y trouve au sein

en partant de l'idée que les commotions souterraines provenaient de dégagements d'électricité sans issues suffisantes. La fréquence et l'intensité remarquables des cataclysmes séismiques de ces dernières années ont été attribuées au progrès du déboisement des montagnes, les arbres étant supposés faciliter par leurs pointes l'écoulement de l'électricité du sol, et remplissant dans cette hypothèse l'office de paratonnerres naturels.

On a souvent signalé les déviations de l'aiguille aimantée comme étant sous la dépendance des phénomènes séismiques. Boué et Chapel se sont faits particulièrement les défenseurs de ces théories magnéto-séismiques à l'appui desquelles ils ont apporté un grand nombre d'observations. Ces idées avaient été déjà préconisées par Capucci à Naples après l'éruption de janvier 1839 au Vésuve. Elles ont été également soutenues par Mermet à propos de la secousse du 19 mai 1839, et par Combar à la suite de celui de Smyrne du 29 juillet 1880. Un des faits les plus curieux à signaler à ce propos est le suivant : A Arequipa, un observateur nommé Espinosa a remarqué, dit-on, pendant plusieurs années, que tout ébranlement du sol était précédé de la chute d'un mor-

---

d'une immense cavité parsemée de lacs et de rochers ; il y est assailli par une tempête électrique d'une violence inouïe. Les décharges de la foudre souterraine sont décrites en termes émouvants ; enfin l'orage électrique ébranle le sol et détermine un violent tremblement de terre suivi d'une éruption volcanique. La théorie électrique de M. Hœfer, qui regarde les tremblements de terre comme produits par des orages électriques, n'a pas de base plus sérieuse que le roman scientifique dont il vient d'être question.

ceau de fer adhérent à un aimant, et l'on rapporte qu'il s'était constitué ainsi une sorte d'avertisseur. On relate des observations du même genre faites par Aguilar à Quito.

On raconte aussi qu'en 1875, Destieux, chef du bureau télégraphique de Port-de-France, à la Martinique, a constaté que ses appareils avaient offert des perturbations magnétiques considérables. Un fait plus intéressant encore à l'appui du développement de courants locaux, conséquence de la mise en jeu des forces séismiques, est celui qui a été récemment cité par M. L. Soret[1], à propos du tremblement de terre de février 1887 dans le midi de la France. A Cannes, les clapets des abonnés du bureau téléphonique sont tombés, tandis que ceux qui n'étaient pas reliés avec un circuit fermé sont restés en place ; d'où l'on a conclu que la chute des clapets tombés était due à la production d'un courant local et non au choc mécanique causé par le séisme. Cependant, M. Offret, qui a discuté la question [2], fait remarquer que les clapets demeurés en place n'étant pas appelés à fonctionner, n'avaient pas été réglés, et que, par suite, leur chute sous l'influence des vibrations de la maison était plus difficile que celle des autres. Il fait remarquer, en outre qu'à Nice, aucun clapet n'est tombé au bureau des téléphones. L'observation de Cannes doit donc être considérée comme incertaine.

Nous devons mentionner ici le fait bien singulier d'une

---

[1] *Comptes rendus*, t. CIV, p. 1033.
[2] *Comptes rendus*, t. 104, p. 1150.

déviation considérable de l'aiguille aimantée, produite au moment d'un tremblement de terre et demeurée permanente après la secousse. On en possède deux exemples provenant de savants tellement considérables qu'il est impossible de les passer sous silence. Le premier a été rapporté par Humboldt et Bonpland comme ayant eu lieu à la suite du grand tremblement de terre de Cumana du 4 novembre 1799. Le second a été observé au Guatemala après le séisme du 8 décembre 1859.

Restent enfin les remarquables observations de Gray et de Milne dont il a été précédemment question.

Un tremblement de terre, quelle que soit sa cause, est accompagné certainement de phénomènes mécaniques puissants dans les profondeurs du sol, il n'y a donc rien d'irrationnel à supposer que ces phénomènes entraînent un changement temporaire ou durable dans le développement des phénomènes magnétiques dont le sol terrestre est le siège normal ; il s'agit seulement de démontrer la réalité et l'importance de ces modifications ; en tous cas il est évident qu'il y a lieu de rejeter immédiatement toute relation qui ne s'appuie que sur des considérations théoriques.

Ce qui ressort positivement des observations faites pour la première fois lors du tremblement de terre de l'Andalousie en décembre 1884 et renouvelées récemment à propos du tremblement de terre du midi de la France du mois de février dernier, c'est que les secousses violentes sont accompagnées de perturbations magnéti-

ques. Ces perturbations ont été, comme nous l'avons
déjà dit, considérées comme l'effet de courants intimement liés à la cause qui produit les séismes, ou au moins
attribuées à la production de courants électriques dévelop-
pés par l'action des mouvements profonds du sol. Nous
avons déjà précédemment exposé les raisons qui nous
font considérer ces irrégularités dans le tracé des courbes
magnétiques comme de simples effets mécaniques dus
à la transmission de l'ébranlement.

Nous ajouterons que l'observation appliquée à la
comparaison des phénomènes séismiques avec l'ensemble
des phénomènes électriques terrestres prouve immédiatement que s'il existe une relation entre ces deux ordres
de faits, elle est d'ordre tout à fait secondaire. Le tracé
des courbes magnétiques ne correspond pas, en général[1],
à celui des graphiques que fournit l'étude des tremblements de terre, et tous les naturalistes sont d'accord
pour reconnaître que les aurores boréales ne coïncident
que par pur hasard et tout à fait exceptionnellement avec

[1] Il y a cependant lieu de signaler ici l'opinion contraire soutenue par
M. Tacchini (Bollettino della Società geografica italiana, 1887), en s'appuyant
sur la relation curieuse qu'il a constatée le 25 février 1887 entre le tracé des
lignes magnétiques dans la haute Italie et la position de l'épicentre du tremblement de terre de Ligurie. Le tracé de ces lignes, déterminé par le professeur Christiani, montre effectivement trois centres d'intensité magnétique
maxima, l'un situé dans la partie orientale de la Vénétie, le second au mont
Viso, le troisième, le plus important, sur la côte de Ligurie, précisément sur
la surface couverte par l'épicentre du tremblement de terre. Depuis lors,
M. Tacchini, voulant de nouveau comparer les tracés géodynamiques et les
lignes magnétiques, a appliqué le même genre d'examen au tremblement de
terre de Charlestown du 31 août 1886. Dans ce cas encore il a trouvé une
relation remarquable entre les deux genres de phénomènes.

quelques-unes des grandes commotions terrestres; ce sont évidemment des phénomènes indépendants.

Dans la plupart des régions sujettes aux tremblements de terre, on admet généralement que la production d'un ébranlement coïncide avec un état particulier de l'atmosphère. Lorsque le temps est calme, la pression barométrique basse, la température élevée et l'air saturé de vapeurs, on redoute la venue prochaine d'un tremblement de terre. Cependant, rien ne justifie ces appréhensions. Quand, par hasard, cet état atmosphérique particulier vient à cesser sans avoir été accompagné de la production d'aucun cataclysme, on le passe sous silence et il n'en est plus fait mention. Quand, au contraire, il est accompagné ou suivi à bref délai d'une commotion souterraine, il frappe tous les esprits et ne manque pas d'être cité comme une preuve décisive de l'influence marquée des causes météorologiques sur le développement des phénomènes séismiques.

J'en dirai autant pour les phénomènes atmosphériques inverses; ainsi, lors du tremblement de terre d'Andalousie, on a remarqué que l'événement avait été précédé d'un état climatérique particulier tout à fait extraordinaire en cette région : un froid rigoureux, des pluies abondantes et même des chutes de neige inaccoutumées ont été signalés comme étant les phénomènes précurseurs du séisme. On a rapporté encore qu'au moment de la secousse principale, le ciel s'était subitement couvert d'un nuage blanc et qu'à chaque secousse une sorte de brouillard avait enveloppé le lieu de la catastrophe.

Il suffit de rapporter ces récits pour montrer leur peu de portée, car ce brouillard qui a tant frappé les imaginations n'était autre que le nuage de poussière produit par l'écroulement des habitations.

Poëy et Hœfer ont beaucoup insisté sur la coexistence des cyclones avec les grands tremblements de terre. Quelques exemples particuliers se sont présentés à l'appui de leur thèse; on cite particulièrement le cyclone du 4 novembre 1799 au Venezuela, ceux du 2 août 1837 et du 19 novembre 1867 aux Antilles, celui du 22 août 1856 en Algérie, comme ayant coïncidé avec des ébranlements du sol, mais de tels cas doivent être considérés comme fortuits. D'une part, dans les îles de l'archipel de la Sonde, qui sont souvent ravagées par les deux genres de phénomènes, une étude attentive, due à M. Mangeot, montre qu'il n'existe entre eux aucune relation simple; sur les côtes de la Chine, les tremblements de terre sont beaucoup moins fréquents que les cyclones et n'apparaissent que très rarement avec eux. Inversement, dans l'Amérique centrale, sur les côtes du Pacifique, les tremblements de terre sont extrêmement fréquents et les cyclones presque inconnus. Le rapprochement entre ces deux catégories de phénomènes n'est donc aucunement justifié.

Enfin, dans une région quelconque, quand on considère les courbes barométriques et thermométriques, et que l'on compare leur tracé à celui qui résulte de la statistique des phénomènes séismiques, on est frappé de la dissemblance absolue qui existe entre elles. La preuve la plus frappante de ce désaccord provient surtout de l'examen des données comparatives fournies par les régions équatoriales, où le tracé diurne des courbes barométriques offre une grande régularité. Rien de pareil ne se manifeste dans le tracé des courbes séismiques. La question a été particulièrement observée dans l'Amérique centrale par M. de Montessus. Il a compulsé trois années d'observation faites au collège San Luis de Santa Tecla (San Salvador); quatre faites à San Salvador par lui-même et vingt années faites au Guatemala. Cette étude fait ressortir nettement le défaut de concomitance des phénomènes météorologiques et des séismes. « J'ai cherché, dit M. de Montessus, pour environ neuf mille courbes barométriques quotidiennes, comment les tremblements de terre se répartissent autour des deux minima et des deux maxima de la sinusoïde si régulière, qui représentent la marche du baromètre sous les tropiques, et aussi comment ils se groupent par rapport aux périodes, soit de quelques jours pendant lesquels cet instrument monte, reste stationnaire ou descend (tout en parcourant chaque jour une courbe presque superposable à celle du jour précédent, mais placée un peu plus bas), soit de quelques mois, pendant lesquels il oscille autour d'une position progressivement ascendante ou descendante. Le classement des tremblements de terre observés donne dans tous ces groupements des chiffres sensiblement égaux. »

M. de Montessus va plus loin; partant d'observations faites sur l'Izalco, volcan qui, comme le Stromboli, est en éruption permanente, il croit pouvoir affirmer que les explosions du volcan ne sont pas influencées par l'état de la pression barométrique. Il s'appuie sur ce fait pour se ranger du côté de ceux qui regardent les dégagements des gaz naturels comme n'étant aucunement modifiés par les variations de pression de l'atmosphère. L'examen de cette question sort du cadre que nous nous sommes proposé de remplir; c'est pourquoi nous éviterons de la discuter à fond, considérant d'ailleurs que, pour être résolue, elle exigerait l'emploi simultané de l'expérimentation et de l'observation dans des conditions de précision qui, jusqu'à présent, n'ont jamais été réalisées.

Il y a d'ailleurs lieu de distinguer les tremblements de terre normaux de ceux qui accompagnent les éruptions volcaniques. On comprend à la rigueur que des dégagements de gaz, comme ceux qui ont lieu dans une éruption, puissent être influencés par une baisse barométrique et, par suite, qu'il y ait en même temps une certaine action exercée sur les mouvements du sol concomitants. Plusieurs savants éminents ont cru même trouver dans l'observation directe la démonstration du fait. M. Palmieri, directeur de l'Observatoire du Vésuve, a, d'après une série d'observations faites en 1867, conclu de ses études que, non seulement les explosions augmentaient d'intensité et de fréquence quand il y avait diminution dans la pression atmosphérique, mais il a annoncé en outre que l'écoulement des laves était soumis à toutes les influences dont il a été précédemment question. Chaque jour, en dehors de l'influence barométrique, il a observé deux maxima et deux minima avec un retard correspondant avec celui de la marée. Il a de même admis un accroissement des phénomènes au moment des syzygies et un affaiblissement aux quadratures de la lune. Schmidt, naguère directeur de l'Observatoire d'Athènes, a soutenu les mêmes idées dans une certaine mesure. Enfin, dernièrement, M. Laur les a reprises en les développant et en essayant de les démontrer à l'aide de l'étude d'un dégagement gazeux du bassin de Saint-Étienne.

Dans les observations des dégagements de grisou consignées dans les registres des compagnies houillères, on trouve aussi certaines séries qui semblent appuyer l'hypothèse de la relation en question, mais il en est d'autres qui la contredisent. Quant aux séismes proprement dits où des émissions de matière volatile ne sont pas en jeu, on ne connaît véritablement aucun fait qui permette de les considérer comme étant sous la dépendance des variations de la pression atmosphérique.

A ce sujet nous citerons encore en terminant cette discussion les lignes suivantes publiées par M. Forel[1]:

« Qu'il y ait parfois coïncidence entre un tremblement de terre et une forte baisse barométrique, cela est incontestable ; mais que ce soit la règle, c'est ce que l'expérience nie. Pour le rechercher, j'ai choisi les 22 tremblements les plus considérables étudiés en Suisse pendant nos quatre années d'observation (1879-83), et j'ai noté

---

[1] *Archives physiques et naturelles de Genève*, t. XIII.

l'état de la variation barométrique dans notre pays au jour du tremblement. J'ai trouvé :

		1279	1880	1881	1832
Baisse barométrique. .	9 tremblements	2	1	4	2
Hausse.	11 —	0	3	5	3
Baromètre stationnaire	2 —	0	2	0	0

« Il n'y a pas là la coïncidence plus fréquente des tremblements de terre avec la baisse du baromètre que réclame la théorie récemment soutenue par M. Laur. Je dois donc la déclarer, à mon avis, insuffisamment justifiée. »

Ainsi, les observations de la Commission suisse s'accordent avec celles de M. de Montessus pour infirmer la relation controversée.

CHAPITRE XI

RELATION DES TREMBLEMENTS DE TERRE
AVEC LA CONSTITUTION GÉOLOGIQUE DES RÉGIONS
ÉBRANLÉES

Dans le cours de cet ouvrage (voir p. 18 et suivantes) nous avons signalé déjà la situation particulière de l'épicentre des tremblements de terre qui ont ébranlé la Suisse, la région des bords du Rhin en 1873 et 1877, l'île d'Ischia en 1881 et 1883, l'Andalousie en 1884, la Ligurie en 1887, la basse Autriche à diverses reprises et notamment en 1873. Pour montrer l'importance de la relation qui existe entre la disposition de l'aire d'un séisme et la constitution géologique du sol qui en est le siège, nous ajouterons encore quelques exemples empruntés en grande partie aux travaux des savants de l'empire austrohongrois qui se sont occupés de ces questions.

Suess peut être considéré comme l'un des principaux promoteurs de ce genre d'études. C'est lui qui a fait ressortir la constance de direction de la plupart des tremblements de terre qui, à diverses reprises, ont désolé l'Autriche et la Hongrie, et montré la relation simple qu'affectait l'allongement de leur épicentre avec l'alignement des Alpes. Il divise en effet les tremblements de terre de cette contrée en deux catégories : ceux qui sont parallèles à la chaîne des Alpes et ceux qui lui sont perpendiculaires, et qualifie les premiers de longitudinaux, tandis qu'il nomme les seconds transversaux. Parmi les premiers il en signale plusieurs dans lesquels le grand axe de l'épicentre a coïncidé avec une ligne droite étendue du Semmering jusqu'à Judenburg, le long des vallées de la Mürz et de la Mur supérieure. Cette direction, qui correspond à une ligne de dislocation importante, est appelée par lui ligne de la Mürz. Dans la catégorie des tremblements de terre transversaux il a particulièrement appelé l'attention sur ceux dont l'épicentre coïncide avec la vallée du Kamp. Cette ligne part à peu près de Wiener-Neustadt, se dirige par Altlengbach vers Horn et pénètre en suivant le trajet de Kamp jusqu'au cœur du massif de Bohême. Suess lui a donné le nom de ligne du Kamp. Elle a caractérisé l'épicentre des tremblements de terre de 1590, de 1768, qui s'étendit jusqu'à Dresde par Leitmeritz, et récemment celui du 12 juin 1875.

Une autre ligne tranversale parallèle à celle-ci marque l'allongement de l'épicentre du tremblement de terre du 17 juillet 1876 dont le centre était à Scheibbs dans la basse Autriche.

Le tremblement de terre de Sillein sur la Waag supérieure, du 15 janvier 1858, a été également signalé par un épicentre allongé transversalement à la chaîne principale des Alpes. Le grand axe de cet épicentre coupait les Karpathes occidentales en passant par Breslau.

Outre les deux directions qui viennent d'être citées, il en existe encore une troisième suivant laquelle s'allongent fréquemment les épicentres des tremblements de terre de l'Autriche. C'est celle qui est déterminée par la cassure abrupte que présentent les Alpes orientales aux environs de Vienne. Cette faille, signalée par des sources thermales nombreuses, s'étend de Gloggau à Vienne. La ligne qu'elle trace a reçu le nom de ligne des Thermes. Elle est liée par la ligne de la Mürz au district de Villach qu'éprouvent souvent les séismes.

Wiener-Neustadt se trouve au point de croisement de la ligne du Kamp et de celle de la Mürz, ce qui donne la raison de la fréquence en cette localité du siège superficiel principal des nombreux tremblements de terre qui ont ébranlé la contrée depuis un siècle.

Un tremblement de terre transversal très intéressant par son siège au sud des Alpes et par sa grande extension est celui de Belluno (29 juin 1873). Bittner, qui en a donné une description détaillée[1], a montré que l'aire de ce séisme était très allongée dans la direction nord-est et qu'elle s'était étendue jusqu'au nord des Alpes. Il considère ce fait comme la conséquence de l'existence d'une faille passant par Belluno et possédant cette orientatation.

Toula fait remarquer à ce propos que le tremblement de terre en question avait été ressenti à Karpfenberg sur la ligne de la Mürz et à Vienne sur la ligne des Ther-

[1] *Comptes rendus de l'Académie des sciences de Vienne*, 1874.

mes, et il en conclut que dans un tremblement de terre violent, non seulement il y a mouvement le long de la faille qui le caractérise, mais que des failles autrement orientées peuvent en même temps en éprouver le contrecoup et entrer également en jeu.

Une ligne transversale située à peu de distance à l'est de celle de Belluno a déterminé en 1859 le sens de l'allongement de l'épicentre du tremblement de terre qui a eu son siège superficiel principal à Santa Croce.

On peut ainsi dans presque toutes les régions sillonnées par des chaînes de montagnes ou par des plis de terrain correspondant à des alignements de couches redressées distinguer des tremblements de terre longitudinaux et des tremblements de terre transversaux.

L'Amérique du Nord par exemple a fourni de nombreux spécimens de séismes longitudinaux. Ainsi, dans la partie orientale des États-Unis, l'épicentre des tremblements de terre suit généralement la direction N.N.E.-S.S.O. qui est celle des Apalaches et des Alheghanys, comme l'ont montré les frères Rogers dans la notice détaillée qu'ils ont publiée sur le tremblement de terre du 4 janvier 1843.

Le même parallélisme s'observe en général dans les tremblements de terre de la Californie et mieux encore dans ceux de l'Amérique du Sud.

Les deux catégories de tremblement de terre dont il vient d'être question présentent, d'après Suess, des caractères spéciaux qui les distinguent. Ce savant considère les séismes longitudinaux comme caractérisés par le défaut de fixité d'ébranlement qui se promène, pour ainsi dire, le long de la fente sur laquelle il siège. Les séismes de cette nature ont en général une durée de plusieurs mois et offrent de nombreuses recrudescences. L'épicentre s'y déplace en même temps que le foyer souterrain auquel il correspond.

Au contraire, les tremblements de terre transversaux semblent fixes dans leur siège; ils sont de courte durée et caractérisés par un choc principal constituant le début du séisme, suivi immédiatement de secousses relativement faibles, sans recrudescences importantes.

Cette distinction est vraie dans ses traits généraux, cependant elle est loin d'être absolue, et, comme preuve de cette assertion, il suffit de rappeler que le tremblement de terre de 1887 en Ligurie, de même que celui de 1884 en Andalousie, qui, tous les deux, ont été certainement des tremblements de terre longitudinaux, ont cependant affecté les caractères que Suess attribue aux tremblements de terre transversaux. D'ailleurs, ce savant lui-même cite une exception bien remarquable à la règle qu'il a posée : Le tremblement de terre de 1590, le long de la ligne du Kamp, a débuté le 22 juin par une forte secousse, mais la commotion la plus violente de ce séisme n'a eu lieu qu'au milieu de septembre de la même année.

Il n'est pas toujours aisé de reconnaître la constitution géologique d'un pays, et lors même que cette constitution est bien connue, si la région ébranlée est fortement disloquée, si elle est traversée par plusieurs systèmes de failles d'orientations différentes, alors il est bien difficile d'établir une relation nette entre la direction des axes de l'épicentre d'un tremblement de terre et l'une ou l'autre des cassures profondes du terrain. Souvent, il y a là une part énorme laissée à l'arbitraire des auteurs ; l'imagination peut se donner libre carrière et l'on est ainsi arrivé dans certains cas à établir tout un système de spéculations aussi compliqué et aussi peu sûr que celui qui naguère a rendu célèbre certaines théories aujourd'hui complètement délaissées.

Avant d'exposer quelques-uns de ces cas incertains qui prêtent le flanc à de graves critiques, nous allons montrer par l'exemple de deux faits relativement simples combien il est quelquefois difficile de trancher les questions en apparence les plus aisées, ou au moins combien les explications données sont sujettes à controverse.

Les épicentres des deux tremblements de terre de 1873 et 1877 de Herzogenrath ont été parfaitement déterminés par les recherches de von Lassaulx ; la constitution géologique du pays qui en a été le siège est également très bien connue, grâce aux nombreux travaux des savants qui s'en sont occupés. On sait que dans cette région le terrain carbonifère forme une longue bande, étendue de Liège par Aix-la-Chapelle jusqu'au bassin houiller de la Ruhr, dans une direction S.S.O.-N.N.E. L'épicentre du tremblement de terre de 1877 est allongé suivant cette même direction, tandis que celui du tremment de terre de 1873 s'étend dans une direction perpendiculaire. Von Lasaulx explique la disposition de l'épicentre de 1887 par la stratification des couches houillères et par leur plissement dans la direction N.N.E. Il admet l'existence de lignes de fracture parallèles entre ces plis et considère la direction d'extension de l'épicentre comme une conséquence de la continuité des couches dans cette direction.

Au contraire, pour expliquer le tremblement de terre de 1873, il est obligé d'admettre l'existence d'une faille transversale et alors on est en droit de se demander ce que devient l'hypothèse qu'il avait adoptée pour interpréter la disposition de l'épicentre de 1877. La même objection peut d'ailleurs être opposée pour tous les cas dans lesquels on observe dans une même région tantôt des tremblements de terre longitudinaux, tantôt des tremblements de terre transversaux. Cependant, ce grief fondamental contre la théorie géologique que nous discutons en ce moment ne doit pas être regardé comme inéluctable, car la présence de fentes transversales n'empêche pas d'une façon absolue la propagation du mouvement dans la direction d'une bande de terrain et, d'autre part, elle suffit à expliquer comment dans certains cas le mouvement se transmet plus facilement en travers de l'alignement des couches.

Une objection d'autre nature et plus grave a été opposée à l'explication donnée par von Lasaulx pour le cas particulier de Herzogenrath. Le professeur Hofer, en se livrant à l'examen attentif de la constitution géologique du sol ébranlé par les tremblements de terre de 1873 et de 1877, est arrivé à cette conclusion que le terrain en question, au lieu d'être traversé par deux systèmes de fentes rectangulaires, comme le supposait von Lasaulx, présentait trois systèmes de failles qui se croisaient sous des angles aigus aux environs d'Aix-la-Chapelle.

Un autre exemple de difficulté d'interprétation nous est fourni par les tremblements de terre de l'Erzgebirge. Celui du 23 novembre 1875 a été considéré par le professeur Suess comme un tremblement de terre longitudinal, parce que le grand axe de son épicentre était allongé dans la direction N.E., c'est-à-dire à peu près parallèlement à la direction des crêtes de l'Erzgebirge, à la faille profonde qui limite la chaîne vers le sud et aux plis de refoulement qui le sillonnent sur son versant septentrional. Credner, qui, de son côté, a aussi insisté sur cette relation remarquable, fait observer que les mêmes failles continuent probablement encore de nos jours à s'étendre et à se développer. Mais cette continuité dans les phénomènes mécaniques, dont le sol de l'Erzgebirge est le siège, est loin d'être démontrée, car la plupart des filons métallifères exploités dans la région représentent des remplissages de fentes qui ont des orientations différentes de la direction N.E. Cette diversité s'observe aussi bien pour les filons d'étain que pour ceux de plomb, de cobalt ou de fer. Il n'y a donc pas dans l'Erzgebirge un système de cassures unique, parallèle aux crêtes de la montagne et sans cesse en jeu, mais bien plutôt un système de fractures qui se sont successivement formées et ont été remplies de dépôts de nature diverse. Si l'épicentre du tremblement de terre de 1875 avait eu, par exemple, son grand axe dirigé E.O., au lieu de l'avoir N.E., il eût été tout aussi facile de donner une explication rationnelle de son orientation.

La même région a été le théâtre, le 5 octobre 1877, d'un autre tremblement de terre (séisme de Dippodiswald), qui, sous le rapport de sa distribution, offre encore plus de difficultés pour son interprétation. L'épicentre présente encore à peu près la même disposition, mais il est placé dans l'angle aigu formé par la grande faille de l'Erzgebirge et par celle de la vallée de l'Elbe. Le voisinage de cette dernière, malgré son importance géologique, ne paraît pas avoir sensiblement modifié la direction de son grand axe, exclusivement déterminé par l'orientation de l'Erzgebirge.

Dans les exemples qui viennent d'être cités, on saisissait nettement une direction principale servant à déterminer le grand axe de l'épicentre et en relation avec un accident géologique de grande importance. Les travaux du professeur Höfer sur les tremblements de terre de Carinthie vont nous fournir un exemple de relations beaucoup plus compliquées et plus discutables[1].

Il distingue dans cette contrée trois systèmes de directions principales représentant le sens dans lequel les divers tremblements de terre qui y ont été constatés ont offert l'allongement de leur épicentre. Le premier système est orienté O.N.O. ; il comprend les lignes suivantes :

1° La ligne de la Mur qui continue celle de la Mürz. Son prolongement à l'est passe par Presbourg au nord des collines de la Leitha et au sud des petites Karpathes.

---

[1] *Comptes rendus de l'Académie des sciences de Vienne*, 1880.

Là, elle rencontre dans le Comital de Neutra un nœud séismique bien caractérisé. Prolongée jusqu'à la vallée du Waag, elle atteint le centre séismique de Sillein dont il a été précédemment question.

2° La ligne du Wörther-See qui s'étend de Villach à Saint-Paul par Klagenfurth, le long de la vallée de Lavant.

3° La ligne de Dobratsch qui s'étend à l'ouest jusqu'à Brunnecken en passant par Tablacherfeld, et à l'est jusqu'à la Drave inférieure en longeant le pied nord des Karawanken.

C'est une des directions séismiques les plus importantes de la région orientale des Alpes. Les séismes qu'elle affecte présentent le caractère de mobilité du centre d'ébranlement attribué par Suess aux tremblements de terre longitudinaux. C'est suivant cette ligne que s'est étendu le terrible tremblement de terre du 25 janvier 1348 qui ruina de fond en comble la ville de Villach.

4° La ligne de Koschutta suit la crête des Karawanken.

5° La ligne de Canalthal semble n'être que le prolongement de la précédente vers l'ouest.

6° La ligne de Laak s'étend de Triglar jusqu'à la Save; elle se dirige vers la frontière de Styrie et de Carniole, en passant par Laak. Prolongée vers l'est, elle rencontre dans le Szleme-Gerbirg, au nord d'Agram, l'épicentre du tremblement de terre du 9 novembre 1880.

Toutes ces lignes sont par rapport aux Alpes des lignes longitudinales.

Les suivantes ont une orientation nord-ouest. Elles

peuvent être considérées comme longitudinales par rapport au système dinarique. Ce sont :

1° La ligne de Glina-Kappel.

2° La ligne de Laibach-Gmünd.

3° La ligne de Greifenburg-Adelsberg.

Entre ces deux dernières s'allonge l'épicentre du tremblement de terre de Klana du 1ᵉʳ mars 1870. Ce séisme a été considéré par Suess comme un exemple très net d'un tremblement de terre longitudinal.

4° La ligne de Tschitschen.

5° La ligne d'Adria.

6° La ligne de Bozen-Primiero.

La seconde et la cinquième de ces lignes paraissent être les mieux établies ; cependant, sur la cinquième, certaines contestations se sont élevées, Hörnes refusant d'en admettre l'existence, et Bittner appuyant au contraire l'opinion de Höfer sur sa réalité. Quand à la seconde, on ne peut s'empêcher d'éprouver quelque hésitation à suivre Höfer, quand il croit pouvoir affirmer qu'elle se prolonge jusque dans le nord de l'Allemagne, en passant près de Cologne. L'interruption considérable qui existe entre les aires séismiques des tremblements de terre qui ont leur centre superficiel, d'une part à Cologne et d'autre part à Laibach, n'est comblée que sur une très petite étendue par un petit foyer séismique compris entre Bonfingen et Nordlingen.

Höfer fait remarquer que le point de croisement des deux systèmes O.N.O. dont il vient d'être question se trouve à l'Odenwald qui correspondrait par suite à un nœud séismique (ce que l'observation ne paraît guère justifier).

Enfin, le troisième système de lignes séismiques admis par Höfer est dirigé N.S. et N.E.-S.O. Il comprend :

1° La ligne de la haute vallée de Lavant ;

2° La ligne Saint-Veiter ou de Klagenfurth ;

3° La ligne de Rosegger ;

4° La ligne de Tagliamento ;

5° La ligne d'Ober-Vellach.

Ce système, dont l'orientation est perpendiculaire à la direction des Alpes, est considéré par Höfer comme correspondant à des tremblements de terre transversaux. Les trois premières lignes qu'il renferme se rapprochent singulièrement, quand on les prolonge, de la ligne du Kamp mise en relief par Suess.

Höfer rapporte donc l'orientation des épicentres des tremblements de terre de la Carinthie et des régions avoisinantes à trois directions principales. Mais si l'on tient compte de ce que chacune de ces orientations n'est pas rigoureusement fixée, qu'Höfer lui-même considère l'axe de l'aire d'extension des séismes comme susceptible de s'écarter de quelques degrés de chaque côté de la direction typique, comme il l'indique, par exemple, pour les séismes transversaux dont l'orientation varie du N.S. au N.E.-S.O., il s'ensuit que sa conception diffère peu de celle qui a été préconisée par Bittner et Hörnes. Ces deux derniers savants admettent, en effet, au moins pour les tremblements de terre transversaux, que les grands axes d'épicentre forment une sorte de couronnne radiale avec prédominance de certaines directions en rapport plus direct avec des accidents géologiques importants.

Cependant, dans l'application, ces différents auteurs présentent des divergences singulières dans leur manière de voir, bien que tous acceptent en principe l'idée de Suess sur la corrélation des tremblements de terre et des forces qui ont engendré les montagnes. C'est ainsi, par exemple, que l'orientation épicentrale du tremblement de terre de Villach de 1348 est rapportée par Höfer à la ligne de Dobratsch, tandis que Hörnes la rapporte à une ligne étendue de Villach à Venise, dont le prolongement à travers les Alpes se rattache à la ligne de la Mur.

La ligne de Rosegger n'aurait pas non plus, d'après Toula, la direction que lui assigne Höfer.

Les discussions de Bittner, de Hörnes et de Höfer, bien que très intéressantes, ne sont pas faites pour donner une confiance absolue dans les spéculations séismo-géologiques. Elles montrent dans tous les cas la difficulté de leur application. Les divergences d'opinion de ces savants dans l'interprétation des faits sont inhérentes à la nature même du sujet. Dans chaque cas particulier, il faut s'attendre à de graves incertitudes ; cependant, en agissant avec prudence et en ne cherchant pas à obtenir une précision que la question ne comporte pas, on peut trouver dans la considération des relations géologiques avec les séismes, parfois un guide précieux et souvent une véritable satisfaction pour l'esprit.

CHAPITRE XII

VITESSE DE PROPAGATION DES SECOUSSES
A TRAVERS LE SOL

En présence des nombres disparates fournis par l'observation directe des vitesse de propagation du mouvement dans les tremblements de terre, on a senti la nécessité de recourir à l'expérimentation pour déterminer d'une façon sûre la vitesse de translation des secousses dans des sols de nature diverse.

Parmi les personnes qui se sont occupées de la question, nous citerons particulièrement Pfaff, Mallet, Abbot et Milne.

Les expériences d'Abbot sont de beaucoup celles qui ont eu lieu sur la plus large échelle. Cette habile expérimentateur a eu en son pouvoir des moyens d'action dont on dispose rarement dans le monde savant. Pour en donner une idée, il nous suffira de dire que, chargé par le gouvernement des États-Unis de faire sauter les récifs qui encombraient l'entrée du port de New-York, il a pu utiliser, dans une expérience mémorable, l'explosion de 22 680 kilogrammes de dynamite.

Les observations de Pfaff sont le résultat d'expériences de laboratoire qui, par leur nature même, sont de bien moindre valeur que celles qui proviennent d'études faites sur le terrain. Elles ont pour base la formule établie jadis par Newton, laquelle donne la vitesse cherchée en fonction de la densité de la roche traversée par le mouvement vibratoire et de son coefficient d'élasticité (de compression).

Soit v la vitesse en question,

    d la densité de la matière expérimentée,

    E son coefficient d'élasticité,

    g l'intensité de la pesanteur,

on a :
$$v = \sqrt{\frac{g\,\mathrm{E}}{d}}$$

Les nombres obtenus par Pfaff pour la vitesse cherchée sont les suivants :

Dans le granite.	539^{m}
Dans le calcaire.	547
Dans les schistes.	737

Des expériences de laboratoire analogues ont été faites, en 1881, par Milne et Gray au laboratoire de physique du Collège impérial de Tokio (Japon). Les expériences ont été exécutées avec des cylindres de roche de 0^{m},60 de longueur et de 0^{m},04 de diamètre que l'on soumettait à des expériences successives de tension et de torsion.

Les opérateurs ont pu, en partant de ces expériences, calculer la vitesse de propagation des vibrations longitu-

dinales et des vibrations transversales.Le tableau qui suit
représente les résultats obtenus.

	Vitesse de propagation du mouvement longitudinal.	Vitesse de propagation du mouvement transversal.
	m	m
Granite..	3951,88	2191,42
Marbre.. · . . .	3812,50	2081,32
Tuf.	2851,75	2091,38
Roche argileuse. . .	3482,18	2541,56
Schiste ardoisier.. .	4512,78	2861,81

La comparaison des chiffres précédents montre que le
rapport de la vitesse des vibrations longitudinales à celle
des vibrations transversales, dans un même milieu,
varie suivant la nature de la matière expérimentée. Il a
été trouvé égal à 1,83 dans le marbre et à 1,36 dans le
tuf. Ainsi, c'est dans les rochers les plus élastiques que la
différence entre les deux vitesses en question est la plus
grande.

Ce résultat expérimental contredit, dans une certaine
mesure, la donnée théorique établie par Poisson, lequel
avait établi qu'entre la vitesse de propagation des vibrations longitudinales et celle des vibrations transversales,
il existait un rapport fixe représenté par $\sqrt{3} : 1$. Cependant, si l'on tient compte de toutes les influences accidentelles qui modifient les conditions de l'expérience, le
désaccord entre la théorie et les données de la pratique
paraît beaucoup moins important.

R. Mallet, dont les travaux sur la question sont demeurés célèbres, a entrepris aussi des recherches de
laboratoire pour obtenir la vitesse de propagation dans
différents milieux. Dans une première série d'études, il

a opéré sur des échantillons de diverses roches, taillés sous formes de cubes, et a déterminé leur compressibilité, ce qui lui a permis de fixer leur module d'élasticité et, par suite, la vitesse de propagation du mouvement dans un milieu composé de même matière[1].

Dans une seconde série, il a fixé la valeur de ce module en établissant la hauteur à laquelle une bille d'ivoire tombée d'une hauteur connue rebondissait après avoir frappé une roche soumise à l'expérience.

La bille tombant d'une hauteur de $1^m,50$ sur du schiste quartzeux rebondissait de $0^m,70$, tandis que, frappant la plaque de schiste micacé, elle ne remontait qu'à une hauteur de $0^m,45$. Ces observations l'ont conduit pour la propagation du mouvement dans le quartz schisteux à une vitesse d'environ 3600 mètres par seconde et dans le schiste micacé à une vitesse d'à peu près 3400 mètres.

Or des expériences faites sur le terrain par ce savant distingué, lui ayant appris, d'autre part, comme nous le verrons ci-après, que dans les mêmes roches en place les commotions se propageaient bien plus lentement à cause du défaut d'homogénéité du milieu parcouru, il est arrivé à cette conclusion que les 7/8 de la vitesse de propagation dans un solide compact se trouvaient perdus dans les conditions normales en raison de l'hétérogénéité et de la discontinuité des matières rocheuses telles que la nature les présente.

---

[1] Les cubes employés avaient 18 millimètres de côté. Les matières expérimentées ont été le quartz et le schiste micacé de Holyhead (Anglesey). (R. Mallet, *Phil. Transc.*, 1862, p. 663.).

Ces conclusions de Mallet sur la discontinuité des roches étaient vraies en ce qui regarde les schistes. Elles ne le sont plus autant quand il s'agit du granite. Les ingénieurs qui se sont occupés de l'évaluation de la résistance des matériaux de construction admettent, comme expérimentalement démontré, que le module d'élasticité de l'acier étant représenté par 29, celui du granite est égal à 9. La vitesse de propagation des vibrations longitudinales dans l'acier étant de 5400 mètres par seconde, celle du même mouvement dans le granite est d'environ 3000 mètres, ce qui s'éloigne peu, comme nous le verrons plus loin, des données de l'observation.

Les expériences exécutées sur place par M. R. Mallet appartiennent à deux séries de recherches. La première a été effectuée, en 1849, sur la plage de Killeney (côte orientale de l'Irlande) et dans l'île Dalkey, située en face. Celles de Killeney ont eu pour but de déterminer la vitesse de propagation du mouvement dans le sable, celle de Dalkey ont été faites sur le granite[1].

Le sable de la plage de Killeney était essentiellement quartzeux, dépourvu de cohérence, envahi par la mer à marée haute et mouillé encore à $2^m,50$ à marée basse au moment des expériences. Chaque ébranlement était produit par l'explosion de $19^{kg},330$ de poudre. Le lieu de l'observation était situé à 1/2 mille (792 mètres) du lieu de l'explosion. Le mouvement se transmettait à travers le sable le long de la plage. On constatait son arrivée au lieu d'observation au moyen d'un bain de mercure de

[1] *Report of British Assoc.*, 1851.

0^m,30 de longueur, 0^m,10 de largeur et 0^{m}05 de profondeur. L'apparition de rides à la surface du mercure était constatée au moyen d'un télescope doué d'un grossissement de 23 diamètres, incliné de 45° sur l'horizon et recevant la lumière d'une lampe placée en face. Le temps était apprécié au moyen d'un chronographe Wheatstone, permettant sa mesure à 0,02 de seconde près.

Huit expériences ont été faites dans ces conditions. Le temps employé par l'ébranlement pour se transmettre au mercure a été en moyenne de 3^s,7312, dont il faut retrancher une correction importante de 0^s,3197 due au temps nécessaire à l'allumage de la poudre. La différence de ces deux nombres est de 3^s,4125, ce qui conduit à une vitesse de 248 mètres par seconde.

La série d'expériences entreprise sur le granite a été effectuée à l'aide du même dispositif. Dans chaque expérience, on employait 9^{kg},072 de poudre. La matière explosive était enfoncée dans des trous de mine de 3^m,60 de profondeur et de 0^m,087 de diamètre.

Le tableau suivant représente les données de l'expérience et les vitesses qui en ont été déduites :

	Distances du lieu de l'explosion an séismoscope.	Temps employés à la transmission du mouvement.	Vitesses déduites.	
		s		
	342^m	0,93	367^m	
	337	0,86	392	
Granite	312	0,87	359	
fendillé.	311	0,87	357	Moyenne, 371.
	349	0,93	375	
	321	0,85	377	
Granite	306	0,62	493	
compact.	313	0,73	429	Moyenne, 473.
	324	0,65	498	

Dans ces expériences sur le granite, la correction faite par M. R. Mallet pour le temps perdu par l'allumage de la poudre a varié de $0^s,23$ à $0^s,26$; elle a donc été un peu moindre que la correction analogue faite pour les expériences exécutées sur le sable [1].

La seconde série de recherches opérées sur place par le savant ingénieur a eu pour objet l'étude de la vitesse de propagation du mouvement dans des micaschistes plus ou moins quartzeux. Elle a été faite, de 1856 à 1861, à Holyhead, dans l'île d'Anglesey. On était alors en train d'exploiter de grandes carrières dans cette localité, afin d'établir près de là un port de refuge. L'escarpement vertical produit dans le micaschiste par l'exploitation avait alors environ 45 mètres de haut. Les bancs alternants de quartz et de micaschiste sont dirigés N. 24° E. ; ils plongent au N.-O. sous un angle de 25° par rapport à l'horizon.

Le bain de mercure servant de séismoscope était installé à Pen y Brin, lieu situé à un mille environ de la tranche des carrières. Les instruments employés pour l'observation étaient les mêmes que dans les expériences de Killeney. Cependant des perfectionnements de détail avaient été apportés au dispositif adopté. Par suite, la correction relative à l'allumage de la poudre, de $0^s,320$, qu'elle était primitivement, se trouvait réduite à $0^s,056$. En revanche, Mallet tenait compte d'une correction à $0^s,014$ due à la perte de temps produite par défaut d'ins-

---

1 *Phil. Trans., Soc. Roy. de Londres,* 1861, p. 655.

tantanéité des contacts électriques, et enfin d'une troisième correction de 0^s,065 due à l'inertie du mercure.

Deux autres corrections auraient encore dû être faites, l'une due au temps employé pour le transport de l'électricité dans les fils conducteurs, l'autre provenant de l'erreur personnelle, attribuable aux observateurs chargés d'enregistrer mécaniquement le moment de l'explosion et l'instant de l'arrivée du mouvement au séismoscope. Mais Mallet les a considérées l'une et l'autre, après quelques essais, comme également négligeables.

Le tableau suivant représente les données fondamentales de ces expériences et les vitesses qui en ont été déduites :

Distance du lieu de l'explosion au séismoscope.	Charges de poudre employées.	Vitesses déduites (toutes corrections faites).	
	kg		
1984^m	1,341	336^m	
1943	1,179	338	
1952	2,222	405	Vitesse moyenne, 368 mètres.
1535	5,443	418	
1593	1,996	344	

Dans cette série d'expériences, les foyers d'explosion étaient disposés le long de l'escarpement des carrières suivant une ligne faisant un angle de 73°30' avec celle qui réunissait le lieu d'observation avec le point d'explosion le plus rapproché. De cette situation résultait que dans les expériences successives la ligne suivant laquelle avait lieu la transmission la plus directe du mouvement au séismoscope était variable et les couches traversées n'étaient pas exactement les mêmes. Dans les deux expériences marquées d'un astérique sur le tableau précédent, les bancs traversés étaient beaucoup plus quartzeux que dans les autres. C'est ce qui explique pourquoi elles ont conduit à des vitesses plus grandes. On voit ainsi que dans les micaschistes proprement dits, la moyenne a été de 339 mètres, tandis qu'elle a atteint 406^m,50 dans la zone plus riche en quartz.

On voit encore d'après les nombres qui figurent sur le tableau ci-dessus que la vitesse augmente avec la charge employée.

Le général Abbot, chargé par le gouvernement des États-Unis de faire sauter les rochers de Hallet's Point à l'entrée du port de New-York (fig. 26) a utilisé les énormes explosions qu'il a produites pour déterminer la vitesse de propagation des mouvements dans le granit. Son procédé expérimental diffère peu de celui de Mallet. Il s'agit toujours d'un bain de mercure ébranlé par le mouvement provenant d'une explosion et transmis par le sol. La matière explosive est généralement la dynamite, quelquefois la poudre. L'inflammation est déterminée par la décharge d'une forte batterie. Comme dans les expériences de Mallet, l'enregistrement de l'instant d'arrivée de la secousse se fait à la main; mais les corrections à faire par suite de l'erreur personnelle des observateurs sont de peu d'importance à cause de la distance notable qui sépare le lieu d'explosion et le point d'observation. L'inflammation des matières explosives peut d'ailleurs être considérée comme presque instantanée.

Les stations d'observation choisies étaient au nombre de quatre; une d'entre elles se trouvait sur la terre ferme

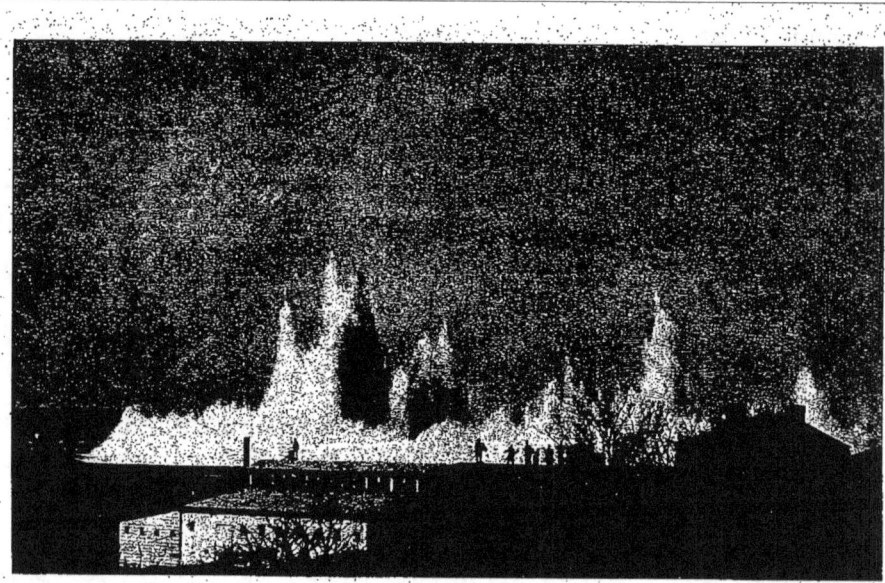

FIG. 26. — Explosion des rochers de Hallet's Point.

près du bord sud de l'East River; les trois autres avaient été prises dans l'île de Long-Island.

L'observation des mouvements du mercure se faisait à l'aide de deux télescopes, l'un A ayant un grossissement de 6 diamètres, l'autre B possédant un grossissement de 12 diamètres. Le premier de ces instruments ne permettait pas d'apercevoir les premières vibrations produites, que l'on distinguait au contraire très bien avec le télescope B : c'est pourquoi avec celui-ci on a trouvé des vitesses beaucoup plus grandes qu'avec l'autre. Dans la célèbre opération du 24 septembre 1876, on a fait partir d'un seul coup, au moyen d'un circuit électrique unique, 38 trous de mine contenant ensemble 50 000 livres (22 680 kilogrammes) de dynamite. Le tableau qui suit résume les données diverses de ces expériences et les résultats qu'elles ont fournis :

DATE DE L'EXPÉRIENCE	CHARGE EMPLOYÉE	DISTANCE DU LIEU D'EXPLOSION AU POINT D'OBSERVATION	TÉLESCOPE EMPLOYÉ	HEURE DE L'ARRIVÉE DES SECOUSSES [1]	FIN DU PHÉNOMÈNE	VITESSES
18 août 1876. . . .	kg 90,718 dynam. .	8 046 m	B	s 5,0	s »	1609 m
		8 260	A	7,0	63,0	1180
24 septembre 1876. .	22 680,000 —	13 403	B	5,3	72,3	2530
		16 813	A	10,9	23,5	1378
		20 541	B	12,7	19,0	1618
10 octobre 1876. . .	31,750 poudre. .	2 180	A	5,8	instant	378
6 septembre 1876. .	181,130 dynam. .	1 880	A	1,8	7,8	1015
			B	0,7	17,8	2686
12 septembre 1877. .	90,718 —	2 115	A	1,05	8,8	2051
			B	0,8	17,1	2660
12 septembre 1877. .	31,750 poudre. .	2 115	A	1,3	4,8	1694
			B	0,8	15,1	2564

[1] Le temps est compté à partir de l'origine de l'explosion.

Si l'on néglige toutes les expériences faites avec le télescope A considéré comme trop peu sensible, il reste six expériences qui donnent pour la moyenne des vitesses observées dans le granite le nombre de 2270 mètres par seconde.

La vitesse diminue avec la distance parcourue, comme cela ressort du tableau résumé ci-après :

kg		Vitesse.
90,718 à.	2 115^m	2660
— à.	8 046	1009
22 680,000 à.	13 403	2530
— à.	20 541	1618

La vitesse augmente avec la charge, comme le montrent les quatre expériences du 12 septembre 1877.

La comparaison du résultat de l'expérience du 10 octobre 1876 avec l'avant-dernière des expériences du 12 septembre 1877 accuse une différence entre les vitesses observées dans les deux cas, qui paraît au premier abord très singulière. En effet, dans les deux expériences la charge a été la même et les distances du lieu de l'explosion au lieu d'observation sont à peu près identiques. Le même télescope a servi dans les deux cas à constater l'apparition de rides à la surface du mercure.

La différence des vitesses observées tient à ce que, dans l'expérience du 12 septembre 1877, la poudre était enfoncée dans un trou de mine de 1^m,80 de profondeur, recouverte par une masse d'eau épaisse de 9 mètres, tandis que dans celle du 10 octobre 1876 la masse d'eau recouvrant la mine était profonde seulement de 4 mètres. Dans le premier cas la masse d'eau n'a été soulevée par l'explosion qu'à une très médiocre hauteur; dans celui-ci au contraire, elle a été projetée en gerbe à plus de 100 mètres de hauteur ; l'ébranlement communiqué au sol a perdu par ce fait une grande partie de son intensité et la vitesse de propagation du mouvement a par suite considérablement diminué[1].

Après la publication des recherches exécutées par le général Abbot en 1876, R. Mallet, qui à cette époque était aveugle et presque mourant, lut avec un vif intérêt le détail des expériences faites à Hallet's Point. Il crut devoir alors adresser plusieurs critiques au travail effectué. L'année suivante, Abbot répondit à ces critiques et, pour les lever complètement, exécuta des expériences nouvelles. Parmi les objections faites par Mallet, une seule nous paraît rester debout, c'est celle qui est relative à la multiplicité des chemins qu'a pu suivre l'onde séismique entre le lieu de l'explosion et le lieu d'observation. C'est ainsi, par exemple, que dans l'une des expériences d'Abbot où le lieu d'observation se trouvait situé à Wilet's Point sur les bords de l'East River, le mouvement pouvait être transporté soit entièrement par les rochers du sous-sol, soit par les assises détritiques superficielles, soit par la masse d'eau qui sépare Hallet's Point de Wilet's Point. De même dans les autres expériences où le lieu d'observation se trouvait dans Long-Island, on se demande pourquoi le mouvement* se serait transmis

---

[1] *Essayons Club of the Corps of Engineers; National Acad. of sciences* (23 décembre 1877); *American Journal of sciences*, t. XV. p. 178.

par le sol dans cette île longue et étroite plutôt que par
la mer qui la bordait de chaque côté. On voit donc que
l'on est en droit de poser la question du milieu dans lequel la propagation du mouvement s'est faite et où l'on
a déterminé la vitesse de ce mouvement. Il est à remarquer du reste que les mêmes objections peuvent être
faites aux expériences de Mallet lui-même. Dans les
expériences faites à Killiney, par exemple, sur la plage
de sable qui bordait le rivage, on peut se demander si
le mouvement s'est propagé par le sable sec de la surface, par le sable mouillé plus profond, par les schistes
métamorphiques recouverts par le dépôt littoral ou bien
par l'eau de la mer contiguë.

Bref, dans toutes ces expériences, le milieu traversé
est incertain et la conclusion pratique qui découle de ces
remarques, c'est que, dans les expériences de ce genre,
il faut éviter de se placer au contact de milieux différents et en particulier s'écarter autant que possible des
nappes d'eau.

On doit à Milne une suite nombreuse d'expériences
faites à Tokio, dont quelques-unes ont eu pour but
principal de déterminer la vitesse de propagation des
mouvements dans le sol. On sait que ce savant distingue dans le mouvement transmis par le sol et provenant d'un choc souterrain trois composantes : l'une
verticale, l'autre dirigée suivant une ligne qui joint
l'épicentre au lieu d'observation et appelée par lui composante normale; enfin, une troisième, horizontale,
comme la précédente, mais de direction perpendiculaire

à celle-ci, et à laquelle il donne le nom de composante transversale.

Il résulte de ces expériences : 1° que les trois composantes se propagent avec des vitesses inégales ; 2° que celle qui marche le plus vite est la composante verticale ; vient ensuite la composante normale ; et enfin on constate que le mouvement de la composante transversale est sensiblement le plus lent.

Les expériences de Milne ont été singulièrement favorisées par ce fait qu'il opérait sur un milieu désagrégé dans lequel les mouvements se transmettaient avec une grande lenteur. Mais, d'autre part, il reconnaît lui-même que le défaut de sensibilité de ses appareils enregistreurs et la faiblesse des moyens d'ébranlement dont il disposait ôtaient à ces expériences une partie de leur précision. Le sol sur lequel elles se sont faites se compose d'une couche de sable, de limon et de gravier ayant 25 mètres d'épaisseur et reposant sur des tufs volcaniques.

Dans une première série d'expériences faites en collaboration avec Thomas Gray, l'ébranlement était produit par la chute d'un marteau-mouton pesant 775 kilogrammes, tombant d'une hauteur de 10m,50.

Les expérimentateurs ont trouvé que la vitesse de propagation de la composante verticale était de 192 mètres, celle du mouvement normal de 134 mètres par seconde et celle du mouvement transversal de 109 mètres.

Dans une autre série d'expériences (3ᵉ série de Milne),

l'ébranlement était produit par l'explosion de $0^{kg},906$ de dynamite enfoncée dans un trou de $1^m,80$. Dans toutes ces expériences, le mouvement était recueilli au moyen de séismographes enregistreurs disposés sur une même ligne droite passant par le lieu de l'explosion. Les stations d'observation, également écartées les unes des autres, étaient reliées avec le lieu de l'explosion par une communication électrique. En chaque station, l'appareil enregistreur principal était un séismographe à charnière (bracket-séismographe) au-dessous duquel un mouvement mécanique communiqué en temps convenable faisait circuler, avec une vitesse connue, un papier enduit de noir de fumée. Le courant électrique produisant l'explosion se trouvait marqué par un trait sur le papier enfumé, et peu après le mouvement transmis était enregistré par le séismographe. Les vitesses trouvées pour le mouvement normal sont comprises entre 81 et 90 mètres par seconde, celle du mouvement transversal a été trouvée seulement de 54 mètres.

Une autre série d'épreuves (4e série de Milne) a été faite sur un terrain de même nature, mais situé à un niveau plus haut et, par conséquent, moins humide. L'ébranlement était encore engendré par des explosions de dynamite enfoncée dans des trous profonds de $2^m,50$ à 3 mètres. Trois stations A, B, C, étaient distantes l'une de l'autre de 46 mètres; la plus rapprochée du lieu de l'explosion était la station A. Trois expériences ont été faites; le tableau ci-dessous en donne les résultats. La première colonne indique les distances de A au centre explosif, la seconde énonce les charges de dynamite employées et les suivantes les vitesses trouvées pour la propagation des mouvements entre A et B, puis entre B et C.

DISTANCE DE A AU LIEU DE L'EXPLOSION	CHARGE DE DYNAMITE	VITESSES DU MOUVEMENT VERTICAL DE A A B	VITESSES DU MOUVEMENT NORMAL		VITESSES DU MOUVEMENT TRANSVERSAL	
			DE A A B	DE B A C	DE A A B	DE B A C
m	kg	m	m	m	m	m
30.50	1,359	136,67	108,80	101,56	78,69	80,21
26,90	1,359	173,81	108,80	123,52	72.50	82,96
19,50	1,132	211,90	108,80	82 96	58 86	68,32
Moyenne. . . .		174,13	108,80	102,48	69,84	77,16

Les nombres contenus dans ce tableau sont plus petits que ceux qui résultaient de la première série d'expériences, ce qui tient, sans doute, à ce que, dans ce dernier cas, les opérations se faisaient sur un terrain plus sec et conduisant encore moins bien les vibratious que le terrain des premières opérations.

Enfin Milne a fait une série d'expériences (5ᵉ série) sur un terrain moins humide encore que dans le cas précédent, en agissant avec des charges variées de dynamite et en trois stations A, B et C, distantes l'une de l'autre de 61 mètres. Des circonstances accidentelles ont rendu cette série d'épreuves moins profitable que les précédentes. Les vitesses des composantes normales n'ont pu être sûrement observées. Quant aux mouvements verticaux, dans quatre expériences leur vitesse a pu être appréciée. La distance du point A à la source de l'explosion a varié de 33 à 18 mètres, et la charge de dynamite employée de $1^{kg}, 120$ à $0^{kg}, 566$. La vitesse moyenne de la composante verticale entre A et B a été trouvée seulement de $106^m, 14$, et entre B et C de $64^m, 96$, ce qui vient à l'appui de ce qui a été dit ci-dessus relativement à l'influence de la sécheresse du terrain.

Milne conclut encore de ces résultats expérimentaux que la vitesse de propagation diminue avec la vitesse au centre explosif et qu'elle augmente avec la charge de dynamite employée.

Les expériences que j'ai entreprises en collaboration avec M. Michel Lévy sur la vitesse de propagation des mouvements dans le sol peuvent être divisées en deux séries :

Dans la première, notre mode d'opération est le même qui avait déjà été mis en pratique par Mallet et par Abbot. Le séismoscope est un bain de mercure et l'enregistrement de l'arrivée du mouvement se fait à la main.

Dans la seconde, l'enregistrement est automatique ; l'erreur personnelle est évitée. De plus, nous avons opéré dans l'intérieur d'une mine et observé, par conséquent, la transmission du mouvement dans des conditions ayant plus d'analogie avec celles qui sont réalisées dans un tremblement de terre. Nous avons pu ainsi au moins atténuer le reproche que Hayden avait adressé à nos premières expériences, ainsi qu'à celles de Milne. Pour faire comprendre la gravité de ce reproche (qui aurait dû être également adressé aux expériences de Mallet et Abbot), nous croyons devoir le reproduire ici textuellement :

« Les mesures expérimentales, dit Hayden, qui ont

de fer à celle d'une masse indéfinie d'acier compacte. La différence est aussi grande que la distance du ciel à la terre *(toto cælo)*. »

Il y a évidemment une grande exagération dans ce

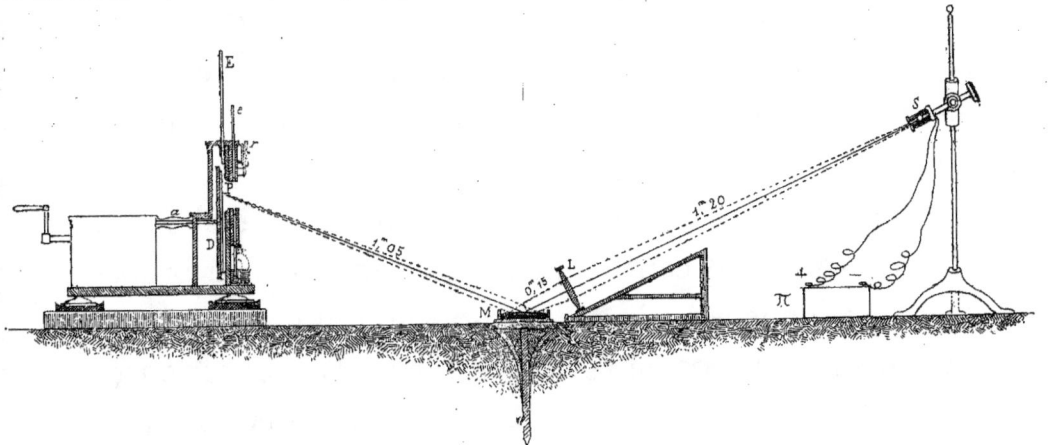

Fig. 27. — Coupe de l'appareil (p. 225).

été faites pour la mesure de la vitesse de propagation du mouvement dans les roches me semblent inapplicables. L'élasticité de la partie superficielle du sol ne peut être comparée à celle des roches profondes qui transmettent les grandes vagues d'un tremblement de terre, pas plus qu'on ne peut comparer l'élasticité d'un amas de limaille

jugement. On sait, en effet, que les foyers des tremblements de terre sont en général situés à une très médiocre profondeur, et les expériences de notre seconde série d'étude semblent indiquer, comme on le verra ci-après, que les mouvements transmis par le sol sont modifiés par le voisinage de la surface, plutôt dans leur allure que dans leur vitesse de propagation.

Nos premiers essais ont été opérés à l'aide de l'appareil nadiral combiné avec l'emploi du téléphone et de l'enregistreur à plume électrique de M. Marey. Un faisceau lumineux projette l'image d'un réticule sur un bain de mercure qui la renvoie à l'œil de l'observateur. Les moindres rides de la surface du mercure amènent le déplacement de l'image du réticule. L'objectif de notre appareil avait une distance focale de $1^m,20$. On était averti du moment du choc à l'aide d'un téléphone et les enregistrements se faisaient à la main au moyen d'un commutateur électrique.

Nous avons opéré au Creuzot en utilisant le choc du marteau-pilon de cent tonnes ; les vibrations se propageaient dans les grès permiens ; elles ont pu être observées jusqu'à 1050 mètres de distance. Des expériences analogues ont été faites sur la terrasse de Meudon avec un marteau-mouton de 600 kilogrammes, tombant de 8 mètres et installé au bas de l'Orangerie ; les vibrations se transmettaient dans les sables appartenant à l'étage de Fontainebleau et ont été observées jusqu'à une distance de 500 mètres.

Les résultats acquis sont les suivants : l'appareil est très sensible ; non seulement on est averti de l'arrivée des vibrations, mais on en constate les caractères. On voit notamment les très petites vibrations, qui précèdent l'arrivée du premier choc important. Dans la propagation à la surface du sol, le premier maximum n'est pas unique et est suivi de plusieurs autres, qui vont en décroissant. On constate ainsi qu'un seul choc initial produit à distance une série de vibrations qui durent pendant plusieurs secondes.

La vitesse moyenne constatée dans les grès permiens du Creuzot a été d'environ 1200 mètres ; dans les sables supérieurs du bassin tertiaire de Paris, elle est tout au plus égale à celle du son dans l'air (340 mètres).

Mais ces premières expériences étaient affectées d'une cause d'erreur personnelle considérable : quelque effort que l'on fasse, l'œil et l'oreille sont surpris par l'arrivée du mouvement et du son ; la main est infidèle et enregistre irrégulièrement. Nous avons dès lors senti la nécessité d'une inscription automatique du phénomène, qui puisse en donner une image exacte et éliminer les diverses causes d'erreur.

La photographie seule pouvait nous en fournir le moyen. Il s'agissait donc de mettre, à la place de l'œil, une plaque sensible, entraînée dans un mouvement régulier ; nous avons confié à la maison Breguet la construction d'un appareil basé sur ce principe (fig. 28).

La lumière est fournie par une petite lampe à incandescence s, modèle Trouvé. Le filament de charbon est rectiligne, vertical et très rapproché d'un diaphragme placé en avant du globe de la lampe. Cette disposition a pour but d'éviter autant que possible la production de pénombre. Les faisceaux lumineux, dont l'axe fait environ 25 degrés avec l'horizontale, tombent sur une lentille L (diamètre, 12 centimètres ; distance focale, 60 centimètres). Le centre de cette lentille est situé à $1^m,20$ du filament lumineux et on concentre les rayons sur un bain de mercure M, contenu dans un vase cylindrique en fer (diamètre, 16 centimètres; hauteur, 35 millimètres; poids du mercure, 8 kilogrammes). La distance du centre de la lentille au centre du bain est de 15 centimètres. L'image réfléchie vient se former sur une plaque sensible P, à $1^m,05$ du centre du bain de mercure.

Pour la mise au point, la lampe est portée sur une pièce articulée qui glisse le long d'un support vertical en fer. On peut donner exactement à cette pièce articulée l'inclinaison convenable, puis à l'aide d'une vis de rappel, faire avancer ou reculer la lampe. C'est donc en agissant sur la position du point lumineux, sans modifier celle de la plaque sensible que l'on assure la mise au point définitive (fig. 27).

La plaque sensible est contenue dans une chambre noire et portée par un disque circulaire D, armé d'un axe horizontal a. La chambre noire est très aplatie d'avant en arrière, de telle sorte que la plaque sensible est à fleur d'un petit orifice circulaire, excentré sur la verticale passant par le centre du disque.

De cette disposition résulte que, lorsque le faisceau lumineux vient former son image sur la plaque sensible à travers cet orifice, cette image trace un cercle sur la plaque en mouvement. Ce cercle a une épaisseur et une intensité constantes aussi longtemps que le bain de mercure est immobile, il s'élargit et la lumière s'étale dans le cas contraire ; en même temps la partie centrale, for-

tement impressionnée, se rétrécit et se garnit d'une
large pénombre (fig. 29 et 30).

FIG. 28. — Appareil pour la mesure des vitesses de propagation du mouvement
à travers le sol.

L'orifice de la chambre noire est fermé par deux volets juxtaposés, l'un au-dessus de l'autre, dans un même plan vertical.

Un électro-aimant (système Hughes) déclanche le volet inférieur qui démasque l'orifice ; en même temps un petit mouvement d'horlogerie, muni d'un régulateur r à ailettes, entre en jeu et fait tomber le volet supérieur au bout d'un temps déterminé, de manière à masquer de nouveau l'orifice.

Ainsi le jeu successif des deux volets ne permet à l'image lumineuse d'impressionner la plaque sensible que pendant un temps donné, inférieur à la durée d'une rotation totale.

L'axe de rotation du disque traverse le fond de la chambre noire, et il est actionné par un puissant mouvement d'horlogerie permettant d'obtenir à volonté un tour en 5 secondes ou en 10 secondes.

Un embrayage avec frein fait fonctionner à volonté l'appareil d'horlogerie ou l'arrête.

La marche a été contrôlée au moyen de contacts électriques combinés avec un enregistreur Marey vérifié au diapason. L'erreur maxima pour la rotation de 5 secondes est de 83 cent millièmes par seconde ; pour la rotation de 10 secondes, elle est de 13 cent millièmes.

L'introduction et la sortie de la plaque sensible présentaient de graves difficultés, eu égard à la mobilité du disque et à la nécessité de ne découvrir la plaque très sensible qu'après son insertion dans la chambre noire. Le châssis est métallique et le volet E, qui le ferme, se retire complètement au moment de l'expérience.

Pour introduire le châssis dans les guides portés par le disque tournant, on commence par amener celui-ci dans une position fixe, déterminée par un cran d'arrêt. Puis on ouvre la paroi supérieure de la chambre noire, on introduit le châssis qui se fixe spontanément à l'aide d'un ressort. On rabat la partie supérieure de la chambre noire ; elle est munie d'une fente étroite garnie de drap, par laquelle on relève à frottement le volet du châssis, qui reste suspendu au moyen d'un taquet.

Une fois l'opération terminée, et le disque fixé de nouvau au cran d'arrêt, on abaisse le volet du châssis qui se trouve exactement en face de ses rainures. Une vis, dont la tête dépasse la chambre noire, fixe le volet sur le châssis et permet d'enlever le tout après ouverture de la chambre noire.

Pour juger de la position de l'image et la mettre au point, on introduit un châssis spécial muni d'un verre dépoli et percé à sa partie postérieure d'un trou circulaire correspondant à l'orifice de la chambre noire. Celle-ci présente également à sa partie postérieure un trou correspondant fermé par un volet mobile. On a soin de faire tomber l'image sur un trait vertical gravé sur le verre dépoli passant par le centre du disque.

La chambre noire porte sur sa face antérieure, à gauche, un petit pertuis latéral, dans lequel s'engage un petit tube en ébonite fermé à une extrémité et ouvert du côté de la plaque sensible. Ce tube est traversé par deux conducteurs en aluminium et contient une petite lentille à court foyer qui projette sur la plaque sensible l'image de l'étincelle électrique jaillissant entre les deux conducteurs (fig. 27 et 28).

Nous avons fait une double série d'expériences : l'une, en utilisant le marteau-pilon de 100 tonnes du Creuzot ; l'autre, en nous servant d'explosifs.

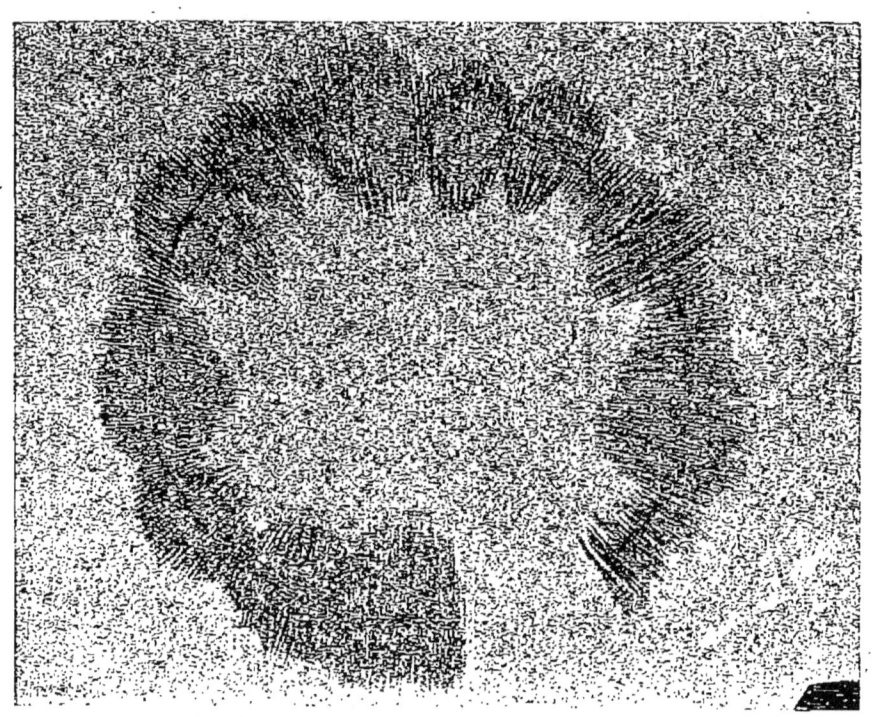

FIG. 29. — Figure schématique donnant une idée des perturbations apportées par des chocs dans le tracé de l'image.

Dans la seconde série d'expériences, seulement, notre appareil était muni du tube en ébonite que nous avons précédemment décrit.

PREMIÈRE SÉRIE D'EXPÉRIENCES AVEC EMPLOI DE MARTEAU-PILON ET SANS ÉTINCELLE. — Dans les essais faits au Creuzot avec le marteau-pilon, le déclanchement du

volet de l'appareil était déterminé par un courant électrique dont le circuit se fermait au moment du choc. Un
séismographe à pendule, de l'invention de M. Gautard,
chef électricien au Creuzot, était fixé sur l'un des mon-
tants du marteau-pilon et entrait en oscillation sous

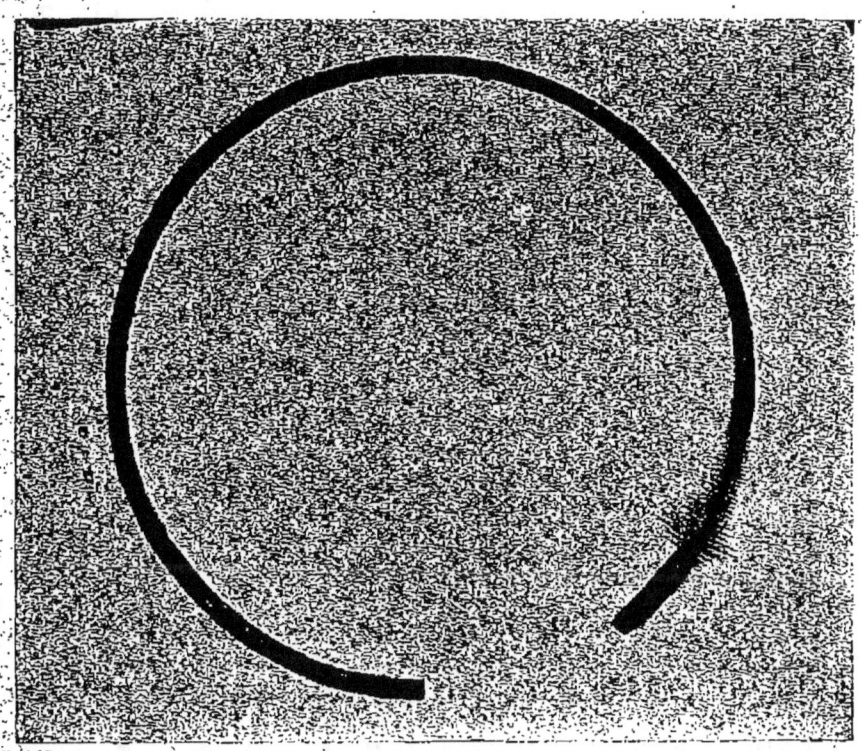

FIG. 30. — Figure schématique donnant une idée des perturbations apportées
par un choc dans le tracé de l'image.

l'action du choc; c'est le début de cette oscillation qui
provoquait l'établissement du courant.

Le faisceau lumineux ne tombait pas, au moment
même du choc, sur la plaque sensible; diverses causes
d'erreur contribuaient à ce fait : d'abord le pendule
n'entre pas instantanément en mouvement, il met un

temps appréciable à lancer le courant; le déclanchement du volet et sa chute, jusqu'au moment où il découvre le faisceau lumineux, durent également un temps appréciable.

Ces diverses causes de retard dans le point d'origine du tracé lumineux sont en partie compensés par l'inertie du mercure, qui met un certain temps à se rider et retarde par conséquent le moment où le phénomène du mouvement vient imprimer sa trace.

Nous avons cherché à évaluer la différence de ces causes d'erreur qui agissent en sens opposé sur l'arc de cercle à mesurer.

	s
Déclanchement du pendule[1].	0,243
Mouvement du pendule avant l'établissement du courant.	0,043
Déclanchement du volet.	0,020
Demi-chute du volet.	0,024
Somme.	0,348
Inertie du mercure, minimum[2].	0,039
Retard total, différence.	0,301

Le chiffre élevé de ce total nous a induits à n'utiliser nos expériences du Creuzot que par différence. Dans ces conditions, il nous a suffi de supposer que les erreurs restent constantes, hypothèse qui s'est trouvée justifiée

[1] Cette cause d'erreur, de beaucoup la plus importante, ressort de nos expériences à la maison Pittavy. Elle est mise en évidence par le seul fait que les photographies obtenues dans cette station montrent le mouvement commencé avant la chute du volet.

Les autres causes d'erreur ont été déterminés directement avec l'enregistreur Marey.

[2] On trouvera plus loin les détails de nos expériences sur l'inertie du mercure.

par l'accord des nombreuses observations faites en une même station.

Expériences faites au Creuzot (fig. 31). — 1° Hangar à 225 mètres du marteau-pilon de 100 tonnes *(Maison Pittavy)*.

Aucune mesure de vitesse n'est possible, les causes de retard dépassant légèrement le temps que les premières vibrations mettent à parcourir 225 mètres.

La durée totale des vibrations atteint cinq secondes. Le maximum d'effet paraît très voisin de l'origine des vibrations, comme le montre la photographie.

2° *Maison Barba*, à 490 mètres.

Six expériences ont été faites dans cette station. Le temps compris entre le moment où le faisceau lumineux tombe sur la plaque sensible et celui où s'y impriment les premières vibrations sensibles a été trouvé :

	s
Dans la première expérience, égal à.	0,10
Dans la deuxième expérience.	0,11
Dans la troisième expérience..	0,12
Dans la quatrième expérience.	0,10
Dans la cinquième expérience..	0,10
Dans la sixième expérience.	0,10
Moyenne.	0,105

C'est cette valeur qui, comparée à la valeur analogue provenant des expériences faites au polygone plus éloigné, nous a conduits à une valeur numérique de la vitesse de propagation des premières vibrations.

Des plaques, impressionnées à la maison Barba, montrent le détail des maxima successifs.

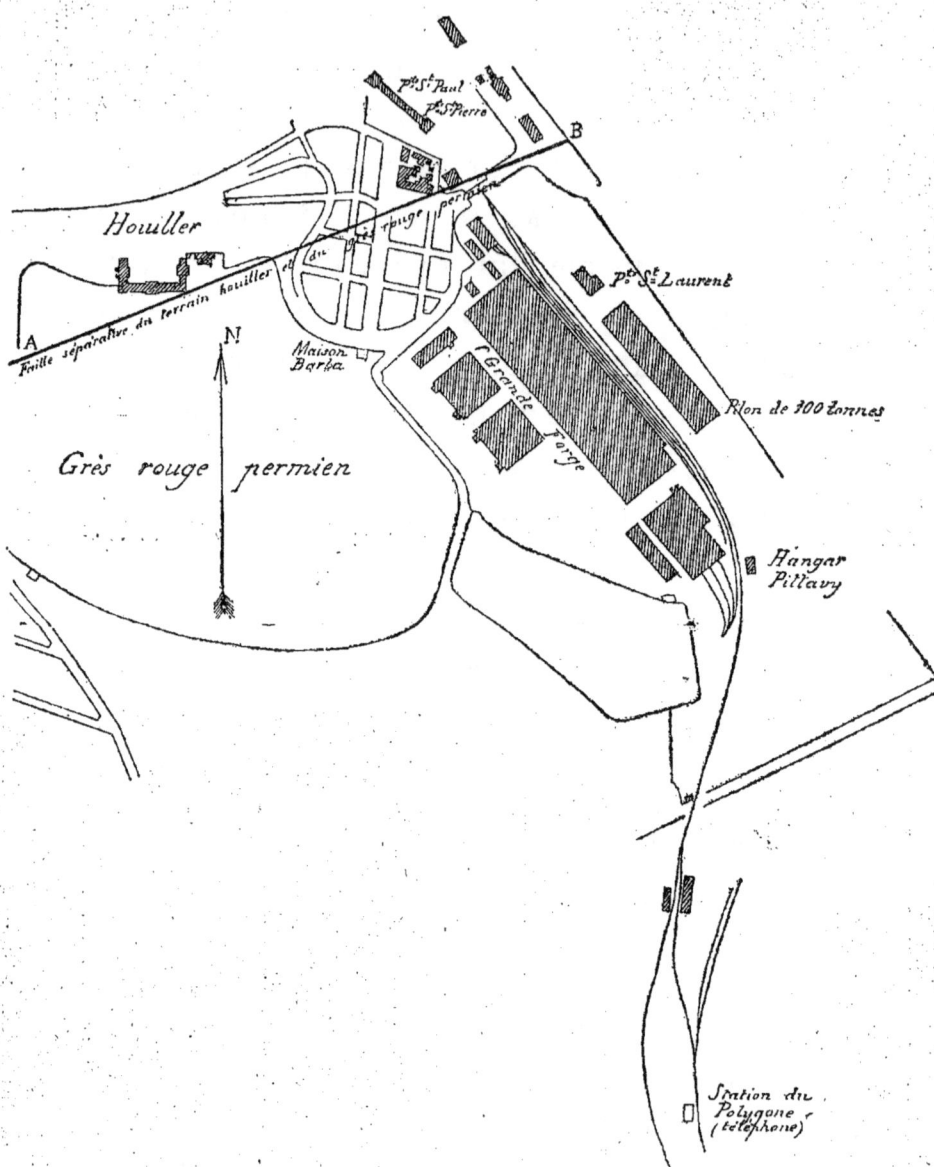

FIG. 31. — Plan de la région du Creuzot où ont été faites les expériences de transmission des vibrations du sol produites par la chute du marteau-pilon de cent tonnes.

	A PARTIR DU COMMENCEMENT			
	DU CERCLE TRACÉ PAR LA LUMIÈRE (chute du volet)		DES VIBRATIONS SENSIBLES	
	Expérience n° 5	Expérience n° 5	Expérience n° 5	Expérience n° 5
	s	s	s	s
Premières vibrations sensibles .	0,10	0,10	»	»
1er maximum	0,25	0,25	0,15	0,15
2e maximum.	0,70	0,80	0,60	0,70
3e maximum.	1,00	1,05	0,90	0,95
4e maximum.	1 90	»	1,80	»

Les observations à l'œil dans l'appareil nadiral confirment les données précédentes et montrent le passage très net de quatre à cinq maxima, dont le premier est le plus marqué.

3° *Polygone* à 1050 mètres.

Ici le phénomène se marque plus faiblement, et l'ébranlement général du sol fait que les petites vibrations du début sont moins sûrement déterminées. C'est donc une valeur minima de la vitesse à laquelle on est conduit. A partir du commencement du cercle tracé par la lumière (chute du volet).

	s
Première expérience.	0,55
Deuxième expérience.	0,60
Troisième expérience.	0,55
Quatrième expérience.	0,60
Cinquième expérience.	0,60
Moyenne.	0,58

Entre le polygone et la maison Barba, il existe une différence de distance de 1050 — 490 = 560 mètres.

Les premières vibrations parcourent donc cet espace en
$0^s,580 — 0^s,105 = 0^s,475$. D'où résulte une vitesse
moyenne de 1180 mètres dans les grès permiens.

Les plaques sensibilisées indiquent que les vibrations
durent au moins 10 secondes au polygone ; les maxima
successifs s'atténuent et s'égalisent en une série de vibrations générales du sol.

DEUXIÈME SÉRIE D'EXPÉRIENCES AVEC EMPLOI D'EXPLOSIFS
ET D'ÉTINCELLE. — Dans les expériences suivantes, l'ébranlement a été produit par des explosifs, dynamite ou
poudre de mine. Les moyens restreints dont nous dis-
posons ne nous ont pas permis d'employer plus de
15 kilogrammes de dynamite par expérience, et nous
avons constaté que, dans ces conditions, les vibrations
ne s'enregistrent pas dans notre appareil au delà de
400 mètres.

Encore est-il nécessaire que l'explosif soit disposé dans
un trou percé dans la roche vive. Les trous que nous
avons utilisés présentaient une profondeur de 80 centimètres. Pour la poudre, nous avons employé le bour-
rage ordinaire ; pour la dynamite, il suffisait de la cou-
vrir d'eau.

Le défaut de sensibilité a été racheté par l'extrême
précision du dispositif nouveau que nous avons adopté ;
nous ne nous préoccupons plus du moment précis de
la chute du volet que nous faisons tomber quelques cen-
tièmes de seconde avant l'explosion.

Celle-ci est déterminée par la décharge d'une bouteille
de Leyde faisant partie de l'appareil électrique Bornhard,

et cette décharge est envoyée dans un circuit unique interrompu pour le passage de l'étincelle et pour l'inflammation des amorces.

Le bouton qui détermine la décharge de l'appareil Bornhard s'enfonce en deux temps. Il appuie d'abord sur un contact établissant le courant qui fait déclancher le volet. Puis, poussé à fond, il fait partir le coup explosif, en même temps que l'étincelle qui s'imprime sur la plaque sensible.

Dans chaque station, une fois les différents appareils disposés dans une situation déterminée, nous avons procédé à une explosion de quelques étoupilles à très petite distance. La comparaison de la plaque ainsi obtenue avec les plaques correspondant aux autres expériences permet d'éliminer par différence toutes les causes d'erreur, surtout quand les intensités des diverses vibrations recueillies sont comparables.

Expériences faites à Montvicq, près de Commentry (fig. 32). — Le bain de mercure a été installé dans la cave d'une maison [1] des environs de Montvicq, située en plein granite à grands cristaux, dit porphyroïde. La cuve à mercure était posée sur un plateau en fer surmontant un pieu de même métal d'environ 1 mètre enfoncé dans le granite. Pour assurer l'union intime du sol avec ces différents éléments, on avait coulé du ciment à prise rapide.

Deux expériences ont été faites en faisant éclater deux

---

[1] Maison de la veuve Lafanchère (voir le plan ci-joint, fig. 32).

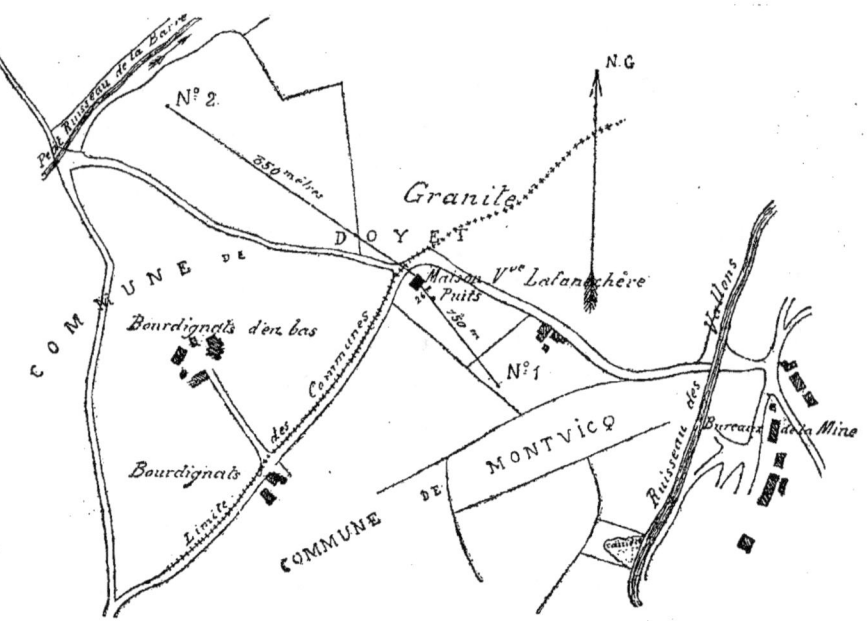

Fig. 32. — Plan des environs de Montvicq, où ont été faites les expériences de transmission des vibrations du sol produites par l'explosion de dynamite.

cartouches de 100 grammes de dynamite dans un puits
en fonçage distant de 21 mètres de l'appareil. Ces
expériences ont eu pour but, non de mesurer la vitesse
de propagation des vibrations, mais leurs allures à petite
distance.

Elles auraient pu être utilisées comme point de départ pour les différences; mais on a préféré se servir à
ce point de vue de l'ébranlement produit par trois étoupilles éclatant à 4^m,50 du bain de mercure.

1er *essai*. — Explosion de 200 grammes de dynamite
à 21 mètres.

	s
Commencement des vibrations.	0,01
Maximum.	0,05
Fin du phénomène.	0,59

2e *essai*. — Trois étoupilles à 4^m,50.

Durée totale du phénomène qui commence par les vibrations maxima.	0^s ,35

3e *essai*. — 4 kilogrammes de dynamite n° 2 à
150 mètres.

	s	Vitesses.
Commencement des vibrations.	0,06	2450^m
Milieu du 1er maximum (se confond avec le commencement du 2e).		
Milieu du 2e maximum.	0,285	526
Commencement du 3e maximum. . . .	0,555	270
Milieu du 3e maximum.	0,645	232
Commencement du 4e maximum. . . .	0,765	196
Fin du 4e maximum.	1,385	108

4e *essai*. — 10 kilogrammes de dynamite n° 2 à
350 mètres.

	s	Vitesses.
Commencement des vibrations. . . .	0,111	3141^m
1er maximum.	0,311	1125

Commencement du 2ᵉ maximum. . . .	0,641	543
Milieu du 2ᵉ maximum.	0,761	459
Commencement du 3ᵉ maximum. . . .	1,201	291
Fin du phénomène.	1,601	219

Ainsi, comme dans les grès permiens du Creuzot, un seul ébranlement produit un cheminement superficiel de plusieurs ondes distinctes, à partir d'une distance comprise entre 21 et 150 mètres.

On remarquera que les résultats du 4ᵉ essai indiquent une vitesse plus considérable que ceux du 3ᵉ, comme si la vitesse des premières vibrations sensibles allait en augmentant avec la charge, conformément aux observations d'Abbot. Mais, si sensible que soit l'appareil, les données n'atteignent pas plus d'un centième de seconde de précision, et dès lors l'essai n° 3 n'est pas suffisant pour permettre de poser cette conclusion. L'essai n° 4 est plus satisfaisant à tous les points de vue.

Expériences faites à Commentry dans les grès houillers compacts (fig. 32 et 33). — A Commentry, nous avons utilisé les galeries de mine pour étudier la propagation des vibrations en dehors de l'influence immédiate de la surface.

Nous avons fait deux séries d'expériences; dans l'une, l'appareil enregistreur était installé à la surface du sol, à 15 mètres environ de l'orifice du puits; les explosions étaient produites dans l'intérieur de la mine à des distances directes variant de 145 à 383 mètres.

Dans l'autre série, l'appareil était installé lui-même dans une galerie de la mine et l'explosion se faisait dans une autre galerie.

Les grès houillers sont des arkoses composées de grains de quartz et de feldspath assez grossiers, fortement cimentés par un ciment siliceux, avec intercalations très rares de quelques bancs schisteux. &

Première série. — 1er *essai*. — Appareil en dehors du puits; explosion dans la mine avec 3 kilogrammes de dynamite à 158 mètres de distance directe.

	s	Vitesses.
Commencement des vibrations. . . .	0,07	2260^m
Maximum.	0,15	1026
Fin des vibrations sensibles.	0,30	513
Coup par l'air sortant du puits. . . .	0,74	»

Le chemin complexe suivi par l'air est d'environ 221 mètres, correspondant à une vitesse de 300 mètres.

2e *essai*. — A même distance, 158 mètres, avec 4 kilogrammes de poudre de mine et 100 grammes de dynamite.

	s	Vitesses.
Commencement des vibrations. . . .	0,07	2200^m
Maximum.	0,15	1026
Fin des vibrations sensibles.	0,33	466
Coup par l'air.	0,75	294

3e *essai*. — 4 kilogrammes de dynamite à 200 mètres.

	s	Vitesses.
Commencement des vibrations.. . . .	0,09	2200^m
Maximum.	0,17	1164
Fin des vibrations sensibles.	0,45	440
Coup par l'air.	0,97	»

La longueur du chemin parcouru par l'air est d'environ 292 mètres; la vitesse, de 301 mètres.

4e *essai*. — 243 mètres; 4 kilogrammes de dynamite.

	s	Vitesses.
Commencement des vibrations. . . .	0,11	2173^m
Coup par l'air.	0,14	»

Chemin parcouru par l'air, 334 mètres; vitesse approximative, 302 mètres dans l'air.

5ᵉ *essai.* — 383 mètres; 8 kilogrammes de dynamite.

	s	Vitesses.
Commencement des vibrations..	0,15	2526ᵐ
Maximum.	0,21	1805
Fin du phénomène.	0,31	1222

Si l'on compare les résultats avec ceux qui ont été obtenus à la surface du sol dans la granite, à des distances peu différentes, on est frappé de la dissemblance des phénomènes.

Les vibrations ne se prolongent pas lorsqu'elles ne cheminent pas à la surface du sol, et l'on observe un seul maximum.

Les explosions préliminaires d'étoupilles ont eu lieu à 4 mètres et la durée des vibrations enregistrées a varié (3 étoupilles) de 0ˢ,38 à (4 étoupilles) 0ˢ,41.

Seconde série. — L'appareil était installé dans une galerie à 226ᵐ,38 de profondeur; l'explosion a été produite dans une autre galerie, à 145 mètres de distance directe et à une profondeur de 142ᵐ,79. On a employé 4 kilogrammes de poudre de mine (fig. 32 et 33).

	s	Vitesses.
Commencement des vibrations.	0,07	2000ᵐ
1ᵉʳ maximum.	0,15	933
Fin des vibrations.	0,30	466
Coup par l'air.	0,94	295

Distance approximative parcourue dans l'air, 277 mètres; vitesse, 295 mètres.

Quatre étoupilles enflammées à 5 mètres ont produit des vibrations ayant duré 0^s,50.

Expériences faites à Saligny, dans la mine de manganèse des Gouttes-Paulmier (Allier). — Contrairement à nos prévisions, nous avons constaté que les vibrations se transmettent très difficilement dans le marbre cambrien compact des environs de Saint-Léon.

Au voisinage de la mine de manganèse des Gouttes-Paulmier, une galerie d'écoulement coupe transversalement la bande de marbre sur plus de 100 mètres de longueur. Notre appareil a été installé au fond de cette galerie; les explosions ont été faites à la surface du sol à des distances variées.

Nos premières expériences faites au delà de 200 mètres, même avec 15 kilogrammes de dynamite, ont été infructueuses. D'ailleurs, le défaut de transmission des mouvements du sol était accusé par ce fait que ni les coups de masse ni les étoupilles éclatant à quelques mètres du bain de mercure ne l'agitaient sensiblement. Il n'y a donc pas lieu d'être étonné de la faible vitesse observée, bien qu'elle ne cadre pas avec les expériences connues de laboratoire sur l'élasticité du marbre.

En l'absence d'une expérience réussie avec des étoupilles, nous avons dû nous contenter de comparer deux essais faits, l'un à 55 mètres et l'autre à 115 mètres. Eu égard à la sensibilité de notre appareil, les vitesses sont exactes à environ un dixième près.

1er *essai* à 55 mètres avec 8 kilogrammes de dynamite n° 1. Cheminement à peu près parallèle aux strates redressées.

	s	Vitesses.
Commencement des vibrations. . . .	2,087	632m
Milieu du 1er maximum.	0,252	218
Commencement du 2e maximum. . . .	0,492	112
Milieu du 2e maximum.	0,692	91
Fin des vibrations sensibles.	1,312	42

2e *essai* à 115 mètres avec 6 kilogrammes de dynamite n° 1. Cheminement à peu près parallèle aux strates redressées.

	s	Vitesses.
Commencement des vibrations.. . . .	0,182	632m
Milieu du 1er maximum.	0.392	294
Commencement du 2e maximum . . .	0,642	179
Milieu du 2e maximum.	0,792	145
Fin des vibrations sensibles.	1.812	63

Des expériences ci-dessus, il résulte qu'une distance de 115 — 55 = 60 mètres a été parcourue en $0^s,095$, ce qui donne une vitesse de 632 mètres par seconde pour les premières vibrations sensibles.

En résumé, ces expériences semblent indiquer que la propagation des vibrations ne se fait pas de la même façon à la surface du sol, que lorsqu'on évite le cheminement superficiel. Dans le premier cas, il y a, pour un ébranlement unique, une série de maxima successifs, et le phénomène se prolonge longtemps. Dans le second cas, il n'y a qu'un maximum observable et les vibrations s'éteignent rapidement.

En un mot, les photographies obtenues à distance dans une mine ressemblent à celles que donnent à la surface du sol les ébranlements voisins de la cuve à mercure.

Puits du 12 Juillet
Travers-bancs du 8e Étage
n°1
n°2
n.3
245m 24
186m 00
383m 00
Point d'Observation (à l'extérieur)
Point d'Observation (au 10e Étage)

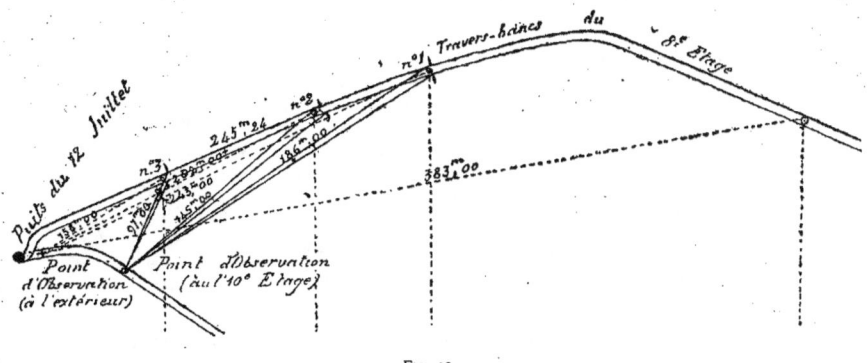

Fig. 32.

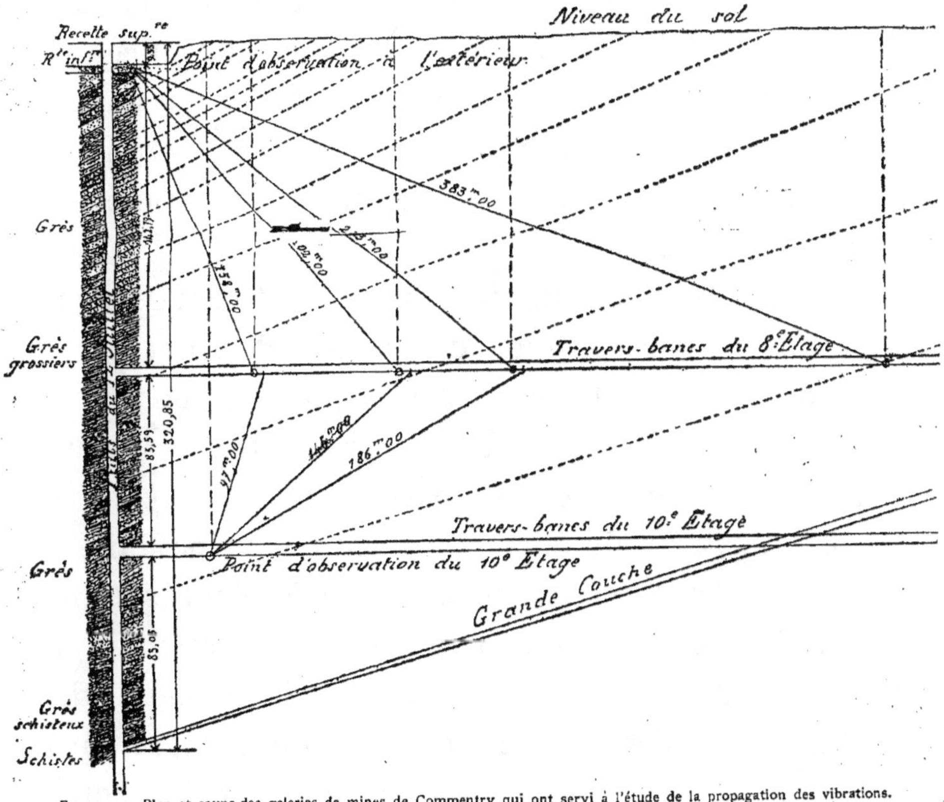

Niveau du sol
Recette sup.re
R.te infre
Point d'observation à l'extérieur
Grès
Grès grossiers
Grès
Grès schisteux
Schistes
383m 00
223m 00
202m 00
158m 00
Travers-bancs du 8e Étage
97m 00
145m 08
186m 00
Travers-bancs du 10e Étage
Point d'observation du 10e Étage
Grande Couche
320,85
85,59
85,05

Fig. 33. — Plan et coupe des galeries de mines de Commentry qui ont servi à l'étude de la propagation des vibrations. dehors de l'influence immédiate de la surface.

Les différentes formations géologiques donnent des vitesses très variables : à ce point de vue, il peut être intéressant de rapprocher les principales vitesses que nous avons déterminées.

	Vitesses.
Dans le granite, de.	2450^m à 3141^m
Dans les grès houillers compacts, de. . .	2000 à 2526
Dans les grès permiens moins agglutinés. .	1190
Dans le marbre cambrien.	632
Enfin, dans les sables de Fontainebleau, environ.	300

Dans le cours de nos expériences à Commentry, nous avons déterminé rigoureusement le retard dû à l'inertie du mercure. Pour cela, nous avons recueilli l'image de la fente lumineuse sur une plaque sensible en laissant l'appareil immobile, et en même temps nous avons fait passer l'étincelle de l'appareil Bornhard et obtenu également son image.

Nous avons ainsi déterminé exactement l'arc de cercle compris entre la position de l'image de l'étincelle et celle du point du tracé circulaire qui correspondrait à l'arrivée de la secousse, si elle n'éprouvait aucun retard.

Puis, dans une seconde expérience, nous avons recueilli l'image produite par une commotion produite au contact de l'appareil, la plaque sensible étant soumise comme d'habitude à un mouvement de rotation de vitesse connue. L'arc de cercle compris entre la position de l'image de l'étincelle et celle du trouble causé par la commotion est un peu plus court que le précédent, à cause du retard apporté par l'inertie du mercure. Là différence des deux mesures donne la valeur de cette inertie, que nous avons trouvée égale à 0,07 de seconde. Cette valeur est notablement plus grande que celle que nous avions trouvée comme minimum au Creuzot et sensiblement égale à celle qui avait été obtenue par Mallet avec un vase à mercure dont la forme et la contenance différaient de celles du vase que nous avons employé.

Récemment, M. Noguès a publié dans les *Comptes rendus de l'Académie des sciences* (t. CVI, p. 1110) le résumé d'expériences faites sur le même sujet à l'aide d'un dispositif analogue à celui de Mallet et d'Abbot. Il a obtenu les résultats suivants :

1º Dans les trachytes porphyroïdes du cap de Gates (province d'Almeria Espagne) :

	Vitesses.
En direction des filons métallifères.	1500^m
Normalement.	1500 à 1450^m

2º Dans les granites de la sierra de Santa Elena et de Linares (province de Jaen) :

En direction des filons de galène.	1480 à 1500
Normalement.	1400 à 1450

3º Dans les calcaires compacts triasiques de la sierra Alhamilla et Gador (province d'Almeria) :

En direction des filons ou parallèlement aux couches. .	1400^m
Normalement	1200

4º Dans les schistes anciens de la sierra Alhamilla et de Santa Elena :

En direction des filons.	800
Normalement.	750 à 700

M. Noguès conclut avec raison que la vitesse de transmission des ébranlements souterrains ne varie pas seulement avec la nature de la roche, mais qu'elle dépend de plusieurs facteurs dont quelques-uns sont fort difficiles à déterminer.

Il ajoute que l'on ne saurait appliquer les nombres trouvés par l'expérience sur des roches données, au calcul de la vitesse des ondes séismiques dans les tremblements de terre, quand ceux-ci se produisent en dehors des régions où les expériences ont été faites.

Deuxième Partie

LES PRINCIPAUX TREMBLEMENTS DE TERRE
SURVENUS DE 1854 A 1887

CHAPITRE PREMIER

TREMBLEMENT DE TERRE D'ILOPANGO
— 14 avril 1854 —

La région au milieu de laquelle est bâtie la ville de San Salvador, capitale de la République de ce nom, est très intéressante au point de vue des études séismiques. En effet, elle a été le siège de violents tremblements de terre qui à diverses reprises ont ruiné la ville et qui se sont produits sans une intervention évidente de manifestations volcaniques. D'autres commotions ont coïncidé avec une production d'effluves gazeux et d'élévations locales de température en divers points, et particulièrement au milieu et sur les bords du lac d'Ilopango, situé à quelques kilomètres de la capitale. Enfin, en 1879 des secousses répétées se sont terminées par une éruption au centre de ce lac.

Sans chercher à faire l'histoire séismique complète

16*

du pays, nous nous contenterons de relater les faits remarquables dont cette région a été le siège depuis le milieu de notre siècle. En 1854, un violent tremblement de terre renverse la ville de San Salvador. Nous extrayons d'un récit publié par Cacerès les détails suivants[1] :

« Le vendredi saint 14 avril 1854, à 5^h 30^m du matin, il se produisit une légère secousse qui fut le prélude d'un grand nombre d'autres plus ou moins violentes. Les ébranlements du sol se succédèrent jusqu'à 10 heures à de courts intervalles de 5 à 20 minutes. De 10 heures à midi ils cessèrent complètement; mais à cette heure commença une autre série de secousses semblable à la première qui se termina vers 2 heures. Dans ce laps de temps on en compta 26 se succédant à des intervalles inégaux, plus grands que dans le premier cas, et augmentant d'intensité de l'une à l'autre. De 2 heures à 5 heures le repos fut complet.

« A 5 heures, on sentit une commotion beaucoup plus forte que les précédentes, précédée et suivie de fort *retumbos*.

« La terre continua de trembler toute la soirée et toute la nuit, mais avec moins de fréquence qu'auparavant.

« A l'aube du samedi, c'est-à-dire en moins de 24 heures, on comptait déjà 36 secousses. Celles du samedi furent en petit nombre et légères.

« Dans la matinée du dimanche 16 avril, il n'y eut que 3 secousses très faibles.

[1] Voir Alfredo Alvarado, *Las Ruinas*, p. 26 à 32.

« Dans l'après-midi le calme fut complet. Le ciel était très clair et il soufflait un léger vent du sud. Mais à 7 heures du soir l'atmosphère commença à se charger et la bise commença à souffler d'une manière irrégulière.

« A 9 heures environ, il y eut une secousse très violente et prolongée semblable à celle de 5 heures du vendredi précédent ; l'atmosphère était des plus chargées.

« A l'Université, sur une tour élevée se trouvait une horloge réglée au moyen d'un cadran solaire ; la tour demeura hors d'aplomb, et l'horloge s'arrêta marquant $8^h 55^m$.

« Ainsi pendant deux jours plusieurs séries de secousses, séparées par des intervalles de repos de quelques heures, s'étaient succédé en augmentant peu à peu d'intensité. Cependant jusqu'à la soirée du 16 avril les dégâts produits avaient été médiocres. Ce jour-là, à 11 heures du soir, un ébranlement d'une extrême violence réduisit tous les édifices de la ville en ruines ; de toutes parts les constructions s'écroulèrent avec un épouvantable fracas ; les murs réduits en menus débris ne formèrent au bout de quelques secondes que de vastes amas de décombres.

« Il nous semblait à tous, dit l'auteur, que nous nous trouvions sur une voûte en train de s'effondrer ou de sauter par explosion, car la grande secousse fut suivie, durant plusieurs heures, d'un mouvement du sol, vibratoire et continu, avec des *retumbos* semblables aux rugissements d'une tempête souterraine.

« Le plus effrayant de ces bruits eut lieu le 17 à 1 heure

du matin, après une très forte secousse. C'était comme la détonation d'une décharge d'artillerie de gros calibre, ou le grondement que produirait la chute d'un rocher volumineux tombant jusqu'à l'abîme sur des voûtes de plus en plus profondes. Il était accompagné de mouvements effrayants du sol; rien n'était demeuré debout.

« Le grand tremblement de terre de 11 heures du soir, le 16 avril, fut si instantané que les personnes surprises dans l'intérieur des habitations ou sous les vérandas n'eurent pas le temps de sortir et furent tuées ou blessées. Le nombre des morts fut d'une centaine et celui des blessés incalculable. Il y aurait eu bien plus de victimes si les secousses des jours précédents n'avaient détourné beaucoup de gens de rester dans les maisons.

« La secousse de 11 heures du soir, cause principale de la chute des édifices, n'avait été elle-même accompagnée d'aucun *retumbo*, ou au moins, personne ne s'était rendu compte de la production d'un bruit autre que celui provenant de l'écroulement des constructions.

« Ce tremblement de terre a été remarquable par la netteté des limites de son extension superficielle; il eût été facile d'en tracer l'épicentre. Les principales ruines de la ville sont, dit Cacerès, comprises dans l'intérieur d'une zone de direction sud-est, nord-ouest, dont la largeur est de 1 kilomètre environ. Dans la ville, on voit les dégâts augmenter à mesure que l'on s'avance vers le sud-est; c'est pourquoi l'on pense que le foyer de la commotion est dans la montagne de San Marcos, en face du coude qu'elle forme avec la chaîne connue sous le nom de Las Louras.

« La distribution des désastres montre que l'ébranlement s'est propagé sur une longueur d'un peu moins
de 20 kilomètres.

« A très peu d'exceptions près, tous les édifices orientés
de l'est à l'ouest sont tombés ou ont perdu leur aplomb
vers le nord. Ceux qui sont orientés du nord au sud
sont restés debout inclinés au nord.

« Pendant ce désastre les autorités de la ville durent
déployer une grande énergie pour empêcher le pillage
auquel commençaient à se livrer les Indiens du voisinage. On fusilla sans merci ces malfaiteurs improvisés.

« L'asséchement complet de toutes les fontaines et de
tous les puits de la cité à la suite de la grande secousse
continua encore à chasser les survivants de la ville. Enfin le gouvernement lui-même se réfugia à Cojutipique.

« Les secousses avaient déterminé l'ouverture de nombreuses crevasses dans le sol, mais, comme d'ordinaire,
les témoins oculaires ont montré une grande tendance à
exagérer l'importance du phénomène. »

M. de Montessus rapporte d'après le récit de certains
témoins oculaires, que ce fut alors que se forma le fossé
de la Zurita qui depuis lors sert de dépotoir à la ville ; cependant il ajoute que d'après l'inspection du terrain, il
met le fait en doute et que le ravin lui paraît alors
avoir plutôt subi un élargissement.

De nombreux éboulements s'étaient aussi produits
dans l'étroite vallée du Rio Acelghuate qui borde la ville.
Enfin le *Boletín extraordinario del Gobierno del Salvador*
insiste sur l'odeur sulfureuse qui suivit la grande se-

cousse. M. de Montessus l'attribue à un accroissement dans l'intensité des émanations du lac d'Ilopango. Il fait remarquer que cette masse d'eau présente une sulfuration très variable qui devient parfois assez grande pour tuer tous les poissons du lac. Il voit avec raison dans cette émission plus grande de gaz sulfurés un signe précurseur des phénomènes dont le lac d'Ilopango a été plus tard le théâtre.

Les secousses semblent avoir continué en s'affaiblissant à San Salvador pendant les mois suivants ; la ruine de la ville avait été si complète et son emplacement paraissait si dangereux que le gouvernement de l'État du Salvador crut devoir, le 8 août 1834, transférer la capitale dans la plaine de Santa Tecla. Un vote des Chambres convertit en loi ce décret, le 8 février 1855, et l'on commença peu à peu la construction d'une nouvelle ville. Cependant, malgré la position favorable de l'emplacement choisi, et malgré les efforts du gouvernement, les habitants de San Salvador reprirent peu à peu le chemin de leur ville. L'ancienne cité se releva bientôt et même redevint la capitale de l'État, tandis que Santa Tecla, ville très salubre et à l'abri des violents tremblements de terre n'est actuellement qu'un simple chef-lieu de département habité par quelques familles riches et constituant un utile et agréable sanitorium en temps d'épidémie de fièvre jaune.

En 1873, du 22 février au 19 mars, le district de la capitale de San Salvador fut de nouveau le siège de nombreuses secousses qui finirent par amener encore une fois la ruine de la ville.

Le 22 février, il y eut deux secousses à l'aube du jour, et, dans la journée, la terre trembla à de nombreuses reprises. Plusieurs jours s'écoulèrent ensuite sans ébranlement sensible du sol, mais bientôt les secousses recommencèrent et devinrent de plus en plus fréquentes; le 4 mars, il y en eut une très forte.

Dans la nuit du 18 au 19, on entendit de grands bruits souterrains; à 2 heures du matin, le 19, une première secousse fut suivie d'une autre plus violente à 2^{h}6^m. Quelques instants après, à 2^{h}10^m, on entendit comme une forte détonation et, en même temps, on sentit un violent tremblement de terre à oscillations verticales. En un clin d'œil, la ville fut renversée de fond en comble ; une quinzaine de maisons seulement restèrent debout, un épais nuage de poussière augmentait l'obscurité de la nuit, de telle sorte qu'il était difficile de rechercher sous les décombres les blessés dont on entendait les cris. Cependant, à cause des précautions prises par les habitants, il y eut moins de victimes qu'en 1854.

Pendant le reste de la nuit, on sentit soixante petites secousses qui, comme la précédente, semblaient faire osciller le sol de l'est à l'ouest. Ce tremblement de terre, de même que le précédent, ne fut accompagné ni suivi d'aucune éruption volcanique; cependant, au moment de la catastrophe, les eaux du lac d'Ilopango, voisin de la ville de San Salvador, se montrèrent très agitées et surtout très sulfurées. La secousse principale fut sentie dans un rayon de 7 à 8 lieues autour de la capitale. Une crevasse qui se forma sur les bords du lac de Cuscatlan amena l'évacuation de ses eaux. Ce lac, situé sur la route de San Salvador à Santa Tecla, occupait tout le fond d'un vaste cratère. Au milieu de sa cavité est installée aujourd'hui une usine à sucre. Après ce nouveau désastre, on a rebâti San Salvador sans songer même, comme la première fois, à abandonner ce point fatal pour Santa Tecla.

Nous arrivons à l'intéressant cataclysme de 1879 dont le lac d'Ilopango a été le théâtre principal. Le résumé que nous allons fournir de cet événement est extrait d'un récit très détaillé dû à M. de Montessus, dont nous ne pouvons donner ici qu'une idée bien imparfaite. Ce lac est situé à l'extrémité sud-est de la ligne comprise entre le cône du San Salvador et celui du San Vicente. A l'époque où les théories de Léopold de Buch étaient en honneur, on l'a considéré comme un vaste cratère de soulèvement. Dolfus et de Montserrat pensent qu'il a été formé comme ceux d'Amatitlan et d'Atitlan par le barrage d'une vallée au moyen des déjections volcaniques. M. de Montessus le considère avec bien plus de vraisemblance comme creusé par de gigantesques explosions dont les produits se retrouvent dans toutes la région environnante sous la forme de tufs blanchâtres, de cendres et de ponces désagrégés; ce serait, dans cette hypothèse, un très vaste cratère d'explosion.

Ce lac n'a pas d'autres affluents que des torrents temporaires, actifs seulement pendant la saison des pluies, et dont le plus long, celui qui, descendant des collines de Cojutepèque, vient aboutir à la plage de Cujuapa, n'a pas une lieue de cours. Les talus en sont à pic, aussi bien au-dessus qu'au-dessous du niveau de l'eau, le long de ses rivages nord et nord-est. La profondeur de l'eau y est considérable de ce dernier côté. Du côté opposé, au contraire, le sol s'incline en pente douce. Une étroite vallée donne écoulement à un ruisseau connu sous le nom de Rio Jiboa ; c'est par là que se déverse le trop-plein des eaux du lac.

La série des phénomènes que nous allons décrire paraît avoir débuté dans la journée du 20 décembre 1879, sous forme de secousses d'abord très faibles mais fréquentes et accompagnées de bruits souterrains si intenses que le gouvernement du Salvador, justement alarmé, ordonna au géologue d'État Goodyear d'aller visiter le lac d'Ilopango.

Cette belle nappe de l'Ilopango, aux eaux de sulfuration variable, ces presqu'îles qui deviennent fréquemment des îles par suite de changements de hauteur de la surface liquide, les deux lignes d'ancien rivage qui se profilent nettement sur tout son pourtour, l'étroit ravin qui les réunit au Rio-Jiboa, les montagnes de Cus-Cus et de San Jacinto qui le bordent, enfin les splendides volcans de San Vicente, de Gojutepeque et de San Salvador qui le dominent, tout cela constitue un des plus merveilleux spectacles de l'Amérique centrale.

Du 20 au 27 décembre 1879, on ressent, aux environs de ce lac, de six cents à huit cents secousses distinctes de tremblement de terre. Environ trois cent cinquante-huit d'entre elles sont notées avec l'indication de leur moment d'apparition, de leur intensité et de la nature de leur mouvement ondulatoire ou trépidatoire. Elles étaient accompagnées de mugissements souterrains.

Quelques-unes des secousses observées sont d'une extrême violence. L'une d'elles, le 27 décembre, à minuit 38^m, qui ne dure pas moins de 50 secondes, et qui est accompagnée d'un violent *retumbo*, cause de grands désastres dans les villages qui bordent le lac et produit d'énormes éboulements sur ses flancs. Les petits ruisseaux qui s'y rendent voient momentanément le volume de leurs eaux décuplé et l'on observe en divers points la formation de nouvelles sources. Sur la partie peu inclinée du rivage du lac, il se produit de petits cônes de sable percés d'orifices. Les eaux du lac au moment de la secousse s'agitent violemment, mais sans qu'on y remarque aucun phénomène explosif. Le déversoir ne présente rien de notable, si ce n'est quelques éboulements de ses parois, ce qui lui est commun, du reste, avec les autres ravins du voisinage.

Du 17 au 31 décembre, les tremblements de terre cessent presque complètement.

Le 31, à $7^h 54^m$, se produit un très violent ébranlement qui se fait sentir dans toute l'étendue de la République de San Salvador et franchit même la frontière. Les dégâts produits dans les villages qui avoisinent le lac ne présentent rien de particulier et sont même moins considérables que ceux du 27. Le maximum d'intensité des secousses paraît avoir eu lieu dans des localités situées à plusieurs kilomètres au nord, à Coatipeque, Quetzaltepeque et San Marcos. Dès lors, on peut se demander si ce tremblement de terre du 31 est bien de nature volcanique et s'il appartient à la série d'Ilopango.

Cependant, il est incontestable que le tremblement de terre du 31 décembre a clos la période purement séismique et inauguré le commencement de la période volcanique. En effet, c'est à partir de ce jour que l'on commence à noter sûrement les signes d'une éruption se produisant au milieu du lac. Le sol entr'ouvert y donne issue à des laves qui s'y accumulent et amènent rapidement une élévation du niveau de l'eau. Le 9 janvier 1880 particulièrement, une montée subite des eaux du lac cause tout à coup un énorme déversement dans le ravin du Rio Jiboa. Le lit du ruisseau se creuse au débouché du lac; un torrent furieux et dévastateur suit le trajet du petit cours d'eau; la vallée entière du Rio Jiboa est inondée et dévastée; les champs et les prairies sont ravinés, les bestiaux entraînés, les fermes détruites. Le petit hameau d'Atuscatla, situé à l'entrée du ravin, est emporté. Le désastre est énorme.

La montée des eaux cesse le 11 et se change en une baisse le 12; le mouvement de baisse atteint 10^m,34. Goodyear évalue à 635 millions de mètres cubes le volume de l'eau du lac évacué durant cette période.

Durant ce temps, l'odeur sulfureuse des eaux du lac avait progressivement augmenté, et, le 12, on observe vers le centre une aire assez grande, où l'on voit éclater de nombreuses bulles de gaz.

Le 20 janvier se produit une très forte explosion ; une énorme colonne de fumée noire s'élève du point où avait lieu le dégagement gazeux, et d'Apulo, village situé sur le bord du lac, on voit pointer à la surface des eaux un amas de roches qui, la nuit, se montrent incandescentes. A partir de ce jour, le volcan nouveau est apparent extérieurement, le volume de l'amas qui le compose augmente visiblement chaque jour et des explosions s'y produisent de temps en temps.

Le 23 janvier, à 5ʰ30ᵐ du matin, une colonne de fumée s'élève à une grande hauteur à la suite d'une violente explosion. L'amas pierreux de nouvelle formation possède une hauteur d'environ 40 mètres au-dessus de la surface du lac.

Le 27 janvier se forme deux îles nouvelles, dont une disparaît presque aussitôt.

Le 3 février, après de nombreux et incessants changements, le nouveau volcan paraît encore formé par un amas de blocs incohérents, sans qu'on y puisse distinguer d'orifice cratériforme.

Le 23 février, on ressent un léger tremblement de terre dans toute l'étendue de la République de San Salvador, et une odeur sulfureuse insupportable se fait sentir tout autour du lac.

Du 23 février au 19 mars, le volcan est le siège d'une série d'explosions. Ce qui caractérise essentiellement cette période nouvelle, c'est la transformation du massif rocheux précédemment apparu et la formation d'un cratère dans sa partie centrale.

Enfin le 19, il se trouve réduit à deux masses isolées auxquels on a donné respectivement les noms de volcan de terre et de volcan de pierre. Le premier est composé principalement de matériaux pulvérulents, de cendre rejetée par les explosions ; le second est constitué par les mêmes éléments associés à des blocs plus ou moins volumineux qui semblent être un reste de l'amas primitif.

M. de Montessus, qui a visité ce lieux quelque temps après l'éruption, dit que ce sont deux restes diamétralement opposés du bord du cratère.

Depuis le 19 mars 1880, le volcan du lac d'Ilopango n'offre plus trace d'incandescence, et chaque jour il est démantelé par l'action des eaux. Cependant, de temps en temps, il émet encore des exhalaisons sulfureuses d'abondance variable et une source thermale chaude sourd au bord du volcan de pierre.

L'histoire de cette série de phénomènes qui se sont passés au centre du lac d'Ilopango est remarquable à plus d'un titre. On y voit un catachysme d'apparence purement séismique s'y transformer en une véritable éruption volcanique. De plus, on assiste à l'évolution qui caractérise habituellement les volcans sous-marins. Dans une première phase, les laves s'épanchent sous l'eau sans explosion ni production d'aucun phénomène violent. Un amas arrondi de roches apparaît à la surface de l'eau ; c'est ce que Seebach a nommé un cumulo-volcan. Les roches qui le composent, d'abord froides, se montrent bientôt incandescentes et de tous leurs interstices se dégagent des gaz (hydrogène, gaz des marais, etc.). Enfin une explosion violente marque le début d'une autre phase éruptive; le centre de l'amas est projeté, il se forme un cratère que les explosions consécutives nettoient et creusent de plus en plus.

En un mot, le volcan d'Ilopango a reproduit dans tous ses détails ce que le volcan de Santorin avait montré sur une échelle plus grandiose en 1866. Son développement est même plus intéressant à certains égards, car il a été précédé d'une période séismique qui n'a pas été constatée à Santorin.

On peut encore le comparer au tremblement de terre qui, en 1867, a agité la partie occidentale de l'île de Terceira (Açores). En effet, pendant un mois environ avant l'éruption sous-marine qui s'est produite à quelques centaines de mètres à l'ouest de la côte de l'île, les villages de Terceira les plus rapprochés ont été ébranlés par de nombreuses secousses. L'un d'eux, nommé Serreta, situé en face du point où s'est produite ensuite l'éruption, était si fréquemment et si fortement secoué que jusqu'au moment de l'explosion les maisons avaient été abandonnées de leurs habitants, et la plupart très endommagées. Les phénomènes séismiques n'ont cessé que quand on a vu du sein des flots s'élever des jets de matière incandescente et des colonnes de vapeur d'eau, témoins de la formation d'un volcan sous-marin.

CHAPITRE II

Le Japon et les îles de la Sonde ont été plus d'une fois dévastés par des marées séismiques.

L'un des exemples les plus célèbres est celui de la destruction de la ville de Simoda dans l'île de Niphon, le 29 décembre 1854; elle est racontée dans les termes suivants par un officier des États-Unis, témoin oculaire :

« Par l'effet des secousses la mer s'éleva et inonda la ville entière, elle recouvrit le sol à une hauteur de 2 mètres; puis se retira avec une telle violence qu'elle entraîna tout, maisons, ponts et temples avec elle. Cinq fois dans le jour cette vague terrible envahit le pays dont elle a fait un vaste désert. Les jonques les plus grandes qui se trouvaient dans le port furent soulevées au-dessus de la marque des plus hautes eaux et lancées à 1 ou même à 2 milles dans les terres. Heureusement, beaucoup d'habitants, à l'approche de la vague, purent s'enfuir sur les montagnes voisines, mais plus de deux cents ont été noyés.

La frégate russe *la Diane*, de 50 canons, sous le commandement du vice-amiral Putiatin, qui se trouvait à bord, était alors dans le port de Simoda avec l'expédition que le gouverment russe avait envoyée à l'occasion de notre traité de commerce avec le Japon. Immédiatement après la première secousse, toute la masse d'eau du port éprouva de telles pertubations, de telles fluctuations, de tels tourbillonnements que, dans l'espace de 30 minutes, la frégate tourna quarante-trois fois sur elle-même et que ses cordages et ses chaînes s'entortillèrent en nœuds inextricables. Les mouvements étaient si brusques qu'aucun homme ne pouvait se tenir sur ses jambes et que tous éprouvèrent le vertige.

Quand les eaux se furent retirées, la frégate, qui tirait ordinairement 7 mètres d'eau, resta par $2^m,65$ de fond seulement.

Quand le flot revint, le niveau s'éleva à 10 mètres au-dessus de sa hauteur ordinaire, mais comme l'eau se retira encore une fois, la frégate resta cette fois par $1^m,30$ seulement de manière que le capon de l'ancre se trouvait hors de l'eau. Le soulèvement du fond de la baie fut si violent, que la frégate, quoique se trouvant encore par $1^m,30$ d'eau, dérapa et chassa sur ses ancres. Les officiers du bord pensaient voir, à chaque instant, le fond de la baie s'entr'ouvrir, donner naissance à un volcan et les engloutir.

Aussitôt que le bâtiment se retrouva à flot, on s'aper-

çut que la quille était endommagée; le gouvernail flot-
tait auprès du vaisseau que l'eau commença à remplir.
On chercha par tous les moyens à le maintenir à flot.
La frégate ne pouvait être réparée dans le port de Simoda,
on la remorqua, et avec une centaine de barques japo-
naises, on la conduisit dans un autre port situé à sept
milles de distance. Mais là encore, elle fut assaillie par
une tempête et sombra.

Extrait du livre de bord de la frégate *la Diane* :

On éprouva la première secousse à 9ʰ 1/4 ; elle fut
très violente sur le pont et dans les cajutes, elle se pro-
longea de 2 à 3 minutes ; aucun signe précurseur ne
'avait annoncée.

A 10 heures une grande vague s'élança dans la baie
où la frégate était à l'ancre, et dans l'intervalle de
quelques minutes, toute la ville, avec ses maisons et
ses temples, fut couverte d'eau ; les nombreux bâtiments
qui se trouvaient à l'ancre, battus par les flots, furent
jetés les uns contre les autres et éprouvèrent de graves
dommages ; on vit flotter aussitôt une masse de débris.

Au bout de 5 minutes, toutes les eaux de la baie
commencèrent à s'élever et à bouillonner, comme si des
milliers de sources avaient jailli tout à coup ; elles étaient
mêlées de boue, de lehm et d'autres matières étrangères
de toute nature ; elles s'élancèrent sur la ville et sur les
terres avec une force épouvantable et tous les bâtiments
furent anéantis. Notre équipage dut fermer toutes les em-
brasures des canons ; l'eau était couverte de poutres et
d'épaves de toute espèce, qui flottaient autour de nous.

A 11ʰ 1/4, la frégate déchassa sur ses ancres et en perdit une; bientôt après elle perdit la seconde, et le bâtiment alors éprouva un mouvement gyratoire et fut entraîné avec une violence qui s'accrut encore avec la vitesse toujours croissante de l'eau.

La ville entière n'offrit plus qu'une surface déserte; d'environ mille maisons, dix-sept seulement restaient encore debout. D'épais nuages de vapeur couvrirent en même temps l'emplacement de la ville, et l'air fut rempli de vapeurs sulfureuses.

L'élévation et la chute de l'eau furent si rapides dans cette baie étroite, qu'il s'y forma d'innombrables tourbillons, au milieu desquels la frégate tourna d'elle-même, si fortement, que tout à bord fut renversé.

Vers 10ʰ 1/2 une jonque, entraînée par un de ces terribles mouvements gyratoires, avait été jetée contre la frégate, s'était ouverte, brisée et avait sombré. Deux hommes seulement, auxquels on avait jeté des cordes, furent sauvés, les autres touvèrent la mort dans les cajutes où ils s'étaient retirés.

Cependant la frégate se maintint au milieu de ces mouvements gyratoires; elle tourna quarante-trois fois sur elle-même, mais non sans éprouver de grandes avaries au milieu des écueils qui l'environnaient de toutes parts. Les secousses réitérées firent sortir les canons de leurs places, un homme fut écrasé, plusieurs furent blessés.

Jusqu'à midi, l'ascension et la chute de l'eau ne cessèrent pas dans la baie; le niveau varia d'au moins 2ᵐ,65 jusqu'à 12 mètres de hauteur.

Vers 2 heures, le fond de la mer se souleva de nouveau et d'une manière si violente, que la frégate fut jetée plusieurs fois sur le flanc, et l'on vit l'ancre à $1^m,30$ de profondeur seulement.

Enfin la mer se calma; la frégate employa quatre heures entières à se débarrasser du réseau inextricable de ses cordages et de ses chaînes d'ancre entortillés et confondus les uns avec les autres.

La baie n'était plus qu'un champ de ruines.

CHAPITRE III

TREMBLEMENT DE TERRE D'ISCHIA
— 28 juillet 1883 —

L'île d'Ischia est presque entièrement de formation volcanique. La majeure partie du sol qui la compose a été formée, en effet, par des éruptions, les unes sous-marines, les autres sub-aériennes. Depuis le commencement de l'époque historique, elle a été fréquemment ébranlée par destr emblements de terre, mais aucun de ceux qui sont connus n'est comparable à celui du 28 juin 1883.

Avant de présenter au lecteur le récit de cet événement, il est nécessaire que nous entrions dans quelques détails sur la constitution du sol de l'île et sur les prinpaux phénomènes d'origine endogène dont il a été le théâtre.

Au centre de l'île s'élève une montagne haute de 792 mètres au-dessus du niveau de la mer. Elle a la forme d'un cône isolé taillé à pic du côté sud et s'inclinant sous des pentes plus ou moins fortes du côté opposé. C'est l'Epomeo. Cette éminence est constituée par une masse énorme d'un tuf ponceux d'un blanc verdâtre recouvert en grande partie à sa base par des courants de lave trachytique, par d'autres tufs plus récents de couleurs variées et aussi, en quelques points, par des lambeaux de roches sédimentaires. Celles-ci sont des argiles marneuses formées par l'altération et la désagrégation des tufs. Ce sont des cendres volcaniques décomposées. Cette argile tufacée contient des coquilles marines identiques pour la plupart à celles qui vivent encore dans le golfe de Naples. Les fossiles s'observent jusqu'à une hauteur de près de 500 mètres, ce qui montre qu'il est formé par un noyau puissant de projections volcaniques accumulées sous l'eau de la mer. Une partie de la montagne au moins est donc de formation sous-marine. Les géologues admettent généralement que la cime de la montagne est un débris du bord d'un ancien cratère dont toute la partie septentrionale aurait disparu par suite des érosions. On fait remonter le début des éruptions, qui ont donné naissance à l'île d'Ischia, au commencement de l'époque quaternaire, et on les considère comme contemporaines de celles qui ont produit les cônes des champs phlégréens.

Parmi les roches trachytiques massives que l'on rencontre dans l'île d'Ischia, il en est quelques-unes qui sont aussi de formation sous-marines, car leurs tufs sont encore mélangés de débris de coquilles ou même renferment des coquilles qui paraissent provenir d'animaux ayant vécu sur place.

Les éruptions, qui se sont produites après que la majeure partie de l'Epomeo était devenue sub-aérienne, se sont manifestées principalement sur ses flancs septentrional et oriental. A l'aide d'une étude attentive, on a pu déterminer à peu près l'âge relatif de chacun des cônes et des amas de lave que l'on rencontre dans cette partie de l'île. Les mieux conservés sont naturellement les plus récents; ils sont connus sous les noms de Rotaro, Montagnone, Bagno et Cremate. Le cratère de Bagno était un petit cratère-lac, très voisin de la mer, dont on a récemment fait un port. Les monts Rotaro et Montagnone présentent deux cratères remarquables par leur régularité. Le cratère connu sous le nom de Cremate est celui qui a été formé par l'éruption de 1302.

Depuis le commencement de l'époque historique, les éruptions dans l'île d'Ischia ne se sont produites qu'à de trèslongsintervalles. Pendant les périodes de tranquillité, les forces volcaniques se sont manifestées seulement par des émanations gazeuses et des sources thermales. L'éruption la plus célèbre et la mieux connue est celle de l'année 1302, qui s'est produite après un repos de mille ans et qui, depuis lors, n'a été suivie d'aucune éruption nouvelle. Elle a vomi une longue coulée d'une lave noire vitreuse, semée de gros cristaux de sanidine. Cette coulée, qui s'étend du pied de l'Epomeo jusqu'à la mer, à peu de distance de la ville d'Ischia, est connue sous le nom de coulée de l'Arso.

Il est à remarquer que tous les produits volcaniques de l'île d'Ischia ont la plus grande ressemblance de composition avec ceux des champs Phlégréens et qu'ils sont, au contraire, essentiellement différents de ceux du Vésuve et de la Somma. Ils ne sont pas leucitiques.

Les émanations gazeuses de l'île d'Ischia possèdent, en général, une température assez élevée; on leur donne le nom de fumerolles; citons les principales :

1° Celle de Montecito émet de la vapeur d'eau à une température qui varie de 90° à 100°, en même temps que de l'acide sulfhydrique; elle est située au nord de l'Epomeo, entre le pied de la montagne et la ville de Casamicciola.

2° Une autre, située au-dessus de Selva Masarra, à l'ouest de Montecito, présente à peu près la même température.

3° La fumerolle delle Frane, située à peu de distance à l'ouest au-dessus de Fango, siège sur des fentes du tuf, qui, en ce point, est fortement altéré par les vapeurs.

Ces trois fumerolles appartiennent à un même groupe, auquel nous rattacherons encore les fumerolles et les sources thermales suivantes :

4° Les sources thermales de Casamicciola sont situées à l'ouest de la ville, dans les petites vallées de Gurgi-tello et d'Ombrasco; elles sont à quelques mètres l'une de l'autre et environ au nombre de quinze. Quelques-unes sont très abondantes; leur température varie de 62° à 70°.

5° Les fumerolles de Laco Ameno forment trois grou-pes à l'ouest de Laco, situés à une petite distance l'un de l'autre; leur température est comprise entre 40° et

45°. Sur la plage de San Montano et sur celle de Laco, il existe des sources thermales alcalines et salées, et le sable de la plage, en divers points, présente des températures comprises entre 50° et 75°.

6° Dans le cratère du Mont-Thabor et sur ses flancs s'observent des fumerolles dont la température est comprise entre 43° et 65°. Celle du sable de la plage à Castiglione s'élève jusqu'à 75°.

7° Les fumerolles du Monte Corvo, sur le flanc occidental de l'Epomeo, au tiers environ de sa hauteur, occupent une surface de près de 100 mètres carrés ; elles sont constituées par des jets violents de vapeur d'eau à 100° avec une petite quantité d'acide sulfhydrique.

8° A l'ouest de l'île, sur la plage de la Citara, se trouve une fumerolle, dont les émanations possèdent des températures variant entre 80° et 92°.

9° Au sud de l'île, la plage des Maronti présente des fumerolles et des sources thermales très chaudes ; le sable est brûlant sur une grande étendue ; un thermomètre qu'on y plonge à une petite profondeur indique une température de 100°. En plusieurs points, on constate la formation d'incrustations de soufre.

10° Citons encore les sources très chaudes de Saliceto et les fumerolles de Testaccio et de l'Arso qui sont moins importantes.

Toutes les éruptions historiques qui ont eu lieu sur les flancs de l'Epomeo ont été accompagnées de violents tremblements de terre. Jusqu'à la fin du siècle dernier, on a peu de renseignements sur les séismes qui ont ébranlé l'île en dehors de ceux qui se rattachent aux éruptions. En voici la liste :

28 juillet 1762.

28 mars 1706. Violentes secousses avec maximum à Casamicciola.

26 juillet 1805.

15 septembre 1812.

2 février 1828. Ce tremblement de terre fut assez violent; il fut précédé d'un fort grondement souterrain que Covelli compare au bruit du choc d'un gros marteau frappant au-dessous de la voûte de sa maison. La secousse, d'abord ondulatoire, se transforma en une forte trépidation. Le maximum d'intensité se fit sentir à Fango et dans la partie occidentale du district de Casamicciola; beaucoup d'édifices furent renversés, il y eut trente morts et cinquante blessés. On n'a pas signalé alors de changement permanent dans les sources thermales ni dans les fumerolles. Les secousses se firent sentir assez fortement sans produire de graves dommages à Lacco et à Fontana. Elles furent à peine perçues à Forio et dans la ville d'Ischia.

Le 14 février, le 30 juin et le 24 septembre de la même année, il y eut encore quelques ébranlements peu importants.

1834. Quelques secousses à Casamicciola.

1841. Ébranlement très fort dans la même localité.

1851. Le désastre de Melfi, qui eut lieu le 14 août, à $2^h 20^m$ du jour, se fit ressentir dans l'île d'Ischia sans y produire de dommages.

7 juin 1752. A $10^h 35^m$ du matin, trépidations à Casamicciola, à Lacco et à Forio.

30 janvier 1863. Ébranlement violent à Casamicciola.

22 mars, 29 avril de la même année. Secousses avec maximum dans le même district.

30 octobre 1864. Petite secousse à Forio.

15 août 1867. Forte commotion du sol à Casamicciola.

23 janvier 1874. Légère secousse dans la même localité.

13 juillet 1875. Violent mouvement ondulatoire, suivi de trépidations. Le centre est toujours à Casamicciola.

Du 24 au 28 juillet 1880, tremblement de terre dont le point épicentral paraît s'être trouvé à Ventosene, une des îles Ponces. Il y a une pertubation dans le débit des sources thermales d'Ischia et dans leur température.

Le 4 mars 1881, à $1^h 5^m$ après-midi, un tremblement de terre très violent se manifesta encore dans le district de Casamicciola. La majeure partie des maisons de Casamenella furent renversées. Quelques édifices furent endommagés à Forio et à Fontana. Dans le reste de l'île, le tremblement de terre fut ressenti sans produire de dommages. L'ébranlement ne fut perçu ni à Naples, ni à l'Observatoire du Vésuve.

Janvier et mars 1882. Quelques légères secousses à Casamicciola.

L'indépendance que nous avons signalée entre les produits éruptifs qui figurent, soit à la Somma, soit au Vésuve, et ceux que l'on rencontre dans l'île d'Ischia, se retrouve quand on compare les séismes des deux régions pourtant si voisines. En effet, d'une part, les tremblements de terre les plus désastreux de l'île d'Ischia ne se sont point fait sentir dans la région du Vésuve ; tout au plus, en constate-t-on les effets éloignés dans les Champs Phlégréens et dans les îles Ponces. D'autre part, les plus violents tremblements de terre du district napolitain semblent avoir passé inaperçus à Ischia. C'est ainsi, par exemple, que, dans l'histoire des tremblements de terre si violents de 1456, 1570, 1594, 1665, 1688, 1694 et 1857, on ne trouve aucune mention de dommages produits dans l'île d'Ischia, quoique plusieurs de ces séismes aient couvert de ruines Naples et ses environs.

Le tremblement de terre d'Ischia, sur lequel nous devons maintenant fournir des détails circonstanciés, a eu lieu le 28 juillet 1883 à $9^h 25^m$ du soir. Il ne paraît y avoir eu aucun signe précurseur. La première secousse a été de beaucoup la plus violente. Toutes les personnes qui, habitant Casamicciola, ont donné leur impression sur cette commotion, la comparent au choc produit par une explosion. Il semblait, dit l'un des témoins oculaires, que la ville tout entière de Casamicciola sautait en l'air comme le bouchon d'une bouteille de champagne. On est en droit d'après cela de penser que le premier mouvement a été dirigé de bas en haut ; cependant, il n'est pas douteux qu'à Casamenella même, et dans toute la partie occidentale de Casamicciola où le désastre a été le plus grand, un mouvement ondulatoire n'ait presque immédiatement succédé à la trépidation primitive. L'un des témoins de l'événement, le professeur G. Palma, qui est demeuré enseveli sous les ruines pendant plus de douze heures, a montré par son récit avec quelle rapidité le mouvement ondulatoire était devenu le mouvement dominant : « J'étais, dit-il, occupé dans ma chambre à ranger ma malle et à compléter mes préparatifs de départ pour le lendemain, lorsque je me suis senti violemment secoué. J'ai levé immédiatement les yeux et aperçu sur ma table ma bougie qui oscillait rapidement en s'écartant d'une trentaine de degrés de la verticale. A peine avait-elle effectué trois ou quatre oscillations qu'elle se renverse et s'éteint. Je me trouve dans l'obscurité et en même temps, de toutes parts, recouvert des débris du plafond. La maison s'écroule, et les ruines en tombant produisent un horrible fracas qui se joint au bruit dont la secousse est accompagnée. » Ainsi, le professeur Palma a senti à peine la trépidation initiale, tandis qu'il a eu la notion très distincte du mouvement ondulatoire dont il a même pu indiquer la direction nord-sud d'après les oscillations de sa bougie.

D'autres témoins, entre autres G. Lombardi, ont eu la sensation très nette de trépidations, suivies d'un mouvement ondulatoire et même ce sont surtout les trépidations qui les ont le plus vivement impressionnés. G. Lombardi a raconté que dans sa maison tous les objets meubles avaient été projetés verticalement, mais qu'ils étaient retombés sur place et qu'il n'y avait eu de renversé qu'un verre qui s'était brisé en tombant.

Le bruit souterrain a été extrêmement intense, et, d'après les descriptions recueillies à Casamicciola, il a présenté un caractère particulier. M. Palma dit qu'il ressemblait au bruit occasionné par un vent d'ouragan dans une forêt; d'autres personnes l'assimilent à un sifflement puissant, d'autres encore à des grincements. D'après G. Palma, le bruit n'aurait pas précédé la secousse, mais l'aurait exactement accompagnée, tandis que certains témoins affirment qu'il a commencé une ou deux secondes plus tôt.

A Lacco et à Penella les trépidations ont été très marquées, cependant la secousse s'est terminée par un mouvement ondulatoire dirigé S.E.-N.O.; le bruit ressemblait à celui d'une explosion et se continuait sous forme d'un grondement prolongé. Il semble que là il ait à peu près accompagné la secousse.

Des faits du même genre ont été signalés à Forio; le mouvement trépidatoire a été d'une grande intensité et suivi d'ondulations dont la direction dominante était E.O.; cependant certains objets sont tombés dans la direction N.S., comme si la composante horizontale du mouvement avait offert succcessivement deux directions à angle droit l'une sur l'autre.

Un fait assez curieux a été raconté par un habitant de Forio, nommé G. Milone. Il était en marche dans une rue étroite lorsque tout à coup il entend un bruit strident comme celui d'une tempête et voit crouler un mur en face de lui, à 2 mètres de distance; il avait à peine senti sous ses pieds l'ébranlement souterrain, tandis que les cris provenant d'une maison voisine montraient la terreur des habitants.

A Panza et à Giglio, la grande secousse du 28 juillet a commencé par des trépidations et s'est terminée par des ondulations. Le grondement souterrain a accompagné la secousse sans la précéder. La commotion principale a été suivie de deux autres beaucoup plus faibles, l'une vers minuit, l'autre vers deux heures du matin. En outre, dans la matinée du 29 juillet, à diverses reprises on a entendu des grondements souterrains. Cependant ces secousses accessoires ne paraissent pas avoir été ressenties à Casamicciola, car G. Palma ayant conservé toute sa présence d'esprit au milieu des ruines qui le recouvraient raconte que pendant toute la nuit il n'a pas perçu le moindre mouvement.

A Fiajano, la secousse ondulatoire principale a été dirigée E.-N.E. Un fait arrivé dans cette localité mérite d'être raconté. Un vase presque plein d'huile se trouvait placé sur un coffre ; par l'effet de la secousse, la moitié du liquide a été lancée à plus de 1 mètre de distance dans la direction E.20°.S.; non seulement le vase n'a pas été renversé, mais encore il n'a pas été déplacé. De cette observation, le professeur Mercalli, conclut que la direction de propagation du mouvement devait être fortement inclinée sur l'horizon.

Les observations suivantes faites à Fontana amènent le savant physicien à la même conclusion pour cette localité : dans une maison deux bouteilles, l'une d'un demi-litre, l'autre de 3 à 4 litres, contenues dans un buffet ouvert, ont été lancées la première à 1^m,50 sur un coffre placé au S.-E. du buffet, la seconde s'est trouvée à terre à plus de 2 mètres de sa position primitive.

Presque au sommet de l'Epomeo, dans une petite chapelle dédiée à Saint-Nicolas, les trépidations ont été peu marquées, mais on a senti un mouvement ondulatoire principal dirigé N.S. et un autre secondaire E.O. C'est la conclusion à laquelle conduit l'observation d'une statuette, de chandeliers et de divers autres objets qui ont été jetés par terre.

A Barano, le clocher a oscillé dans la direction N.S. et les cloches se sont mises en branle. Le bruit souterrain a été assez fort. D'après le récit de l'un des témoins cités par Mercalli, il aurait précédé la secousse ; d'après un autre témoin, l'ébranlement aurait commencé avant la production d'aucun bruit.

A Moropane, des objets meubles sont tombés vers l'est, d'autres vers E.30°.S.

A Testaccio, on a entendu le bruit, puis on a senti la trépidation et en dernier lieu le mouvement ondulatoire. La secousse a été très violente, il en a été de même à Campagnano où la direction du mouvement a été N.E.-S.O.

Dans la ville d'Ischia, bien que les dommages se soient bornés à quelques fentes dans les murs des habitations, la secousse a été assez violente ; l'évêque a été jeté à bas de son lit. Le bruit entendu ressemblait à un roulement métallique assourdissant.

A Procida, et sur le continent à Pouzolles, la commotion a été extrêmement faible.

A Naples, le professeur Palmieri a indiqué que le séis-mographe de l'Université avait enregistré une première secousse de 2 secondes de durée à 9^h15^m du soir et une seconde plus forte et de plus longue durée à 9^h25^m. Toutes deux ont été ondulatoires.

Les séismographes du professeur de Rossi, à Ceccano, à Velletri et à Rome, ont indiqué une secousse avec ondulations très lentes à 9^h30^m du soir.

Par l'effet de la secousse, des masses considérables de tuf se sont détachées de l'Epomeo et ont glissé sur la pente en produisant un nuage de poussière. Les fumerolles ont augmenté d'activité, mais leur température ne paraît pas avoir beaucoup varié, ou au moins, la variation ne s'est pas maintenue, sauf, cependant, à Montecito. On y a surtout remarqué une augmentation dans la quantité d'acide sulfhydrique émise. En beaucoup de points, le sol s'est crevassé et sur les fentes se sont établies de nouvelles fumeroles. Les crevasses les plus importantes ont été observées au-dessus de Fango. Leur largeur variait de 50 centimètres à 1 mètre.

La considération de la direction des secousses, corroborée d'ailleurs par l'examen des désastres produits, a permis au professeur Mercalli de déterminer la position de l'épicentre. La région la plus éprouvée est évidemment celle qui se trouve située dans la partie occidentale de Casamicciola ; là, sur une longueur d'environ 1200 mètres et une largeur de 200 à 300 mètres, toutes les constructions sont jetées par terre, les maisons les mieux bâties ont été renversées, ou fortement endommagées;

ce lieu encore aujourd'hui présente l'aspect d'un amas de ruines. C'est aussi dans cet espace que la mortalité a été la plus grande. On évalue a 1200 le nombre des maisons renversées ; dans toute l'île il y a eu 2313 morts et 800 personnes grièvement blessées sur une population de 1400 habitants, mais si l'on considère le district qui comprend Casamicciola, la partie haute de Forio et la partie haute de Lacco, on trouve que presque tous les effets désastreux de la catastrophe sont concentrés dans cet espace ; on y a constaté effectivement 2245 victimes.

La carte ci-jointe (fig. 34), tracée par le professeur Mercalli, met sous les yeux du lecteur le tracé graphique qui correspond à ses conclusions dont nous donnons ci-après les principales :

1° La position de l'épicentre coïncide avec la fracture radiale de l'Epomeo sur laquelle sont alignées les fumerolles d'Ignazio Verde et de Montecito, et les sources thermales de la Rita et du Capitello.

2° A Casamenella, on a senti un choc de bas en haut extrêmement violent, ce qui prouve que ce lieu appartient bien à l'épicentre.

3° C'est près de Casamenella qu'ont eu lieu les plus importants bouleversements du sol. Les changements survenus dans les eaux thermales de Gurgitello et de Lacco ont été seulement passagers, tandis qu'à Montecito, le prolongement de la fissure et l'augmentation de l'activité des fumerolles ont été permanents.

4° Le grand tremblement de terre du 4 mars 1881 a

eu également son centre près de Casamenella, et il en a été de même pour ceux de 1796 et de 1828.

Ces trois tremblements de terre, de même que celui de 1883, ont eu leur centre d'ébranlement à une petite profondeur ; car, tout en étant très violents, ils ont eu une aire séismique relativement restreinte. Cette aire a été en augmentant d'un tremblement de terre à l'autre ; en 1796 les ruines ont été limitées à la paroisse de Casamicciola ; en 1828, elles se sont étendues au district occidental de Casamicciola jusqu'à Fango ; en 1881, elles comprenaient tout Casamicciola et une partie de Lacco ; et enfin, le 28 juillet 1883, des maisons se sont écroulées à Penza et à Barano. L'aire de ce tremblement de terre est donc dix-huit fois plus grande que celle de 1881. Il y a donc lieu de croire, comme l'a pensé le professeur Palmieri, que le centre d'ébranlement s'est de plus en plus approfondi.

Le professeur Mercalli a cherché à calculer la profondeur du centre d'ébranlement pour le tremblement de terre de 1883 en appliquant la méthode de Mallet. Le tableau ci-dessous contient les données sur lesquelles il s'est appuyé et les nombres qu'il en a déduit.

LOCALITÉS	DISTANCE A L'ÉPICENTRE	ANGLE D'ÉMERGENCE	PROFONDEUR DU CENTRE D'ÉBRANLEMENT
	km		km
Casamicciola Marina. . .	1,200	45°	1,200
Casamicciola.	1,000	45	1,000
Forio.	2,500	15	0,669
Fiajano.	3,000	30	1,732
Moropane.	3,000	25	1,399

La moyenne de cinq nombres trouvés pour la profondeur du centre d'ébranlement est égale à $1^{km},200$.

Bien que le tremblement de terre de 1883, dans l'île

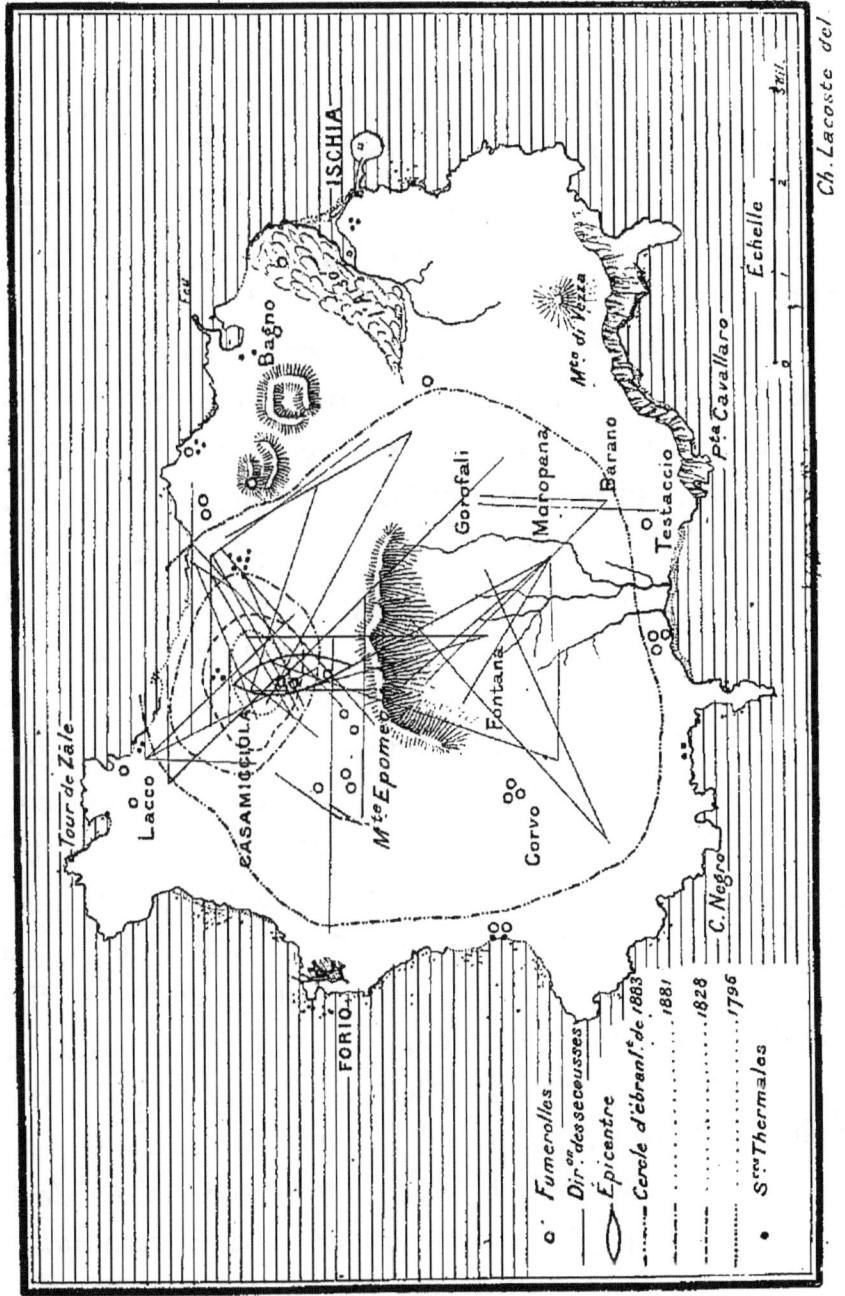

FIG. 34. — L'île d'Ischia, carte présentant les aires successives des tremblements de terre depuis 1796 et la position de l'épicentre de la secousse du 28 janvier 1883, d'après M. Mercalli.

d'Ischia, n'ait été ni accompagné ni suivi d'aucune éruption, tous les savants qui s'en sont occupés sont d'accord pour lui attribuer les caractères d'un tremblement de terre volcanique proprement dit, semblable à ceux qui de temps en temps agitent les flancs du Vésuve ou de l'Etna. A l'appui de cette opinion, on a fait remarquer que les tremblements de terre d'Ischia avaient leur siège sur le flanc de l'Epomeo, montagne essentiellement volcanique dont le pourtour a été à diverses reprises et à de longs intervalles le siège d'éruptions. Il y a lieu de noter aussi que l'épicentre du tremblement de terre de 1883 a la forme d'une ellipse dont le grand axe coïncide avec une fracture radiale du volcan bien caractérisée. Si dans un avenir plus ou moins éloigné, une éruption se manifeste dans cette île, il est extrêmement probable que la fissure qui lui correspondra sera celle dont il est question, et que le cratère nouveau se trouvera placé sur l'épicentre actuel. On sait, en effet, que dans les massifs volcaniques, les éruptions débutent par l'ouverture d'une fente radiale et que cette fente s'établit de préférence en des points où les forces souterraines manifestent en temps normal d'une façon ou d'une autre leur vitalité. Le signe principal de cette activité consiste dans le développement de fumerolles ou de sources thermales. De plus, le siège de prédilection des cratères adventifs se trouve à l'endroit où la fissure rencontre la ligne de jonction de la gibbosité centrale et de la pente modérée qui lui succède vers le bas de la montagne.

On a encore cité comme preuve de la nature volcanique des tremblements de terre de l'île d'Ischia, les modifications qu'ils avaient entraînées dans le régime des fumerolles et des sources thermales de l'île. A ce point de vue il y a lieu de tenir compte des changements qui ont été observés, mais il faut avouer cependant que ces changements ont été trop peu importants pour pouvoir servir de base à une argumentation sérieuse.

Enfin, les tremblements de terre d'Ischia et surtout le dernier, sont remarquables, comme nous l'avons dit, par l'étroitesse de l'épicentre, par la violence et le caractère trépidatoire des secousses initiales qui s'y sont produites.

Ces caractères n'appartiennent pas exclusivement aux tremblements de terre dits volcaniques; cependant, il ne leur font jamais défaut et, d'autre part, ils se montrent bien rarement, en dehors des régions bouleversées par les fentes souterraines. Le tremblement de terre d'Ischia de 1883 peut donc être considéré comme un type de séisme, produit sous l'influence d'une poussée explosive et servant ainsi de témoin à une éruption étouffée.

CHAPITRE IV

TREMBLEMENT DE TERRE D'ANDALOUSIE
— 25 décembre 1884 —

La partie de l'Andalousie la plus maltraitée par le tremblement de terre du 25 décembre 1884 est située de part et d'autre d'une chaîne de montagnes abruptes appelée sierra Tejeda, qui sert de limite entre les deux provinces de Grenade et de Malaga. A l'ouest, elle se continue avec la sierra de Chorro qui longe un massif arrondi, en partie composé de roches éruptives basiques, connu sous le nom de serrania de Ronda. A l'est, la sierra Tejeda s'incurve vers le N.-E., en se dirigeant vers la sierra Nevada, mais, en même temps, au niveau de cette courbure, elle s'unit à une autre chaîne qui semble en être la continuation et qui porte le nom de sierra Almijara. Les trois sierras de Chorro, Tejeda et Almijara forment en réalité orographiquement une chaîne unique qui court à peu près parallèlement à la côte sud de l'Andalousie, en présentant toutefois, aux environs de la ville de Malaga, un recul vers le nord, de manière à y constituer une sorte de conque bordée de crêtes élevées.

Les sommets de cette ceinture montagneuse sont hérissés de rochers calcaires d'un blanc bleuâtre, cristallins, d'aspect presque uniforme, et cependant, appartenant à diverses formations géologiques Les terrains paléozoïques, le trias, le jurassique, peuvent revendiquer quelques parties de ces assises. Les calcaires paléozoïques dominent dans la partie centrale de la chaîne, les dolomies triasiques et les calcaires jurassiques dans la partie occidentale.

C'est seulement de ce côté que l'on y observe des fossiles.

Ces calcaires sont en contact vers le sud avec des schistes cristallins d'aspects divers, dont quelques-uns sont riches en minéraux cristallisés : mica, grenat, andalousite, disthène, staurotide, trémolite, rutile, etc.; partout le métamorphisme est extrêmement accentué. Les cipolins sont comme les schistes, riches en minéraux divers : trémolite, mica blanc (à deux axes très rapprochés), grenat, disthène, wollastonite, etc. Du côté sud de la chaîne, la pente est très forte et se termine en haut par des escarpements à pic. Les assises du terrain paléozoïque sont redressées, disloquées et portent l'empreinte de violents mouvements mécaniques. C'est seulement en arrivant au bas des pentes que l'on rencontre des lambeaux de schiste triasique, puis quelques débris de calcaire et de grès nummulitique, et enfin, tout à fait au bord de la mer, quelques dépôts pliocènes. Le versant septentrional est plus adouci. On y retrouve encore les roches paléozoïques, mais elles sont en grande partie recouvertes par les plis de refoulement du jurassique et du néocomien. Des argiles triasiques y couvrent aussi une asssz vaste étendue de terrain et l'on y observe un bassin tertiaire en partie lacustre et en partie marin. Enfin, des dépôts d'un travertin blanc rosé tapissent fréquemment le tout.

Au point le plus élevé de la chaîne existe un petit bassin d'environ 10 kilomètres de diamètre, bien intéressant au point de vue orographique : c'est le bassin de Zaffaraya, bordé de toutes parts de crêtes calcaires et n'offrant aucun écoulement apparent aux eaux pluviales. La petite rivière qui le parcourt y disparaît dans le sol au moyen de conduits souterrains qui ont reçu le nom de *sumideros;* elle reparaît à l'ouest et au sud de la chaîne sous forme de sources abondantes.

Les roches stratifiées qui composent la sierra Tejeda ne sont traversées par aucune roche éruptive. Il faut aller vers l'ouest jusqu'à la serrania de Ronda pour trouver des amas de *gabbros* et de serpentine, et à l'est jusqu'au cap de Gates pour rencontrer des roches volcaniques basiques.

La sierra Nevada adossée au nord-est à la sierra Tejeda paraît entièrement composée de roches paléozoïques.

La région de l'Andalousie qui nous intéresse est sillonnée de nombreuses failles dont les membres de la mission française de 1884 ont relevé la direction et la position. Ces cassures ont bouleversé non seulement les terrains paléozoïques, mais encore les assises secondaires de la contrée. Les calcaires jurassiques, en raison de leur compacité, ont été particulièrement redressés et se sont maintenus ensuite dans la situation que leur ont donnée les mouvements du sol. C'est pourquoi on les voit former les parties les plus saillantes de la crête de la sierra Tejeda, et, en même temps, on les retrouve au fond des gorges de Gobantès où elles se montrent comme des murailles à pic constituant les parois du ravin.

Ainsi, dans toute l'étendue du district ravagé par le tremblement de terre du 25 décembre 1884, il n'y a jamais eu aucune éruption volcanique, on n'observe pas même de roche éruptive ancienne, mais en revanche, le sol a subi des dislocations considérables et le métamorphisme intense de la plupart des roches qu'on y constate atteste une mise en jeu puissante des forces souterraines. Or, on sait que les régions qui présentent ce caractère sont l'un des sièges de prédilection des phénomènes séismiques.

La péninsule ibérique a été de tous temps fortement éprouvée par les tremblements de terre ; cependant, les provinces qui la composent sont, à cet égard, très inégalement partagées. Tout le centre et le nord-ouest de l'Espagne paraissent être à l'abri de ces redoutables phénomènes. Dans les provinces de Galice et de Léon, dans la vieille et la nouvelle Castille, on n'a jamais éprouvé de tremblements de terre désastreux, et l'on n'y sent jamais que très légèrement l'action des séismes les plus violents parmi ceux qui désolent les provinces voisines. L'Andalousie et le Portugal sont particulièrement sujets aux aux commotions du sol ; cependant, la Catalogne n'en est pas indemne, quoique moins éprouvée.

On connaît environ 1100 tremblements de terre qui se sont produits, soit en Espagne, soit en Portugal. En ne tenant compte que de ceux qui ont été assez forts pour renverser les habitations, on peut les classer de la façon suivante : 18 ont eu pour siège l'Andalousie ; 15, et parmi eux le plus terrible de tous, celui du 1er novembre 1755 (tremblement de terre de Lisbonne), ont eu leurs effets maxima en Portugal. tandis que l'on n'en connaît que 5 en Catalogne.

L'Andalousie est elle-même inégalement partagée au point de vue de la distribution des séismes. Ils semblent surtout fréquents dans les provinces de Murcie et d'Alméria ; pourtant, les provinces de Grenade et de Malaga ont été aussi, depuis un siècle, fréquemment maltraitées par les séismes. Dans ce laps de temps, nous signalerons surtout les tremblements de terre du 13 novembre 1778, 8 octobre 1790, 19 juin 1801, 17 janvier 1802, 1er août 1824, 21 avril, 15 mai, 4 juillet et 14 décembre 1826, 11 octobre 1829, 21 novembre 1836, 26 janvier 1846, 20 mai 1849, 20 septembre 1862 qui ont été principalement ressentis à Grenade et dans ses environs ; le tremblement de terre du 13 janvier 1786, qui a produit beaucoup de dégâts à Albuñuelas, dans la province de Grenade ; celui du 13 janvier 1804 dont le centre a été à Motril, et ceux des 20 août 1804, 4 août 1841, 3 mars 1843, 25 mai 1851, 13 octobre 1852, 12 mars 1860 qui ont eu principalement leur siège dans la province de Malaga.

Parmi les séismes précédemment cités, les plus violents ont été ceux de 1790, 1802, 1804, 1824, 1826, 1829, 1836, 1841, 1849, 1860, 1884.

L'épicentre du tremblement de terre du 25 décembre 1884 est allongé suivant l'axe montagneux de la sierra Tejeda ; il a la forme d'une ellipse dont le centre serait sensiblement à la jonction de la sierra Tejeda et de la sierra Almijara. Les axes de cette ellipse ont, l'un environ 40 kilomètres de long, l'autre 10 kilomètres seulement. L'épicentre en question comprend le petit bassin de Zaffaraya, dont il vient d'être question. Parmi les localités qu'il renferme, nous citerons Canillas de Acetuno et Periana, au sud de la chaîne ; Zaffaraya et Ventas de Zaffaraya, dans le bassin du sommet ; Alhama, Arenas del Rey et Albuñuelas, au nord de la chaîne. Sa position à la jonction des deux sierras Tejeda et Almijara atteste une relation certaine entre la position du centre d'ébranlement du tremblement de terre et celle des failles qui découpent le sol de l'Andalousie. Il y a sensiblement coïncidence entre le grand axe de l'épicentre et la principale de ces failles.

A partir de l'épicentre, les mouvements ondulatoires produits par les secousses se sont propagés dans toutes les directions, mais avec des intensités très inégales. Tandis qu'ils se sont éteints rapidement dans presque toutes les directions, ils se sont étendus en diminuant lentement d'énergie vers le sud-ouest, de telle sorte que, si l'on trace sur une carte d'Andalousie, la limite des points qui ont ressenti fortement le tremblement de terre sans éprouver des dommages, comme ceux qui ont été constatés dans les localités de l'épicentre, on trouve que cette limite est représentée par une courbe

FIG. 35. — Arenas del Rey.

enveloppant l'ellipse épicentrale, mais différant de celle-ci par l'orientation de son grand axe fortement incliné vers le sud-ouest. On voit, en outre, que les tracés de ces courbes sont influencés par l'existence des massifs de la serrania de Ronda et de la sierra Nevada, sur les deux côtés de la région ébranlée et qu'ils le sont d'autant plus que la courbe considérée est plus excentrique.

Les localités les plus maltraitées sont celles que nous venons de citer comme étant comprises dans l'épicentre. La plupart d'entre elles sont devenues inhabitables. Après la catastrophe, on n'y voyait pas une maison intacte; presque toutes étaient fortement lézardées, un grand nombre n'étaient plus que des ruines. Le désastre a été surtout considérable à Arenas del Rey (fig. 35 et 36);

FIG. 36. — Arenas del Rey.

sur l'emplacement du village, à peine aperçoit-on quelques pans de mur encore debout; l'aspect général de cette localité est celui d'un immense amas de pierres et de décombres de toute sorte, l'emplacement des rues est méconnaissable. A Alhama, ville importante, les dommages matériels ont été aggravés par le peu de stabilité d'une rangée de maisons édifiées sur le bord d'un ravin. L'étroitesse des rues, l'ancienneté des constructions, la mauvaise qualité des matériaux entrant dans la composition des murs, ont aussi singulièrement facilité les effets destructeurs du tremblement de terre. En mars 1885, l'une des rues principales était encore encombrée jusqu'au niveau du premier étage par les débris des maisons en bordure de chaque côté. L'accumulation était telle qu'on n'avait pu songer à retirer tous les cadavres ensevelis sous les ruines.

On compte 690 morts et 1426 blessés dans les villes et villages au nord de la sierra Tejeda, 55 morts et 57 blessés dans ceux qui sont situés au sud. A Arenas del Rey, dont la population était de 1500 habitants, il y a eu 135 morts et 253 blessés. Dans tout le district éprouvé par les secousses, un relevé officiel indique environ 1200 maisons ruinées et 6000 plus ou moins endommagées.

En dehors de l'Andalousie, le tremblement de terre s'est fait sentir à une grande distance dans l'intérieur de l'Espagne, mais sans produire autre chose qu'un léger frémissement du sol. Ainsi les secousses ont été perçues à Madrid et à Ségovie au nord, Caceres et Huelva à l'ouest, Valence et Murcie à l'est, et, sur la Méditerranée, au sud, sans qu'on puisse déterminer exactement ses limites de ce côté. La surface ainsi délimitée est d'au moins 400 000 kilomètres carrés.

Des appareils séismographiques sensibles ont accusé la propagation des mouvements du sol à des distances beaucoup plus considérables encore. C'est ainsi qu'elle a été signalée par les observatoires de physique terrestre de Rome, de Velletri et de Moncalieri. Un trouble dans les observations astronomiques, constaté à l'Observatoire de Bruxelles dans la nuit du 25 décembre 1888, a été également considéré comme un effet de ces phénomènes. Enfin, il est à noter que les appareils magnétiques des observatoires de Lisbonne, de Greenwich et de Wilhemshafen ont éprouvé dans la même nuit des pertubations qui doivent être attribuées à l'influence du tremblement de terre de l'Andalousie.

A Lisbonne particulièrement, les perturbations enregistrées ont été extrêmement nettes. Les courbes de la composante horizontale, de la composante verticale et de la déclinaison, qui nous ont été communiquées par M. Joâo Capello, sont toutes les trois brusquement interrompues à $9^h 19^m$. La plus forte perturbation est cell ede la courbe de la déclinaison, la plus faible, celle de la courbe de la composante verticale. Ces perturbations ont duré environ 12 minutes; elles sont parfaitement distinctes de celles qui se produisent sous l'influence des courants terrestres et ressemblent à l'interruption qu'engendre un faible courant déterminé subitement à une petite distance des appareils magnétiques.

A Greenwich et à Wilhemshafen, les perturbations ont été moins marquées, mais cependant encore très nettement indiquées. A Greenwich, elles ont commencé à $9^h 24^m 21^s$; à Wilhemshafen elles se sont manifestées à $9^h 28^m 47^s$. Dans les deux observatoires météorologiques de Paris, à Saint-Maur et à Montsouris, elles avaient d'abord passé inaperçues; cependant, dernièrement,

M. Moureaux, à Saint-Maur, en a constaté une légère indication, qui donnerait $9^h 24^m$ pour l'heure du commencement de la perturbation.

Le 22 décembre 1884, trois jours avant le tremblement de terre de l'Andalousie, une forte secousse, sentie à Lisbonne et à Funchal, avait également agi sur les trois appareils magnétiques de l'Observatoire de Lisbonne. Les courbes portent l'indication d'une perturbation ayant débuté à $4^h 15^m$ du matin. La perturbation la plus forte est accusée par la courbe de la composante horizontale. Elle s'est prolongée pendant une demi-heure environ, en présentant une série très évidente de quatre recrudescences de moins en moins fortes.

La secousse principale, celle qui a déterminé la presque totalité des désastres, a été ressenti le soir du 25 décembre, à $9^h 18^m$ (heure de Paris), à l'Observatoire de San Fernando, près de Cadix. C'est la seule indication rigoureusement exacte que l'on possède sur l'heure du phénomène. On ne peut attacher qu'une médiocre confiance aux heures données, soit par les horloges des particuliers, soit par celles des établissements publics, soit par celles des stations de chemin de fer. Les indications de ces horloges varient de $9^h 9^m$ à $9^h 34^m$. En moyenne, dans les localités de la première zone que nous avons distinguée, elles donnent $9^h 23^m$, ce qui est évidemment un chiffre trop fort, eu égard à celui de l'Observatoire de San Fernando.

La secousse principale a été précédée de quelques autres de très faible intensité. Mais ces secousses, qui

semblent en quelques endroits avoir été senties par les animaux domestiques, ont passé inaperçues pour l'homme.
A Zaffarraya seulement, on assure que deux secousses
légères ont été signalées dans la journée du 24 décembre. En somme, le tremblement de terre peut être considéré comme ayant débuté brusquement à environ
9^h15^m dans la soirée. Après la première secousse, on en
a ressenti plusieurs autres à intervalles inégaux, d'abord
assez rapprochés, mais aucune de ces secousses consécutives n'a présenté la violence de celle qui a marqué le
commencement de la catastrophe.

Le désaccord le plus complet règne entre les appré-
ciations de la durée du premier ébranlement. En l'absence d'instruments enregistreurs, on n'a d'autres renseignements que ceux qui ont été fournis par des observateurs inexpérimentés, en proie à la surprise et à l'effroi,
forcés de songer avant tout à leur sûreté personnelle.
De plus, quand les secousses se succèdent à très court
intervalle, elles peuvent chevaucher l'une sur l'autre, et
il est bien difficile de signaler la part du phénomène qui
revient à chacune d'elles. Enfin, nous savons par des
expériences dont il a été question précédemment, qu'un
choc unique peut, suivant les conditions du terrain
dans lequel il se produit, donner naissance à un effet
simple ou, au contraire, donner lieu à des phénomènes semblables à ceux qu'engendrerait une série de
chocs. Tous ces faits expliquent la variation des données recueillies, mais la cause la plus importante de
cette diversité des résultats provient sans contredit de

l'inégalité des impressions ressenties par les observateurs.

Après la désastreuse secousse dont il vient d'être question, le sol de l'Andalousie a continué pendant plusieurs
mois à être fréquemment ébranlé. Dans la nuit du
24 au 25 décembre 1884, jusqu'à 2ʰ30ᵐ du matin, les
secousses ont été particulièrement nombreuses. Cependant, bien que l'attention fût appelée sur ces phénomènes, on comprend que] le nombre des secousses ressenties ait été très différent suivant l'éloignement des
localités à partir du milieu de la zone centrale, le mouvement s'affaiblissant et s'éteignant à des distances variables de son point de départ suivant son degré initial
d'intensité. Les conditions géologiques et topographiques
exercent d'ailleurs une grande influence sur la manière
dont cette diminution d'intensité et cette disparition du
mouvement s'effectuent avec la distance. Elles amènent
dans les effets produits des diversités qu'elles seules peuvent servir à expliquer. Toute tentative de démêler l'influence complexe de telles causes est évidemment
impraticable dans l'état actuel de la science. Comme
exemple de ces inégalités dans le nombre des secousses
ressenties en différentes localités dans le même laps de
temps, il nous suffira de dire que dans des localités assez
peu éloignées les unes des autres le nombre des secousses perçues dans la nuit du 25 au 26 décembre a varié
de 5 à 21.

De même qu'on l'observe habituellement lorsqu'un
tremblement de terre se prolonge, les secousses qui ont

succédé en Andalousie à celle du 25 décembre 1884, ont présenté à diverses reprises des recrudescences d'intensité et de fréquence. Parmi ces paroxysmes, citons ceux 30 décembre 1884, du 5 janvier, du 13 et du 27 février, du 25 et du 26 mars, du 11 avril 1885. Ce dernier s'est fait sentir dans toute l'étendue de l'Andalousie. Il a été précédé de bruits intenses et a duré plusieurs secondes. Des maisons se sont écroulées dans diverses localités.

Dans presque tous les points de la zone centrale on a senti des secousses verticales suivies de mouvements ondulatoires. En dehors de cette zone on n'a guère observé que des mouvements d'ondulation. Il y a cependant quelques exceptions à la règle ainsi formulée. En effet, en quelques points très éprouvés par le tremblement de terre, tels qu'Alhama et Arenas del Rey, et appartenant certainement à la zone centrale, la verticalité des secousses paraît n'avoir pas été constatée, mais cette anomalie peut être expliquée par les conditions orographiques compliquées du terrain sur lequel sont établis ces deux centres de population. En revanche, à Malaga et à Colmenar, des mouvements de trépidation ont été signalés, quoique ces villes soient en dehors de l'épicentre; mais ici le fait peut être attribué à la situation de ces deux villes sur le prolongement d'une ligne suivant laquelle les phénomènes séismiques se sont pour ainsi dire étalés et dont les relations géologiques ont été l'objet d'une étude spéciale de la part de tous ceux qui se sont occupés du tremblement de terre de l'Andalousie.

Outre les trépidations et les mouvements ondulatoires, on a signalé en beaucoup de points des mouvements gyratoires.

Dans chacune des localités où les secousses ont été ressenties, la direction de la composante horizontale du mouvement paraît avoir été à peu près constante ; les lampes suspendues, par exemple, ont oscillé en chaque lieu dans un plan sensiblement invariable. Dans la plupart des cas, le léger déplacement du plan d'oscillation qui a été constaté peut être attribué aux irrégularités du mode d'attache. Cependant à la Lonja près de Grenade, M. Guillemin Tarayre, ingénieur habitant cette localité, a vu le plan d'oscillation des lampes de son appartement se déplacer d'un angle notable et toujours dans le même sens, de l'est à l'ouest en passant vers le sud, comme si le centre d'ébranlement à chaque cataclysme nouveau se déplaçait de l'est vers l'ouest.

On ne possède que des données imparfaites et contestables sur la vitesse de propagation superficielle des secousses. Le défaut de réglage des horloges ôte toute précision aux renseignements recueillis. En Andalousie, non seulement les horloges des villes ne sont soumises à aucun contrôle sérieux, mais il en est de même pour celles des gares et des bureaux télégraphiques. Parmi les données que l'on possède, la seule qui offre une apparence d'exactitude est la suivante : au moment de la première et principale secousse, deux employés de l'administration des télégraphes, l'un à Malaga, l'autre à Velez Malaga, étaient en train de correspondre. Ce dernier, surpris par la secousse, cesse brusquement la correspondance. Son collègue s'étonne de cet arrêt subit lorsque, 6 secondes environ après l'interruption de la dépêche, il sent à son tour la secousse. Or la distance de Velez Malaga à Malaga est d'environ 30 kilomètres, et si l'on tient compte de la position de ces deux localités par rapport au point médian de la zone centrale, d'où l'on peut supposer que partait le mouvement, il en résulte que l'ébranlement se serait propagé avec une vitesse d'au moins 1500 mètres par seconde. La vitesse ainsi déterminée est un minimum, car le chiffre de 6 secondes constaté entre l'arrivée du mouvement ondulatoire à Velez Malaga et à Malaga est un maximum. En réalité, la durée de la transmission du mouvement séismique a été de 4 à 6 secondes, et par suite, la vitesse observée a été comprise entre 1500 et 2200 mètres ; mais si l'on tient compte de ce que la position de la partie médiane de la zone centrale n'est pas exactement connue, il faut en conclure que la vitesse de la propagation en question a pu dépasser ces nombres.

Restent les données fournies par les appareils magnétiques de Lisbonne, de Greenwich et de Wilhelmshafen, et l'heure constatée à l'Observatoire de San Fernando (Cadix). L'observation de Lisbonne donne une vitesse de 3600 mètres par seconde, celle de Greenwich une vitesse de 4500 mètres, celle de Wilhelmshafen, 3100 mètres.

Il est difficile de donner une interprétation logique à ces chiffres très élevés.

La secousse initiale du 25 décembre 1884 a été précédée d'un bruit intense comparé par beaucoup de personnes au grondement du tonnerre; dans les localités comprises sur l'épicentre il a duré assez longtemps pour que beaucoup de personnes aient eu le temps de sortir de leurs maisons et même de descendre un escalier de deux étages. En plusieurs endroits le bruit a été séparé de la

Fig. 38 — Albunuelas.

secousse par un très court intervalle estimé à 1 ou 2 secondes. En d'autres points le bruit persistait encore au commencement de la secousse. En aucun lieu, quel que fût son éloignement de l'épicentre, on n'a constaté l'arrivé des secousses avant celle du bruit.

D'après les renseignements officiels, on compte 690 morts et 1426 blessés dans la province de Grenade, 55 morts et 57 blessés dans celle de Malaga. A Arenas del Rey, village d'environ 1500 habitants, il y a eu

135 morts et 253 blessés. Les dommages matériels ont été énormes ; des villages entiers ont été détruits ; il y a eu environ 12 000 maisons ruinées, et 6000 plus ou moins endommagées. La mauvaise construction des habitations, l'étroitesse des rues dans les bourgades ont contribué beaucoup au désastre. Les maisons bâties régulièrement et en bons matériaux ont en général été seulement lézardées. La pente trop considérable du terrain, la mauvaise qualité du sol des fondations, ont été aussi une cause de ruine. Enfin, la nature géologique du sol a eu une influence manifeste. Les bâtiments élevés sur terrain d'alluvion ont particulièrement souffert ; ceux qui étaient édifiés sur des roches sédimentaires peu résistantes, calcaires friables, argiles etc., ont été aussi très maltraités. Au contraire, ceux qui se trouvaient sur des roches solides, tels que des calcaires compacts, ou même sur des schistes anciens, ont été beaucoup plus épargnés, surtout en dehors de la région centrale. Les constructions élevées dans le voisinage immédiat de deux sols de nature très différente, tels qu'un schiste feuilleté et un calcaire cristallin, ou bien encore une argile et un calcaire compact ont beaucoup souffert.

Lorsque la Commission française est passée à Alhama, trois mois après la catastrophe, la rue principale de la ville était encore remplie de décombres.

A Albuñuelas (fig. 37), la circulation était difficile au milieu des décombres et des ruines. A Arenas del Rey, le clocher, lézardé de toutes parts et prêt à s'effondrer, restait seul debout ; toutes les maisons avaient été

jetées par terre ; l'emplacement des rues se distinguait
à peine ; la bourgade entière n'était plus qu'un vaste

Fɪɢ. 38. — Portion de la fissure de Guevéjar.

amoncellement des pierre et de charpentes brisées.
Dans plusieurs parties du district ébranlé, les secousses ont amené la production de crevasses profondes.

A Guaro, non loin de Periana, le sol argileux appliqué sur les flancs du calcaire voisin et détrempé profondément par les eaux pluviales s'est détaché du sous-sol et a glissé en masse, laissant sur ses bords une sorte de fossé large de 2 à 3 mètres. De plus, la partie crevassée s'est déplacée de manière à présenter l'aspect d'un champ labouré par une charrue gigantesque.

A Guevejar une cause analogue a produit une fente semi-circulaire longue de plus de 1 kilomètre (fig. 38). Au milieu du terrain circonscrit par cette déchirure le village de Guevejar est demeuré debout tout en subissant un transport commun. A la partie inférieure de l'un des bords de la fente on pouvait voir ce phénomène curieux d'un olivier déchiré en deux par la fissure, l'une des moitiés de l'arbre demeurée en place tandis que l'autre moitié avait pris part au mouvement du terrain déplacé.

A Ventas de Zafarraya, encore même phénomène de glissement, fente plus étroite mais plus allongée.

En plusieurs points de la sierra Tejeda des blocs volumineux se sont détachés et ont roulé en bas de la montagne.

Un grand nombre de sources ont émis des eaux troubles ou leur débit a subitement varié. Quelques sources nouvelles ont apparu, d'autres au contraire ont cessé de couler. A Guaro, notamment, la source qui débouchait au-dessous de la métairie est devenue trouble, plus abondante et elle s'est montrée à un niveau plus bas. A Alcaucin, à Periana, à Sedella, les eaux des fontaines sont

FIG. 39. — Mairie provisoire de Jatar.

FIG. 40. — Eglise provisoire de Jatar

devenues tellement abondantes que les conduites se sont rompues. A Alhama, le volume de la source minérale a augmenté, sa température s'est élevée; elle était seulement alcaline, elle est devenue sulfureuse. En même temps, une nouvelle source aussi abondante, aussi chaude et aussi minéralisée que celle-ci, traversée par un important dégagement de gaz, s'est montrée à 1 kilomètre en amont du ruisseau passant près de l'établissement des bains.

Dans beaucoup de localités, comme à Jatar, par exemple, les habitants ont dû se construire des abris provisoires (fig. 39 et 40). Les matériaux les plus divers ont été employés. Les feuilles d'aloès seules ou associées à du chaume ont été particulièrement utilisées.

CHAPITRE V

TREMBLEMENT DE TERRE DE NICE, MENTON
DIANO MARINA

— 23 février 1887 —

Dans une conférence faite à Turin peu de jours après la catastrophe qui venait de désoler les côtes de Ligurie, le professeur Uzielli montrait à ses auditeurs que le Piémont et la Lombardie constituaient une région privilégiée, peu sujette aux tremblements de terre. Il leur exposait que le bassin du Pô était rempli par une masse épaisse de dépôt sédimentaire continue et régulièrement stratifiée, dans laquelle les mouvements séismiques s'éteignaient aisément. Turin, Milan se trouvaient, par exemple, bâties sur une sorte de coussin protecteur. Comme confirmation des ses idées théoriques, il montrait que la statistique des phénomènes géo-dynamiques en Piémont y attestait la rareté des commotions du sol d'origine souterraine. Et de plus, il faisait voir que Turin, plus rapproché que Genève du théâtre du récent cataclysme, avait paru moins directement atteint, comme si la masse sédimentaire sur laquelle repose la région avait été contournée par les secousses.

Si la conférence du savant professeur pouvait pleinement rassurer les habitants de la capitale du Piémont, en revanche, elle devait singulièrement inquiéter ceux des régions montagneuses qui bordent la plaine du Pô. En effet, aucune des conditions capables d'assurer la stabilité d'un pays ne s'y trouve réalisée ; le sol y porte partout la trace de bouleversements géologiques considérables, et les annales de chacune des provinces traversées par les Alpes ou les Apennins sont pleines du récit des désastres occasionnés par les tremblements de terre. La Ligurie, en particulier, est sujette aux ébranlements souterrains ; mais nous devons reconnaître qu'ils y affectent rarement une grande intensité, et les intervalles de temps qui s'écoulent entre deux tremblements de terre violents y sont d'assez longue durée pour que l'on n'ait guère à redouter les effets des commotions séismiques. C'est ainsi, par exemple, que, depuis le XVIe siècle, Nice a souvent ressenti des ébranlements souterrains, mais les commotions y ont toujours été assez faibles pour n'y produire que de médiocres dégâts. Tout s'est borné presque toujours à des dommages matériels. Le tremblement de terre de cette année est un des plus violents qui aient été ressentis. Les accidents de personnes très peu nombreux qui y ont été signalés sont tout à fait exceptionnels et les dégradations subies sont dues surtout au mauvais état ou à la mauvaise construction de quelques habitations. Il est vrai cependant que, dans certaines localités, comme Bajardo et Diano Marina, aux environs de San Remo, on a eu cette année à déplorer de graves désastres; mais, dans l'une et l'autre de ces localités, des circonstances particulières ont aggravé le fléau.

Parmi les séismes de quelque importance qui, antérieurement à cette année, ont agité le sol de la Ligurie, il faut citer celui du 20 juillet 1564 et celui du 16 février 1752.

Si l'on s'en rapporte aux récits des historiens contemporains, ces séismes auraient été formidables; le premier aurait ravagé Nice et toutes les campagnes avoisinantes, et se serait étendu dans la direction de Villefranche et de l'Escarène. On raconte qu'il aurait presque entièrement détruit la Bollène et Belvédère et fait périr une grande partie de la population. Il aurait pendant une demi-heure arrêté le cours très rapide de la Vésubie, coupé des montagnes en deux et fait sortir des crevasses de puissants jets de flamme et une épaisse fumée. On assure que la nuit les environs étaient éclairés par ces feux comme par un vaste incendie. A Antibes, la mer aurait envahi les maisons en bordure sur le rivage pour reculer ensuite avec force en laissant le port presque à sec. La même chose se serait passée à Villefranche et, sur le fond du port laissé à découvert, on aurait vu des poissons jusqu'alors inconnus et des monstres effroyables. Il n'est pas besoin d'insister pour faire ressortir tout ce que de pareils récits ont d'exagéré.

Le tremblement de terre de 1752 paraît avoir été en réalité très peu intense. Il eut lieu le premier jour du carême à $4^h 45^m$ du matin. A Nice, les fêtes de la dernière nuit de carnaval s'étaient prolongées et l'on dansait encore dans un grand nombre de maisons, lorsque tout à coup l'on entendit un bruit souterrain comparable aux grondements du tonnerre. Immédiatement après, les secousses commencèrent et chacun chercha son salut dans la fuite. Un quart d'heure après, il y eut deux autres secousses qui augmentèrent encore l'épouvante, mais il n'y eut, dit-on, qu'une seule victime et tout se borna à des dégâts matériels.

En somme, on voit qu'il n'y a guère eu à Nice, depuis la Renaissance, qu'un seul tremblement de terre de quelque importance, par siècle.

Lors du tremblement de terre du 23 février 1886, on a ressenti, dans toutes les localités de la zone centrale, trois secousses distinctes ou plutôt trois séries de secousses. La première a été la plus violente. L'heure la plus matinale à laquelle elle a été constatée a été $5^h 38^m$ du matin; elle a duré environ $1^m 30^s$; la seconde a débuté 10 minutes après la fin de celle-ci, c'est-à-dire vers $5^h 49^m 30^s$. Enfin, la troisième, beaucoup plus faible, a été ressentie vers $8^h 15^m$. Dans la première série, les oscillations se succédaient très rapidement, au plus à 2 ou 3 dixièmes de seconde d'intervalle.

Dans la plupart des observations de l'Italie septentrionale, les séismographes ont indiqué plus ou moins exactement les détails du phénomène.

Noms des observateurs MM.	Localités.	I. Distance kilométrique à l'épicentre.	I. Heures fournies par les sismographes ou les observations directes.	II. Heures d'horloges arrêtées.	III. Vitesse moyenne superficielle.	IV. Erreur possible provenant d'une erreur d'une minute.
		km	h m s	h m s	m	m
Lasagna.............	Gênes	100	5.41.25	»	500	130
Monte.............	Livourne	190	5.42.25	»	710	130
Cecchi	Florence	270	5.45.25	»	610	90
Bertelli.............	Florence	270	5.44.25	»	700	90
Bertelli (G.)	Varlungo	270	5.44.17	»	710	90
Denza.............	Moncalieri	75	5.41.15	»	450	120
Schiaparelli........	Milan	205	».	5.43. 4	670 (min.)	110
D'après M. Denza....	Crémone	220	5.42.25	»	770	130
Id	Plaisance	190	5.42.25	»	670	100
Pigorini.............	Parme	210	5.43. (	»	700	100
Caturegli...........	Bologne	280	5.42.15	»	1100	180
Mugna.............	Forli	330	5.44.25	»	850	110
Goiran	Vérone	300	»	5.43.25	920	100
Bellatti.............	Spinea di Mestre	400	5.43.37	»	840	100
Tono.............	Venise	400	5.44.25	»	1040	140
Caraly, employé de la maison P. Garnier, à Grenoble........	Grenoble (gare)	230	»	5.42. 0	920 (max.)	180
	Côte Saint-André (gare)	260	»	5.42. 0	1083 (max.)	210
	Voiron (gare)	240	»	5.42. 0	1000 (max.)	200
	Saint-Maurice (gare)	200	»	5.42. 0	830 (max.)	170
	Saint-Julien (gare)	190	»	5.42. 0	790 (max.)	160
Soret.............	Genève	300	5.42.45	»	1050	180
Ekegren...........	Genève	300	»	5.42.57	1110	180
Forel.............	Morges	320	5.44.11(1)	»	870 (min.)	130
D'après M. Forel.....	Le Locle	360	»	5.44. 0	1000 (min.)	140
	Le Locle	360	5.42. 9(2)	»	1440 (max.)	280
	Chaux-de-Fonds	360	»	5.44. 3	990 (min.)	140
	Sonceboz	360	»	5.43. 0	1200	200
	Meyringen	310	5.43. 5	»	1010	160
	Zurich	400	»	5.45. 0	950 (min.)	140
	Bâle	400	»	5.43.52	1190 (min.)	180
Forster.............	Berne	340	5.43.50	»	970	140

Fin de la secousse. — 2 Commencement des craquements.

La colonne I renferme les heures fournies par les sismographes ou les observations directes. — La colonne II renferme les heures des horloges arrêtées par la secousse. — Toutes ces heures peuvent être considérées comme exactes à 1ᵐ près, car elles proviennent d'horloges astronomiques ou de régulateurs soigneusement comparés. — La colonne III contient les vitesses de propagation superficielle déduite pour chaque point de sa distance à la partie moyenne de l'épicentre et du temps écoulé entre l'instant d'arrivée de la secousse en ce point et à Menton, 5ʰ 38ᵐ. — La colonne IV renferme l'erreur que produit en chaque cas une différence de 1ᵐ dans la détermination de la différence des heures.

Le résultat le plus net a été fourni par le séismographe de M. Denza à Moncalieri, près de Turin. Au moment de la première secousse une caisse en bois à section rectangulaire, enduite sur ses parois de noir de fumée, s'est détachée automatiquement et est descendue d'un mouvement régulier en face d'un pendule mis en branle par le tremblement de terre. Un style fin attaché à la masse pendulaire a tracé sur le noir de fumée une courbe dont les sinuosités donnent une idée du mouvement du sol et représentent les phases successives de la commotion.

Les points les plus éprouvés se trouvent renfermés dans l'intervalle compris entre San Remo et Alassio.

Ils peuvent être considérés comme situés aux extrémités du grand axe de l'épicentre, mais des désastres sérieux ont été observés dans une zone plus étendue dont les limites s'étendent d'une part jusqu'à Albissola et Savone, et d'autre part, jusqu'à Monaco et Menton. L'épicentre, comme nous l'avons vu (p. 30), est allongé parallèlement à la côte. La localité la plus maltraitée, toutes choses égales d'ailleurs, a été Diano Marina.

Des renseignements très intéressants ont été publiés par plusieurs observateurs sur le caractère des secousses en différentes localités. Quelques-uns de ces récits méritent d'être cités pour donner au lecteur une image de l'impression produite par un tremblement de terre sur les hommes capables de se rendre compte du phénomène et d'analyser les faits dont ils sont témoins.

« Au moment du tremblement de terre, dit M. Stanislas Meunier, je me trouvais à Nice, rue Delille, à la station agronomique des Alpes-Maritimes. Déjà réveillé et encore couché, j'entendis d'abord, à 6ʰ 43ᵐ, comme un frémissement venant de loin, auquel je n'attachai pas d'importance ; il grandit rapidement, prit les proportions du roulement d'une brouette, puis d'une voiture lancée avec une vitesse de plus en plus grande ; il acquit bientôt une intensité épouvantable, rappelant les éclats du tonnerre. En même temps, toute la chambre se mit à vibrer ; les vitres, les portes, ajoutèrent leur note au concert, et sans confusion avec le premier bruit, il y eut quelque chose d'analogue à l'assourdissant vacarme qu'on entend dans un omnibus presque vide. Subitement, mon lit se mit en mouvement, d'abord des pieds vers la tête, puis transversalement, de mon pied droit à mon épaule gauche, et je ressentis une quinzaine au moins de chocs rapides donnés comme avec fureur, alternativement dans deux sens opposés. C'est seulement à ce moment que je me rendis compte de la cause du phénomène ; j'entendis ensemble les cris de la rue, les hurlements des nombreux chiens, la chute des lourds matériaux et le frôlement contre les fenêtres des bambous du jardin, bien qu'il n'y eût pas de vent. Le temps était admirablement pur, la température et la pression élevées, la mer absolument calme. »

M. Perrotin, directeur de l'Observatoire de Nice, décrit comme il suit les sensations qu'il éprouvait au même instant :

« J'étais éveillé avant le commencement de la secousse et j'ai pu en observer toutes les péripélies. D'abord faible, elle a été en augmentant avec une étonnante rapidité. Dès l'origine, j'ai voulu me lever, mais je ne pouvais pas me tenir debout ; le plancher oscillait de l'est à l'ouest d'une façon extraordinaire. Ces oscillations, à assez longue période, étaient accompagnées de trépidations d'une violence inouïe, de très courte durée, mais néanmoins d'une amplitude assez grande. Le tout était accompagné d'un bruit continu très intense, pareil à celui que produit le passage d'un train sur un pont de fer. Il y avait dans tout cela des craquements provenant sans doute de la désagrégation des matériaux du sol et des murs des habitatiods, ainsi que des bruits métalliques très caractérisés. La secousse a duré certainement près d'une minute[1]. »

Malgré les circonstances favorables dans lesquelles on se trouvait pour déterminer l'heure exactement, à cause des observatoires astronomiques ou météorologiques établis dans la région et à cause des chemins de fer qui la sillonnent, cette détermination a présenté de grandes incertitudes (voir p. 97). Cependant, quand on jette les yeux sur les tableaux ci-après, qui ont été publiés par M. Offret (voir pages 312, 313, 314 et 318), on voit d'une façon générale comment le mouvement s'est propagé et quel est à peu près le tracé des courbes homoséistes.

---

[1] Les renseignements de ce genre, malgré l'intérêt qu'ils présentent, sont au point de vue scientifique d'une insuffisance manifeste. Ils font ressortir la nécessité d'observations faites avec des instruments appropriés, indépendants des impressions personnelles auxquelles se laissent aller les meilleurs observateurs.

		FRANCE.		

Dist.	Localités.	Arrêts d'horloge I	Observations du chef de gare II.	Obser- vatoires. III.
km		h m	h m	h m s
0.	Marseille.........	»	»	{ 5.41.16 (St) { 5.41 (G)
16.	Aubagne.	»	5.42	»
67.	Toulon...........	5.50	»	»
77.	La Pauline.......:	»	5.40	»
109.	Gonfaron..........	»	5.40	»
120.	Le Luc et le Canet.	»	5.42	»
130.	Vidauban.........	»	5.40	»
158.	Fréjus............	»	5.43	»
161.	Saint-Raphael	»	5.42	»
180.	Le Trayas.........	5.42	»	»
193.	Cannes la Bocca...	{ 5.44 { (horloge non réglée)	»	»
	Cannes............	»	5.40	»
199.	Golfe Juan........	»	5.44	»
202.	Juan-les-Pins......	»	5.43	»
204.	Antibes	»	5.42	»
212.	Vence-Cagnes.....	5.42	»	»
220.	Var..............	»	5.40	»
224.	Nice	5.42.20	»	5.39
235.	Eza.....	5.42	»	»
239.	Monaco	»	5.40	»
241.	Monte Carlo.......	5.42	»	»
245.	Cabbe Roquebrune.	5.42	»	»
248.	Menton	»	5.38	»

		ITALIE.		

Dist.	Localités	Arrêts d'horloge I.	Observations du chef de gare. II.	Obser- vatoires III.
km		h m s	h m s	h m s
255.	Vintimille..	5.44.30	»	»
276.	San-Remo.........	5.44.30	»	»
299.	Porto-Maurizio....	5.45.30	»	»
304.	Oneglia...	»	5.40.30	»
306.	Diano Marina	(gare en ruines)		
314.	Andora	5.44.30	»	»
321.	Alassio...........	»	5.40.30	5.41
333.	Ceriale.......	5.44.30	»	»
335.	Borghetto.........	»	5.47.30	»
336.	Loano...........	5.39.30	»	»
345.	Final Marina.....	»	5.42.30	»
368.	Savone....	»	5.42.30	»
411.	Gênes............	»	5.42.30	5.41.30

APPAREILS MAGNÉTIQUES

Noms des observateurs.	Localités.	Distance kilométrique à l'épicentre.	Heure des perturbat.	Vitesse moyenne superficielle.	Erreur possible provenant d'une différence de 2 minutes.
MM.		km	h m s	m	m
André. . .	Lyon	320	4.45. 0	760	170
Fines.. . .	Perpignan	350	5.45. 0	1070	240
Moureaux. .	Parc Saint-Maur	720	5.45. 0	1710	380
Descroix. .	Montsouris	720	5.45. 0	1710	380
Lancaster. .	Bruxelles	800	5.49. 0	1210	210
Buys–Ballot .	Utrecht	920	5.48.30	1460	240
Whipple. .	Kew	1020	5.47.21	1820	170
Eschenhagen.	Wilhemshafen	1000	5.50. 0	1390	200
Hann. . .	Vienne (Autriche)	800	5.50. 0	1110	160
Muller. . .	Pola (Istrie)	490	5.48. 0	810	130
Joao Capelle.	Lisbonne	1500	5 49.30	2070	220

Le tracé des courbes isoséistes ne peut se faire aisément malgré les détails fournis par les commissions scientifiques italiennes et françaises, qui ont visité les diverses localités de la région ébranlée. Le tracé de ces courbes présente des irrégularités dues à des conditions accidentelles. La constitution géologique du sol en chaque point, son orographie, le mode de construction employé, enfin, des circonstances plus spéciales encore ont tantôt aggravé le désastre et tantôt l'ont atténué, de telle sorte, qu'en l'absence d'instruments enregistreurs permettant d'apprécier exactement les intensités, on est infailliblement sujet à de nombreuses erreurs. Une discussion attentive sera nécessaire. Dès maintenant, avec les données que l'on possède, nous pouvons signaler l'extension des secousses sensibles à l'observation directe, du côté de l'est, jusqu'à Vérone et Venise, à l'ouest, jusqu'à Privas et Valence, au nord jusqu'à Zurich, au sud jusqu'à Ajaccio.

FIG. 41. — Vue prise à Diano Marina.

Les villes du littoral comprises dans l'épicentre ont été particulièrement maltraitées quand elles étaient bâties sur un sol alluvial de faible épaisseur, reposant sur un terrain ancien. Cette circonstance paraît en particulier avoir contribué beaucoup au désastre de Diano Marina (fig. 41 et 42), où, non seulement les maisons anciennes ou mal construites ont été renversées, mais où les édifices bien établis ont été jetés par terre. A Nice, on a pu voir la même cause manifester son action en pleine évidence, la partie de la ville bâtie sur alluvion ayant beaucoup souffert, tandis que celle qui était établie sur des roches solides présentait à peine quelques indications du mouvement éprouvé. L'Observatoire de Nice, bâti dans ces dernières conditions, n'a offert qu'une lézarde peu importante.

A côté de la ville neuve de Nice, où il y a tant de crevasses et d'effondrements, la vieillle ville et les hauteurs de Cimiez sont presque intactes.

A Menton, dès qu'on passe des bords du Caréi à la vieille ville, les maisons en parfait état succèdent aux décombres.

Près d'Albissola, qui est fort éprouvée, et où la voie du chemin comme la route de terre sont traversées de crevasses ouvertes qui ont amené l'écroulement du pont, on voit les ruines disparaître en même temps que le sol s'élève. M. Stanislas Meunier, auquel nous empruntons ces détails, ajoute que dans la zone même du maximum principal, Diano Castello, qui domine Diano Marina, est déjà sensiblement moins ravagé que ce dernier, et plus haut encore, vers Cerno, le dommage est relativement faible.

Il ne faudrait pas croire toutefois d'après ces faits que
dans une région ébranlée par un tremblement de terre,

FIG. 42. — Vue prise à Diano Marina.

les points situés à l'altitude la plus grande sont par cela
même à l'abri des effets destructeurs du fléau. L'exemple

du tremblement de terre de l'Andalousie, précédemment décrit, suffit pour prouver que des villages bâtis presque au sommet d'une chaîne montagneuse élevée peuvent cependant être le théâtre d'épouvantables désastres. Cependant il est évident que les sols meubles favorisent le développement du fléau, et comme ils sont général plus fréquents dans les bas-fonds que sur les hauteurs, il y a lieu de penser qu'il faut rapporter à leur présence l'accumulation habituelle des ruines dans les lieux de moindre altitude relative. C'est peut être aussi à cette cause qu'il faut attribuer les maxima et minima successifs de désastres observés par M. Stanislas Meunier, à partir de la zone centrale. Une série de collines perpendiculaires au rivage se détachent tout le long de la Ligurie de la crête des Alpes, comme des contreforts, et offrent ainsi des saillies et des dépressions du sol qui se succèdent en rapport avec la constitution géologique du pays. On passe ainsi alternativement d'une crête composée de roches solides à un vallon où de temps immémorial se sont accumulés des détritus de toute sorte. Il n'est donc pas étonnant qu'un tremblement de terre y manifeste son action avec des intensités inégales.

Le désastre le plus épouvantable qui ait été signalé est dû à une cause toute locale. La bourgade de Bajardo, située dans la montagne de San Remo, à quelques kilomètres de la côte et à une altitude de 900 mètres, semblait par sa position et la nature de son sol devoir échapper en grande partie à l'action du fléau destructeur. Le mauvais état des constructions, joint à la réunion accidentelle des habitants dans l'église, y a causé un véri-

FIG. 43. — Vue prise à Menton.

table massacre. Ce dernier édifice, bâti assez solidement
dans la partie correspondant au chœur, était aussi mal

bâti que possible dans la portion constituant la nef. Des murs, composés de mauvais matériaux, mal taillés, mal cimentés, qu'on avait été obligé de relier par des traverses en fer, supportaient une lourde voûte. Trois cents personnes environ s'y trouvaient réunies pour la cérémonie des cendres. Au moment de la première secousse, la commotion souterraine se produit, les murailles de la nef se disloquent et la voûte s'effondre. Le chœur, mieux construit, résiste, le clergé et les officiants qui s'y trouvent restent sains et saufs, mais, sous les ruines de la voûte de l'église, deux cent vingt-quatre malheureux sont écrasés. Les localités où la mortalité est signalée comme ayant été la plus grande sont Bajardo, Castellaro, Diano Marina, Diano Castello, Taggia, Bassano, Albinga, Noli.

Dans chacun de ces centres de population, le tremblement de terre a donné lieu aux scènes les plus émouvantes ; un grand nombre de blessés sont restés jusqu'à quarante-huit heures ensevelis sous les ruines et n'ont dû leur salut qu'aux secours organisés pour les dégager. Quelques-uns ont été sauvés ainsi après avoir séjourné pendant plusieurs heures en contact avec des membres de leur famille écrasés ou mourants.

A côté de ces terribles scènes, le tremblement de terre a donné lieu comme d'habitude à des accidents plus ou moins burlesques. A Nice, par exemple, la population effrayée s'est précipitée à peine vêtue hors des maisons, et des campements improvisés se sont établis sur la place publique ; les fiacres sont devenus des habitations ;

les débris des fêtes du carnaval ont servi à construire des

FIG. 44. — Vue prise à Menton.

huttes. Les gares ont été prises d'assaut par les étrangers cherchant à fuir; en un mot, la peur a conduit à

toutes les excentricités. Quelques jours après, le 23 février, le tribunal de simple police de Savone était en train de juger quelques vagabonds des deux sexes, lorsque tout à coup survient une légère secousse ; aussitôt, l'auditoire, les juges, les accusés, les gendarmes, s'élancent vers la porte et sortent en tumulte.

Le grand intérêt du tremblement de terre du 23 février 1887 gît dans la constation des perturbations magnétiques qui ont accompagné la transmission du choc à des distances considérables. On savait déjà que les secousses du tremblement de terre d'Andalousie du 25 décembre 1884 avaient donné lieu à des faits de ce genre, mais il était réservé aux observations faites à l'occasion du tremblement de terre du 23 février 1887, de démontrer la généralité du phénomène.

Ce séisme a permis aussi de constater les progrès considérables qu'avaient faits depuis un petit nombre d'années l'étude des tremblements de terre ; elle a montré les résultats donnés par les séismographes, révélé leurs imperfections et fourni, par conséquent, des documents extrêmement utiles pour arriver à les perfectionner et à assurer leur bon fonctionnement. Elle a encore eu pour conséquence d'encourager puissamment les personnes qui s'intéressent aux questions de physique terrestre, en leur prouvant que le problème des tremblements de terre pouvait être sérieusement abordé par l'observation et par l'expérimentation.

FIN

TABLE DES MATIÈRES

LYON. — IMPRIMERIE PITRAT AÎNÉ, 4, RUE GENTIL.

LIBRAIRIE J.-B. BAILLIÈRE et FILS

19, rue Hautefeuille, près du boulevard Saint-Germain, à Paris.

NOUVEAU DICTIONNAIRE

DE

LA SANTÉ

Illustré de 600 Figures intercalées dans le texte

COMPRENANT

LA MÉDECINE USUELLE, L'HYGIÈNE JOURNALIÈRE, LA PHARMACIE DOMESTIQUE,
ET LES APPLICATIONS
DES NOUVELLES CONQUÊTES DE LA SCIENCE A L'ART DE GUÉRIR

Par le Dr PAUL BONAMI

Médecin en chef de l'hospice de la Bienfaisance,
Lauréat de l'Académie de médecine.

1 vol. gr. in-8 jésus de 900 pages à 2 colonnes, avec 600 figures.   15 fr.

L'attention et la curiosité des gens du monde se portent de plus en plus vers tout ce qui concerne les moyens de prévenir ou de guérir les maladies : c'est à ce public soucieux de sa santé et désireux de connaître les plus récents progrès réalisés par l'hygiène, la médecine et la chirurgie, que s'adresse le **Dictionnaire de la Santé**.

Le **Dictionnaire de la Santé** se publie en 30 SÉRIES à 50 CENTIMES, paraissant tous les jeudis.

L'ouvrage complet formera un volume grand in-8 jésus de 900 pages, à deux colonnes, illustré de 600 figures, choisies avec discernement, d'une exécution parfaite, et semées avec profusion dans le texte, dont elles facilitent l'intelligence et à la clarté duquel elles ajoutent d'une façon très agréable pour les yeux.

On peut souscrire à l'ouvrage complet, qui sera envoyé franco chaque semaine, en adressant aux éditeurs un mandat postal de **quinze francs**. *Aussitôt l'ouvrage complet, le prix en sera augmenté.*

Toutes les sciences médicales ont trouvé place dans le **Dictionnaire de la Santé**, parce qu'elles forment un ensemble dont toutes les parties s'éclairent et se complètent mutuellement; mais, tout en restant exact dans le fond, l'auteur s'est attaché à exclure de son langage ces termes à mine rébarbative qui effrayent les profanes.

Ce livre sera le guide de la famille, le compagnon du foyer, que chacun, bien portant ou malade, consultera dans les bons comme dans les mauvais jours.

NOUVEAU DICTIONNAIRE DE CHIMIE

COMPRENANT LES APPLICATIONS AUX SCIENCES, AUX ARTS,
A L'AGRICULTURE ET A L'INDUSTRIE,
A L'USAGE DES INDUSTRIELS, DES FABRICANTS DE PRODUITS CHIMIQUES,
DES AGRICULTEURS, DES MÉDECINS, DES PHARMACIENS,
DES LABORATOIRES MUNICIPAUX,
DE L'ÉCOLE CENTRALE, DE L'ÉCOLE DES MINES, DES ÉCOLES DE CHIMIE, ETC.

Par E. BOUANT, agrégé des sciences physiques.

1 vol. in-8 de 1.200 pages à 2 colonnes, avec 750 fig. **25 fr.**

En vente : Fascicules I, II et III, 720 p. à 2 col. avec 404 fig. **15 fr.**

On peut souscrire à l'ouvrage complet, qui sera envoyé *franco* au fur et à mesure de l'apparition des fascicules, en adressant aux éditeurs un mandat postal de **vingt-cinq francs.**

Voici un livre appelé à rendre de grands services à tous ceux qui, sans être chimistes, ne peuvent cependant rester complètement étrangers à la chimie.

La difficulté était grande de condenser tous les faits chimiques en un seul volume. Il fallait, en outre, tout en restant rigoureusement scientifique, dégager ces faits de l'effrayant cortège des termes trop spéciaux et des théories purement hypothétiques. L'auteur a surmonté ces deux difficultés. Le style est d'une élégante précision, et tous les développements sont rigoureusement proportionnés à l'importance pratique du sujet traité. On trouvera là, à chaque page, sur les applications des divers corps, des renseignements qu'il faudrait chercher dans cent traités spéciaux qu'on a rarement sous la main.

Cet ouvrage a donc l'avantage de présenter un tableau complet de l'état actuel de la science.

LES PLANTES DES CHAMPS & DES BOIS

EXCURSIONS BOTANIQUES : *Printemps, Été, Automne, Hiver*

Par G. BONNIER, professeur à la Faculté des sciences de Paris.

1 vol. in-8, avec 873 figures et 30 planches, dont 8 en couleur.
Broché... 24 fr. | Cartonné. 26 fr. | Relié.. .. 28 fr.

Les botanistes amateurs de tout âge, simples promeneurs pour qui l'herborisation est un prétexte à excursion, ou jeunes gens préludant, par la reconnaissance des plantes, à des études plus sérieuses, sauront gré à M. Gaston BONNIER d'avoir pris la peine d'écrire à leur adresse un livre pratique, dans l'unique préoccupation d'aplanir des difficultés dont certaines connaissances, qui devraient être à la portée de tous, sont cependant hérissées, faute de bon livre.

Le plan de celui-ci est simple et bien conçu. L'auteur suppose des promenades aux diverses époques de l'année : printemps, été, automne, hiver, dans les prés, dans les bois, le long des routes et des vieux murs, ou dans le voisinage des étangs, et il nomme, décrit et dessine les plantes qu'on rencontre dans ces différentes circonstances.

C'est un excellent ouvrage de vulgarisation et d'initiation : on se croyait parti seulement pour herboriser, et sans déclarations de principes scientifiques préalables, sans classifications arides et interminables, suivant les progrès insensibles d'une exposition dont le style ne paraît jamais technique, on se trouve avoir appris la botanique.

ENVOI FRANCO CONTRE MANDAT POSTAL.

OUVRAGES DU PROFESSEUR HÉRAUD

4 beaux volumes in-16, richement illustrés
Cartonnés.............. **20 fr.**

Les Secrets de la Science et de l'Industrie. Recettes, formules et procédés d'une utilité générale et d'une application journalière. 1 vol. in-16, avec 163 figures, cartonné..................... **4 fr.**

L'ÉLECTRICITÉ, LES MACHINES, LES MÉTAUX, LE BOIS, LES TISSUS, LA TEINTURE, LES PRODUITS CHIMIQUES, L'ORFÈVRERIE, LA CÉRAMIQUE, LA VERRERIE, LES ARTS DÉCORATIFS, LES ARTS GRAPHIQUES.

Les Secrets de l'Économie domestique, à la ville et à la campagne. Recettes, formules et procédés d'une utilité générale et d'une application journalière. 1 vol. in-16, avec 200 figures, cartonné.... **4 fr.**

L'HABITATION, LE CHAUFFAGE, LES MEUBLES, LE LINGE, LES VÊTEMENTS, LA TOILETTE, L'ENTRETIEN, LE NETTOYAGE ET LA RÉPARATION DES OBJETS DOMESTIQUES, LES CHEVAUX ET LES VOITURES, LES ANIMAUX ET LES PLANTES D'APPARTEMENTS, LE JARDIN, LA DESTRUCTION DES ANIMAUX NUISIBLES.

Nouveau dictionnaire des plantes médicinales. *Deuxième édition, revue et augmentée.* 1 vol. in-18 jésus de 621 pages, avec 273 figures, cartonné.. **6 fr.**

DESCRIPTION, HABITAT ET CULTURE, RÉCOLTE, CONSERVATION, PARTIES USITÉES, COMPOSITION CHIMIQUE, FORMES PHARMACEUTIQUES ET DOSES, ACTION PHYSIOLOGIQUE, USAGES DANS LE TRAITEMENT DES MALADIES, ÉTUDE GÉNÉRALE SUR LES PLANTES MÉDICINALES AU POINT DE VUE BOTANIQUE, PHARMACEUTIQUE ET MÉDICAL, CLEF DICHOTOMIQUE ET TABLEAU DES PROPRIÉTÉS MÉDICALES.

Jeux et récréations scientifiques. Applications faciles des mathématiques, de la physique, de la chimie et de l'histoire naturelle. 1 vol. in-18 jésus de 636 pages avec 297 figures, cartonné........ **6 fr.**

LES INFINIMENT PETITS, LE MICROSCOPE, RÉCRÉATIONS BOTANIQUES, ILLUSIONS DES SENS, LES TROIS ÉTATS DE LA MATIÈRE, LES PROPRIÉTÉS DES CORPS, LES FORCES ET LES ACTIONS MOLÉCULAIRES, ÉQUILIBRE ET MOUVEMENTS DES FLUIDES, LA CHALEUR, LE SON, LA LUMIÈRE, L'ÉLECTRICITÉ STATIQUE, LE MAGNÉTISME, L'ÉLECTRICITÉ DYNAMIQUE, RÉCRÉATIONS CHIMIQUES, LES GAZ, LES COMBUSTIONS, LES CORPS EXPLOSIFS, LA CRISTALLISATION, LES PRÉCIPITÉS, LES LIQUIDES COLORÉS, LES DÉCOLORATIONS, LES ÉCRITURES SECRÈTES, RÉCRÉATIONS MATHÉMATIQUES, PROPRIÉTÉS DES NOMBRES, LE JEU DU TAQUIN, RÉCRÉATIONS ASTRONOMIQUES ET GÉOMÉTRIQUES, JEUX MATHÉMATIQUES ET JEUX DE HASARD.

ENVOI FRANCO CONTRE MANDAT POSTAL.

BIBLIOTHÈQUE SCIENTIFIQUE CONTEMPORAINE

A 3 FR. 50 LE VOLUME

Nouvelle collection de volumes in-16, comprenant 300 à 400 pages, imprimés en caractères elzéviriens et illustrés de figures.

AZAM (Dr). **Hypnotisme, double conscience et altérations de la personnalité.** 1 vol. in-16, avec figures.................... 3 fr. 50

BAYE (Baron J. DE). **L'archéologie préhistorique.** 1 vol. in-16, avec 50 figures ... . 3 fr. 50

BEAUNIS (H.). **Le somnambulisme provoqué.** Études physiologiques et psychologiques. 1 vol. in-16, avec figures............. 3 fr. 50

BERNARD (Claude). **La science expérimentale.** 1 vol. in-16.   3 fr. 50

BOUANT (E.). **La galvanoplastie,** le nickelage, l'argenture, la dorure l'électro-métallurgie. 1 vol. in-16, avec figures......... 3 fr. 50

BOURRU et BUROT. **La suggestion mentale** et l'action à distance des substances toxiques et médicamenteuses. 1 vol. in-16 avec fig.   3 fr. 50
— **Les variations de la personnalité.** 1 vol. in-16, avec fig.   3 fr. 50

BROUARDEL (P.), professeur et doyen de la Faculté de médecine de Paris. **Le secret médical.** 1 vol. in-16.................. 3 fr. 50

CAZENEUVE (P.). **La coloration des vins** par les couleurs de la houille. 1 vol. in-16, avec 1 planche.................... 3 fr. 50

CHARPENTIER (Aug.). **La lumière et les couleurs.** 1 vol. in-16, avec 30 figures.. 3 fr. 50

COUVREUR. **Le microscope,** ses applications à l'étude des végétaux et des animaux. 1 vol. in-16, avec 100 fig.............. 3 fr. 50

CULLERRE (Dr A.). **Magnétisme et hypnotisme.** 1 vol. in-16 avec 28 figures.. 3 fr. 50
— **Nervosisme et névroses.** Hygiène des énervés et des névropathes. 1 vol. in-16.. 3 fr. 50
— **Les frontières de la folie.** 1 vol. in-16................ 3 fr. 50

DALLET (G.). **La prévision du temps et les prédictions météorologiques.** 1 vol. in-16 avec 40 figures.................... 3 fr. 50
— **Les merveilles du ciel.** 1 vol. in-16, avec 74 fig........... 3 fr. 50

DEBIERRE (Ch.). **L'homme avant l'histoire.** 1 volume in-16, avec 84 figures.. 3 fr. 50

DUCLAUX, professeur à la Faculté des sciences de Paris. **Le lait.** Études chimiques et microbiologiques. 1 vol. in-16 avec fig.   3 fr. 50

FERRY DE LA BELLONE (Dr). **La truffe.** 1 vol. in-16, avec 20 figures et 1 planche.. 3 fr. 50

FOLIN (Marquis DE). **Sous les mers.** Campagnes d'explorations sous-marines. 1 vol. in-16, avec figures.................... 3 fr. 50

FOUQUÉ (F.). membre de l'Institut, professeur au Collège de France. **Les tremblements de terre.** 1 vol. in-16, avec 50 figures.   3 fr. 50

FOVILLE (A.), inspecteur général des établissements de bienfaisance. **Les nouvelles institutions de bienfaisance,** les dispensaires pour enfants malades, l'hôpital rural. 1 vol. in-16, avec 10 pl.   3 fr. 50

GALEZOWSKI et KOPFF (Drs). **Hygiène de la vue.** 1 vol. in-16, avec 50 figures.. 3 fr. 50

GARNIER (Léon). **Ferments et fermentations,** étude biologique des ferments, rôle des fermentations dans la nature et dans l'industrie. 1 vol. in-16, avec 65 figures.......................... 3 fr. 50

GAUDRY (Albert), membre de l'Institut, professeur au Muséum. **Les ancêtres de nos animaux** dans les temps géologiques. 1 vol. in-16, avec figures... 3 fr. 50
GAUTIER (Arm.), professeur à la Faculté de médecine de Paris. **Le cuivre et le plomb** dans l'alimentation et l'industrie. 1 volume in-16... 3 fr. 50
GIRARD (Maurice). **Les abeilles.** Organes et fonctions, éducation et produits, miel et cire. 1 vol. in-16, avec 30 fig. et 1 planche. 3 fr. 50
GRAFFIGNY (H. DE). **La navigation aérienne** et les ballons dirigeables. 1 vol. in-16, avec 43 figures.................. 3 fr. 50
GUN (Colonel). **L'électricité** appliquée à l'art militaire. 1 vol. in-16, avec 70 figures.. 3 fr. 50
— **L'artillerie actuelle,** canons, fusils et projectiles. 1 vol. in-16, avec 80 figures... 3 fr. 50
HERZEN (Alex.), professeur à l'Académie de Lausanne. **Le cerveau et l'activité cérébrale** au point de vue psycho-physiologique. 1 vol. in-16... 3 fr. 50
KNAB. **Les minéraux utiles** et l'exploitation des mines. 1 vol. in-16, avec 50 figures.. 3 fr. 50
LARBALÉTRIER. **L'alcool** au point de vue chimique, agricole, industriel, hygiénique et fiscal. 1 vol. in-16, avec 50 figures.... 3 fr. 50
LEFÈVRE. **La photographie,** ses applications aux sciences, aux arts et à l'industrie. 1 vol. in-16, avec 100 figures.......... 3 fr. 50
LORET (V.). **L'Égypte au temps des Pharaons.** 1 vol. in-16, avec 20 photogravures....................................... 3 fr. 50
MONIEZ. **Les parasites de l'homme,** animaux et végétaux. 1 vol. in-16, avec 50 figures................................... 3 fr. 50
MOREAU (Dr P.), de Tours. **Fous et bouffons,** étude physiologique, psychologique et historique. 1 vol. in-16.............. 3 fr. 50
— **La folie chez les enfants.** 1 vol. in-16................. 3 fr. 50
PERRIER (Edm.), professeur au Muséum d'histoire naturelle. **Le transformisme.** 1 vol. in-16, avec 100 figures.......... 3 fr. 50
PLANTÉ (G.). **Les phénomènes électriques de l'atmosphère.** 1 vol. in-16, avec 50 figures.............................. 3 fr. 50
QUATREFAGES (A. DE), membre de l'Institut, professeur au Muséum. **Les pygmées.** 1 vol. in-16, avec figures.............. 3 fr. 50
RIANT (Dr A.). **Les irresponsables devant la justice.** 1 volume in-16... 3 fr. 50
— **Hygiène des orateurs,** hommes politiques, magistrats, avocats, prédicateurs, professeurs, artistes et de tous ceux qui sont appelés à parler en public. 1 vol. in-16.................. 3 fr. 50
RENAULT (B.). **Les plantes fossiles.** 1 vol. in-16, avec fig. 3 fr. 50
RICHE (A.). **Monnaies et bijoux,** garantie et poinçonnage. 1 vol. in-16, avec 40 figures................................... 3 fr. 50
SAPORTA (A. DE). **Les théories et les notations de la chimie moderne.** 1 vol. in-16, avec figures..................... 3 fr. 50
SAPORTA (Marquis G. DE), correspondant de l'Institut. **Origine paléontologique des arbres** cultivés et utilisés par l'homme. 1 vol. in-16, avec figures...................................... 3 fr. 50
SCHMITT (J.). **Microbes et maladies.** 1 vol. in-16, avec 24 fig. 3 fr. 50
SIMON (Dr P. Max). **Le monde des rêves.** 1 vol. in-16.... 3 fr. 50
VUILLEMIN. **La biologie végétale.** 1 vol. in-16, avec 80 fig. 3 fr. 50

PETITE BIBLIOTHÈQUE MÉDICALE

A **2** FR. LE VOLUME

Nouvelle collection de volumes in-16 comprenant 200 pages et illustrés de figures

La première Enfance, guide hygiénique des mères et des nourrices, par le Dr E. PÉRIER. 1 vol. in-16 de 200 p., avec figures .... 2 fr.

La seconde Enfance, guide hygiénique des mères et des personnes appelées à diriger l'éducation de la jeunesse, par le Dr E. PÉRIER. 1 vol. in-16 de 236 pages.................................. 2 fr.

Le tabac et l'absinthe, leur influence sur la santé publique, sur l'ordre moral et social, par le Dr JOLLY, membre de l'Académie de médecine. 2e *édition*. 1 vol. in-16 de 216 pages............ 2 fr.

Hygiène morale, par le Dr JOLLY. 1 vol. in-16 de 300 pages.. 2 fr.

L'homme, la vie, l'instinct, la curiosité, l'imitation, l'habitude, la mémoire, l'imagination, la volonté.

Mémoires d'un Estomac, par le Dr C.-H. GROS. 4e *édition*. 1 vol. in-16 de 186 pages..................................... 2 fr.

L'auteur suppose un estomac écrivant sa propre biographie, avec toutes les péripéties de son enfance, de sa jeunesse et de son âge mûr, toutes les épreuves qu'il a eu à subir aux différentes époques de la vie du sujet auquel il appartenait.

La pratique du Massage, par W. MURRELL, professeur à l'hôpital de Westminster. Introduction par M. Dujardin-Beaumetz, membre de l'Académie de médecine. 1 vol. in-16, avec figures .... 2 fr.

Manuel du pédicure ou l'art de soigner les pieds (sueurs, durillons, oignons, cors, œils-de-perdrix, engelures, ongle incarné, etc.), par GALOPEAU. 2e *édition*. 1 vol. petit in-16 de 132 p., avec 28 fig. 2 fr.

Les plantes oléagineuses et leurs produits (Huiles et Tourteaux), et les plantes alimentaires des pays chauds (cacao, café, canne à sucre, etc.), par P. BOÉRY, 1 vol. in-16, avec 22 figures..... 2 fr.

La Folie érotique, par B. BALL, professeur à la Faculté de médecine de Paris, membre de l'Académie de médecine. 1 vol. in-16. 2 fr.

La Prostitution à Paris, par le Dr A. CORLIEU. 1 vol. in-16... 2 fr.

Les passions, dans leurs rapports avec la santé et les maladies, l'amour et le libertinage, par le Dr L. X. BOURGEOIS. 1 vol. in-16, 208 p. 2 fr.

La femme stérile, par le Dr P. M. DECHAUX (de Montluçon . 2e *édition*. 1 vol. in-16, 200 pages................................. 2 fr.

Les lois de la génération, sexualité et conception, par le Dr GOURRIER. 1 vol. in-16 de 200 pages................................ 2 fr.

De l'Onanisme, causes, dangers et inconvénients pour les individus, la famille et la société, remèdes, par le Dr H. FOURNIER. 3e *édition*. 1 vol. in-16 de 216 pages................................ 2 fr.

BIBLIOTHÈQUE DES CONNAISSANCES UTILES

NOUVELLE COLLECTION

de volumes in-16, comprenant 400 pages

ILLUSTRÉS DE FIGURES INTERCALÉES DANS LE TEXTE

Prix de chaque volume, cartonné : 4 fr.

La **Bibliothèque des Connaissances utiles** a pour but de vulgariser les notions usuelles que fournit la science, et les applications sans cesse plus nombreuses qui en découlent pour les Arts, l'Industrie et l'.conomie domestique.

Son cadre comprend donc l'universalité des sciences, en tant qu'elles présentent une utilité pratique au point de vue soit du bien-être, soit de la santé. C'est ainsi qu'elle abordera les sujets les plus variés : *industrie agricole et manufacturière, chimie pratique, médecine populaire, hygiène usuelle*, etc.

Ceux qui voudront bien recourir à cette *Bibliothèque* et la consulter au jour le jour, suivant les besoins du moment, trouveront intérêt et profit à le faire, car ils y recueilleront nombre de renseignements pratiques, d'une utilité générale et d'une application journalière.

Nouvelle Médecine des familles, à la ville et à la campagne, à l'usage des familles, des maisons d'éducation, des écoles communales, des curés, des sœurs hospitalières, des dames de charité et de toutes les personnes bienfaisantes qui se dévouent au soulagement des malades, par le Dr A.-C. DE SAINT-VINCENT. *Neuvième édition*, revue et corrigée. 1 vol. in-16 de 380 p., avec 442 fig., cartonné....... 4 fr.

LES REMÈDES SOUS LA MAIN, EN ATTENDANT LE MÉDECIN, EN ATTENDANT LE CHIRUR-GIEN, L'ART DE SOIGNER LES MALADES ET LES CONVALESCENTS.
Ouvrage approuvé par Mgrs les archevêques d'Albi, d'Arras, de Bourges et de Toulouse.

Premiers secours en cas d'accidents et d'indispositions subites, par E. FERRAND et A. DELPECH, membre de l'Académie de médecine. *Troisième édition*. 1 vol. in-16 de 350 p., avec 50 fig., cart.. 4 fr.

LES EMPOISONNÉS, LES NOYÉS, LES ASPHYXIÉS, LES BLESSÉS DE LA RUE, DE L'USINE ET DE L'ATELIER, LES MALADIES A INVASION SUBITE, LES PREMIERS SYMPTOMES DES MALADIES CONTAGIEUSES.

La Gymnastique et les exercices physiques, par A. LEBLOND et H. BOUVIER, membre de l'Académie de médecine. 1 vol. in-16 de 400 p., avec 80 fig., cartonné........................... 4 fr.

MARCHE, COURSE, DANSE, NATATION, ESCRIME, ÉQUITATION, CHASSE, MASSAGE, EXERCICES GYMNASTIQUES, APPLICATION AU DÉVELOPPEMENT DES FORCES, A LA CONSERVATION DE LA SANTÉ ET AU TRAITEMENT DES MALADES.

L'Industrie laitière, le lait, le beurre et le fromage, par E. FERVILLE, ingénieur agronome. 1 vol. in-16 de 350 p., avec 100 fig., cart. 4 fr.

Manuel de l'Essayeur, par A. RICHE, directeur des essais à la Monnaie de Paris. 1 vol. in-16 de 350 p., avec 70 fig., cartonné. 4 fr.

Les Industries d'amateur, le papier, le bois, le verre, la porcelaine et le fer, par H. DE GRAFFIGNY. 1 vol. in-16 de 350 pages, avec 150 fig., cartonné... 4 fr.

Les Secrets de l'Économie domestique à la ville et à la campagne, par A. HÉRAUD. 1 vol. in-16 de 400 p., avec 180 fig., cartonné. 4 fr.

Les Secrets de la Science et de l'Industrie, par A. HÉRAUD. 1 vol. in-16 de 380 p., avec 165 fig., cart....................... 4 fr.

ENVOI FRANCO CONTRE MANDAT POSTAL.

BLANCHARD (E.). — **Les Poissons des eaux douces de la France**, par Émile BLANCHARD, membre de l'Institut. 1 vol. gr. in-8 de 800 p., avec 151 fig. et 32 planches hors texte sur papier teinté....   16 fr.
— Le même, relié en demi-maroquin, doré sur tranches.....   20 fr.
BREHM. — **Les Merveilles de la Nature**. L'homme et les animaux. Édition française, par Z. GERBE, J. KUNCKEL D'HERCULAIS, E. SAUVAGE, A.-T. DE ROCHEBRUNE, aides-naturalistes au Muséum de Paris.
— **Les Races humaines et les Mammifères**. 2 vol. gr. in-8, avec 800 fig. et 40 pl............................   22 fr.
— **Les Oiseaux**. 2 vol. gr. in-8, avec 600 fig. et 40 pl......   22 fr.
— **Les Reptiles et les Batraciens**. 1 vol. gr. in-8, avec 600 fig. et 20 planches.........................   11 fr.
— **Les Poissons et les Crustacés**. 1 vol. gr. in-8, avec 700 fig. et 20 planches.........................   11 fr.
— **Les Insectes, les Myriapodes et les Arachnides**. 2 vol. gr. in-8, avec 2000 fig. et 36 pl....................   22 fr.
— **Les Vers, les Mollusques, les Polypiers et les Protozoaires**. 1 vol. gr. in-8, avec 1200 fig. et 20 pl..............   11 fr.
BROCCHI. — **Traité de zoologie agricole**, comprenant des éléments de pisciculture, d'apiculture, de sériciculture, d'ostréiculture, etc., par P. BROCCHI, maître de conférences à l'Institut national agronomique. 1 vol. in-8, 984 pages, avec 695 figures, cart........   18 fr.
CUYER et ALIX. — **Le Cheval**, extérieur, régions, pied, proportions, aplombs, allures, âge, aptitudes, robes, tares, vices, vente et achat, examen critique des œuvres d'art équestre, etc.; structure et fonctions; situation, rapports, structure anatomique et rôle physiologique de chaque organe; races, origine, divisions, caractères, production et amélioration. — Planches par E. CUYER, professeur à l'École des Beaux-Arts, texte par E. ALIX, vétérinaire de l'armée. 1 vol. gr. in-8, avec atlas de 16 pl. coloriées, découpées et superposées.
— Ensemble. 2 vol. cart ....   60 fr.
DENIKER. — **Atlas manuel de botanique** ou illustrations des familles et des genres de plantes phanérogames et cryptogames, avec le texte en regard. 1 vol. in-4°, 400 pages avec 200 planches in-4° comprenant 3300 figures, cart....................   30 fr.
GAUTIER (L.). — **Les champignons**. 1 vol. gr. in-8 de 508 pages, avec 195 fig. et 16 pl. chromolithographiées, cart..........   24 fr.
GOYAU. — **Traité pratique de maréchalerie**. 1 vol. in-18, 528 pages, avec 364 figures........................   10 fr.
PERTUS (J.). — **Traité des maladies du chien**, précédé d'une description des races et des âges. 1 vol. in-18, 90 pages....   1 fr. 50
SCHACK. — **La physionomie** chez l'homme et chez les animaux dans ses rapports avec l'expression des émotions et des sentiments. 1 vol. in-8 de 445 pages, avec 154 figures....................   7 fr.
SCHRIBAUX et NANOT. — **Éléments de botanique agricole** à l'usage des écoles d'agriculture, des écoles normales et de l'enseignement agricole départemental. 1 vol. in-18 jésus de xx-328 pages, avec 260 figures, 2 pl. col. et 1 carte.................   7 fr.
SIGNOL. — **Aide-mémoire du vétérinaire**. Médecine, chirurgie, obstétrique, formules, police sanitaire et jurisprudence commerciale. 1 vol. in-18 jésus de 543 p., avec 395 fig. cart.............   6 fr.
VERLOT. — **Guide du botaniste herborisant**. Conseils sur la récolte des plantes, la préparation des herbiers, l'exploration des stations des plantes phanérogames et cryptogames et les herborisations. 3e *édition*. 1 vol. in-18, 764 pag., avec fig. Cart............   6 fr.
VESQUE. — **Traité de botanique agricole et industrielle**, par J. VESQUE, maître de conférences à l'Institut national agronomique. 1 vol. in-8 de xvi-976 pages avec 598 figures, cartonné.....   18 fr.

LIBRAIRIE J.-B. BAILLIÈRE et FILS

Rue Hautefeuille, 19, près du boulevard Saint-Germain, Paris

BIBLIOTHÈQUE SCIENTIFIQUE CONTEMPORAINE

A 3 FR. 50 LE VOLUME

Nouvelle collection de volumes in-16, comprenant 300 à 400 pages,
imprimés en caractères elzéviriens et illustrés de figures intercalées dans le texte.

50 Volumes sont publiés.

La *Bibliothèque scientifique contemporaine*, d'un format commode et d'un prix modique, s'adresse à tous ceux qui, désireux de ne pas rester étrangers au mouvement scientifique de leur époque, n'ont ni le temps ni la facilité de recourir aux sources.

Les questions d'actualité sont présentées avec des développements en rapport avec leur importance, et débarrassées des formules techniques; les nouvelles découvertes et les nouvelles applications de la science sont exposées à mesure qu'elles se produisent; les recherches originales sont vulgarisées par leurs auteurs.

Ménager le temps du lecteur, et lui présenter ce qu'il a besoin de connaître sous une forme condensée et attrayante, tel est le but que se proposent les auteurs qui ont promis leur concours à cette œuvre de vulgarisation.

Aucune traduction n'est admise à prendre place dans la collection : il n'est publié que des livres originaux, par des auteurs écrivant en langue française.

Parmi les plus illustres représentants de la science, qui concourent à la rédaction de la *Bibliothèque scientifique contemporaine*, nous citerons : MM. de Quatrefages, Albert Gaudry, Claude Bernard, de l'Institut et du Muséum, M. Fouqué, de l'Institut et du Collège de France ; MM. Duclaux et Velain, de la Faculté des sciences; MM. Ed. Perrier et B. Renault, du Muséum; MM. Brouardel et A. Gautier, de la Faculté de médecine; M. G. Planté, lauréat de l'Institut; MM. Bouant et Maurice Girard, de l'Enseignement secondaire; M. Foville, inspecteur des établissements de bienfaisance; M. de Baye, de la Société des antiquaires de France ; M. Knab, de l'École centrale; MM. Riant, Galezowski, Moreau (de Tours), etc.

Paris n'est pas seul à fournir à la *Bibliothèque* ses collaborateurs. Au nombre des savants qui lui prêtent le concours de leur talent, nous citerons : MM. Beaunis, A. Charpentier, Bleicher, Léon Garnier, Schmitt et Vuillemin, de la Faculté de Nancy; M. Azam, de la Faculté de Bordeaux; MM. Cazeneuve, Loret et Max Simon, de la Faculté de Lyon;

ENVOI FRANCO CONTRE UN MANDAT POSTAL

MM. Marion et Heckel, de la Faculté de Marseille ; MM Moniez, Debierre, de la Faculté de Lille ; M. Imbert, de la Faculté de Montpellier ; M. Girod, de la Faculté de Clermont-Ferrand ; MM. Bourru et Burot, de l'École de Rochefort ; M. Lefèvre, de l'École de Nantes ; M. de Saporta, correspondant de l'Institut, à Aix ; M de Folin, à Biarritz ; M. Cullerre, à la Roche-sur-Yon ; M. Ferry de la Bellone, à Apt, etc.

En Belgique et en Suisse, M. Léon Frédéricq, de l'Université de Liège ; M. Dollo, aide-naturaliste au Muséum de Bruxelles ; M. Herzen, de l'Académie de Lausanne.

Dans le cadre de cette *Bibliothèque* sont comprises toutes les sciences physiques, chimiques, naturelles et médicales.

Parmi les sujets traités, nous signalerons :

En astronomie et en météorologie : *la Prévision du temps, les Phénomènes électriques de l'atmosphère, les Merveilles du ciel.*

En physique : *le Microscope, la Lumière et les Couleurs, les Anomalies de la vision.*

En Chimie : *le Lait, la Coloration des vins, les Ferments et les fermentations, l'Eau.*

En applications industrielles des sciences : *la Photographie, la Galvanoplastie et l'Électro-métallurgie, la Navigation aérienne, la Télégraphie moderne.*

En agriculture : *la Truffe, les Abeilles, l'Alcool.*

En minéralogie et en géologie : *les Tremblements de terre, les Vosges, les Minéraux utiles, les Volcans, les Glaciers.*

En paléontologie : *les Ancêtres de nos animaux, les Plantes fossiles, l'Origine des arbres cultivés.*

En anthropologie et en archéologie : *les Pygmées, l'Homme avant l'histoire, la France préhistorique, l'Archéologie préhistorique, l'Égypte au temps des Pharaons.*

En zoologie : *le Transformisme, Sous les mers, les Parasites, les Laboratoires de zoologie marine, la Famille et les Sociétés chez les animaux, les Industries animales.*

En botanique : *la Biologie végétale, la Vie des champignons.*

En physiologie : *Magnétisme et hypnotisme, le Somnambulisme provoqué, Double conscience et altérations de la personnalité, le Cerveau et l'Activité cérébrale, la Suggestion mentale, le Monde des rêves, Variations de la personnalité.*

En hygiène : *Nervosisme et névroses, le Cuivre et le Plomb, les Nouvelles Institutions de bienfaisance, Hygiène des orateurs, Hygiène de la vue.*

En médecine : *le Secret médical, Microbes et maladies, la Folie chez les enfants, Fous et Bouffons, les Frontières de la folie.*

OPINION DE LA PRESSE

Quand les savants qui ont travaillé à faire avancer la science veulen bien travailler aussi à la répandre, ils se montrent généralement des vulgarisateurs hors ligne, par cette raison que pour vulgariser il faut connaître à fond, et qu'on ne connaît bien les difficultés d'un sujet que lorsqu'on s'est efforcé de les résoudre. Les personnes qui s'intéressent aux progrès de la science, comme les savants de profession, auront donc plaisir et profit à la lecture des volumes de la *Bibliothèque scientifique contemporaine :* les premières y trouveront de la science sérieuse sous une forme lucide et élégante qui fait de ces livres non seulement des œuvres de vulgarisation, mais encore et plutôt des œuvres d'initiation à des méthodes et à des recherches dont ils développent le goût et la curiosité ; et les savants aussi aimeront à revoir, avec l'expression même que leur a donnée leur auteur, les théories qui leur sont familières, et à retrouver, à côté des faits acquis de la science fixée, toutes les prévisions de la science pressentie que l'avenir devra plus tard justifier.   *Revue scientifique.*

La *Bibliothèque scientifique contemporaine* promet une série de livres utiles et pratiques, qui nous permettent de lui pronostiquer un succès complet et mérité.   *Revue des Deux Mondes.*

Les sciences ont fait de rapides progrès. Les savants n'ont pas besoin qu'on leur décrive ce mouvement, qui est leur œuvre ; mais les gens du monde, les personnes à l'esprit cultivé ne sauraient le contempler avec indifférence. C'est dans le but de mettre à leur portée les dernières acquisitions de la science que la librairie J.-B. Baillière et Fils a fondé la *Bibliothèque scientifique contemporaine :* en quelques pages d'une lecture facile, les hommes spéciaux y exposent les questions nouvelles, à la solution desquelles ils ont contribué.   *Journal de Genève.*

Les gens du monde sont gens heureux, chacun s'empresse à leur faciliter l'accès des sciences qui resteraient lettre close pour eux, si toujours ne se rencontraient écrivains et éditeurs, désireux de récolter leurs suffrages. La *Bibliothèque scientifique contemporaine* est la preuve de ce fait. Nous suivons avec intérêt son développement, car nous sommes de ceux qui pensent que la science ne perd pas à être vulgarisée, et que, lorsque ses admirateurs seront plus nombreux, la haute culture à laquelle chaque nation doit tendre n'en sera que plus certaine.   *Moniteur scientifique.*

Le succès de la *Bibliothèque scientifique contemporaine* est assuré, autant par la valeur des œuvres qu'elle publie que par son bon marché et son élégance.   *La Science en famille.*

ENVOI FRANCO CONTRE UN MANDAT POSTAL.

ASTRONOMIE, MÉTÉOROLOGIE

PHÉNOMÈNES ÉLECTRIQUES
DE L'ATMOSPHÈRE
Par Gaston PLANTÉ
Lauréat de l'Institut.

1 vol. in-16 avec 50 figures. . . . . 3 fr. 50

L'auteur cherchait à étudier et à expliquer les éclairs, cette forme extraordinaire de la foudre; il est arrivé à trouver la solution du problème, lorsqu'il a eu entre les mains une source d'électricité pouvant donner par conséquent des effets différents de ceux des machines ordinaires de l'électricité statique : il obtint ainsi l'*agrégation globulaire* d'un liquide électrisé autour d'un conducteur, puis le *globule de feu*, et enfin la *foudre globulaire*, la *grêle*, les *trombes* et les *aurores polaires*. Ce sont ces analogies et leurs conséquences que l'auteur a développées et qui jettent un grand jour sur la théorie de ces grands phénomènes naturels.

LA PRÉVISION DU TEMPS
ET LES PRÉDICTIONS MÉTÉOROLOGIQUES
Par G. DALLET

1 vol. in-16 de 336 pages, avec 38 figures. . . . . . 3 fr. 50

LES MERVEILLES DU CIEL
Par G. DALLET

1 vol. in-16 avec 80 figures. . . . . 3 fr. 50

ENVOI FRANCO CONTRE UN MANDAT POSTAL

PHYSIQUE ET CHIMIE

LE LAIT

ÉTUDES CHIMIQUES ET MICROBIOLOGIQUES

Par DUCLAUX

Professeur à la Faculté des sciences de Paris et à l'Institut agronomique

1 vol. in-16, avec figures. . . . . 3 fr. 50

LA COLORATION DES VINS

PAR LES COULEURS DE LA HOUILLE

Méthode analytique et marche systématique pour reconnaître la nature de la coloration

Par P. CAZENEUVE

Professeur à la Faculté de Lyon.

1 vol. in-16 avec 1 planche.. . . . . 3 fr. 50

FERMENTS ET FERMENTATIONS

ÉTUDE BIOLOGIQUE DES FERMENTS

RÔLE DES FERMENTATIONS DANS LA NATURE ET L'INDUSTRIE

Par Léon GARNIER

Professeur à la Faculté de Nancy.

1 vol. in-16, avec 65 figures. . . . . 3 fr. 50

LE MICROSCOPE ET SES APPLICATIONS

A L'ÉTUDE DES VÉGÉTAUX ET DES ANIMAUX

Par E. COUVREUR

Chef des Travaux à la Faculté des Sciences de Lyon.

1 vol. in-16, avec 120 figures. . . . . 3 fr. 50

ENVOI FRANCO CONTRE UN MANDAT POSTAL.

APPLICATIONS INDUSTRIELLES DES SCIENCES

LA PHOTOGRAPHIE

APPLICATIONS AUX SCIENCES, AUX ARTS ET A L'INDUSTRIE

Par Julien LEFEVRE

Professeur à l'École des sciences de Nantes.

1 volume in-16, avec 100 figures et 3 spécimens de procédés de reproductions. 3 fr. 50

Aujourd'hui tout le monde est photographe. L'auteur, s'adressant à ce public d'amateurs, a consacré la plus large place aux procédés et aux appareils les plus récents, et s'est attaché à faire connaître les découvertes les plus nouvelles, notamment la méthode au gélatino-bromure d'argent maintenant si répandue; il a passé en revue les applications si variées, la gravure photographique, la photographie en ballon, la photographie instantanée, la photographie médicale, astronomique, microscopique, etc.

LA NAVIGATION AÉRIENNE

ET LES BALLONS DIRIGEABLES

Par H. de GRAFFIGNY

1 vol. in-16, avec 40 figures. . . . . 8 fr. 50

LA GALVANOPLASTIE

LE NICKELAGE, LA DORURE, L'ARGENTURE ET L'ÉLECTRO-MÉTALLURGIE

Par E. BOUANT

Agrégé des Sciences.

1 vol. in-16, avec 24 figures. . . . . 3 fr. 50

ENVOI FRANCO CONTRE UN MANDAT POSTAL

AGRICULTURE

LA TRUFFE

ÉTUDE SUR LES TRUFFES ET LES TRUFFIÈRES

Par M. le docteur FERRY DE LA BELLONE

1 vol. in-16, avec 21 figures et une eau forte de P. VAYSON. 3 fr. 50

Table des matières. — I. Historique. — II. Nature de la truffe. — III. Moyens d'étude, technique micrographique, étude histologique. — IV. Organisation générale de la truffe. — V. Variétés culinaires, commerciales et botaniques. — VI. Classification. — VII. Description des différentes espèces. — VIII. Usages. — IX. Truffières naturelles, truffières artificielles. — X. Création des truffières artificielles. — XI. Influence des terrains, de l'air, de la lumière, etc. — XII. Truffes d'été et truffes d'hiver. — XIII. Récolte. — XIV. Commerce des truffes. — XV. La truffe devant les tribunaux.

LES ABEILLES

ORGANES ET FONCTIONS, ÉDUCATION ET PRODUITS
MIEL ET CIRE

Par Maurice GIRARD

Président de la Société entomologique de France.

Deuxième édition.

1 vol. in-16, avec 30 figures et 1 planche coloriée. . . 3 fr. 50

L'ALCOOL

AU POINT DE VUE CHIMIQUE, AGRICOLE, INDUSTRIEL
HYGIÉNIQUE ET FISCAL

Par Albert LARBALETRIER

Professeur à l'École d'Agriculture du Pas-de-Calais.

1 vol. in-16 avec 62 figures. . . . . 3 fr. 50

ENVOI FRANCO CONTRE UN MANDAT POSTAL

MINÉRALOGIE, GÉOLOGIE, PALÉONTOLOGIE

LES ANCÊTRES DE NOS ANIMAUX

DANS LES TEMPS GÉOLOGIQUES

Par Albert GAUDRY

Professeur au Muséum d'histoire naturelle, membre de l'Institut.

1 vol. in-16 de 320 pages, avec 49 figures. . . . . . 3 fr. 50

LES TREMBLEMENTS DE TERRE

Par F. FOUQUÉ

Professeur au Collège de France, membre de l'Académie des sciences.

1 vol. in-16, avec 50 figures. . . . . 3 fr. 50

ORIGINE PALÉONTOLOGIQUE

DES ARBRES CULTIVÉS

OU UTILISÉS PAR L'HOMME

Par le marquis G. de SAPORTA

Membre correspondant de l'Institut.

vol. in-16, avec 44 figures. . . . . 3 fr. 50

LES MINÉRAUX UTILES

ET L'EXPLOITATION DES MINES

Par L. KNAB

Répétiteur à l'École centrale des arts et manufactures.

1 vol. in-16, avec figures. . . . . 3 fr. 50

ENVOI FRANCO CONTRE UN MANDAT POSTAL

ANTHROPOLOGIE, ARCHÉOLOGIE

L'ARCHÉOLOGIE PRÉHISTORIQUE

Par le baron J. DE BAYE

Membre de la Société des antiquaires de France.

1 vol. in-16 avec 51 figures. . . . . 3 fr. 50

L'archéologie des temps primitifs est une science de date récente. Elle emprunte beaucoup à d'autres sciences presque aussi nouvelles. Elle est en effet intimement associée à la géologie, à la paléontologie, à la minéralogie et à l'anthropologie.

C'est par l'heureux accord de ces diverses sciences que M. le baron de Baye a étudié successivement l'époque néolithique, la pierre polie, les grottes, les sépultures, la trépanation préhistorique, les flèches, les haches, les parures, la céramique. C'est là un ensemble plein d'intérêt, qui ne peut manquer d'attirer l'attention des collectionneurs.

LES PYGMÉES

LES PYGMÉES DES ANCIENS D'APRÈS LA SCIENCE MODERNE
LES NÉGRITOS OU PYGMÉES ASIATIQUES
LES NÉGRILLES OU PYGMÉES AFRICAINS
LES HOTTENTOTS ET LES BOSCHIMANS

Par A. DE QUATREFAGES

Professeur au Muséum, membre de l'Institut.

1 vol. in-16, avec figures. . . . . 3 fr. 50

L'HOMME AVANT L'HISTOIRE

Par Charles DEBIERRE

Professeur agrégé à la Faculté de Lille.

1 vol. in-13 de 304 pages, avec 84 figures. . . . . 3 fr. 50

ENVOI FRANCO CONTRE UN MANDAT POSTAL.

ZOOLOGIE, BOTANIQUE

LE TRANSFORMISME

Par Edmond PERRIER

Professeur au Muséum.

1 vol. in-16, avec 80 figures. . . . . 3 fr. 50

L'auteur étudie la doctrine transformiste pour arriver à une explication du
monde vivant. Il fait connaître les origines de la question, ce qu'elle était avec
Lamarck, Geoffroy Saint-Hilaire, Ch. Darwin et Hæckel, ce qu'elle est devenue
entre les mains des naturalistes de l'époque actuelle, et comment elle est arrivée
à grouper en un même faisceau les données si longtemps éparses de la paléontologie, de l'anatomie comparée, des sciences descriptives, et de l'embryogénie. En
laissant de côté les hypothèses, il résume ce que l'on a réussi à savoir de plus
précis sur l'origine des formes actuelles du Règne animal et sur celle de l'Homme

SOUS LES MERS

Campagnes d'explorations du TRAVAILLEUR et du TALISMAN

Par le marquis de FOLIN

Membre de la Commission scientifique d'exploration des grands fonds
de la Méditerranée et de l'Atlantique.

1 vol. in-16. avec 46 figures. . . . . 3 fr. 50

LA BIOLOGIE VÉGÉTALE

Par P. VUILLEMIN

Chef des travaux d'histoire naturelle à la Faculté de Nancy.

1 vol. in-16 avec figures. . . . . 3 fr. 50

ENVOI FRANCO CONTRE UN MANDAT POSTAL

PHYSIOLOGIE, PSYCHOLOGIE PHYSIOLOGIQUE

HYPNOTISME, DOUBLE CONSCIENCE
ET ALTÉRATIONS DE LA PERSONNALITÉ

Par le docteur AZAM

Professeur à la Faculté de médecine de Bordeaux.

Avec une Préface par le Professeur CHARCOT

1 vol. in-16, avec figures. . . . . 3 fr. 50

LE SOMNAMBULISME PROVOQUÉ

ÉTUDES PHYSIOLOGIQUES ET PSYCHOLOGIQUES

Par H. BEAUNIS

Professeur à la Faculté de médecine de Nancy.

Deuxième édition

1 vol. in-16, avec figures. . . . . 3 fr. 50

MAGNÉTISME ET HYPNOTISME

EXPOSÉ DES PHÉNOMÈNES

OBSERVÉS PENDANT LE SOMMEIL NERVEUX PROVOQUÉ,
AVEC UN RÉSUMÉ HISTORIQUE DU MAGNÉTISME ANIMAL

Par le docteur A. CULLERRE

Deuxième édition

1 vol. in-16, avec 28 figures. . . . . 3 fr. 50

LE MONDE DES RÊVES

Par P. Max SIMON

Médecin en chef de l'Asile public des aliénés de Bron.

Deuxième édition

1 vol. in-16. . . . . 3 fr. 50

ENVOI FRANCO CONTRE UN MANDAT POSTAL

LA SUGGESTION MENTALE

ET L'ACTION A DISTANCE

DES SUBSTANCES TOXIQUES ET MÉDICAMENTEUSES

Par les docteurs H. BOURRU et P. BUROT

Professeurs à l'École de médecine de Rochefort.

1 vol. in-16 de 311 pages, avec figures. . . . . . . 3 fr. 50

VARIATIONS DE LA PERSONNALITÉ

Par les docteurs H. BOURRU et P. BUROT

Professeurs à l'École de médecine de Rochefort.

1 vol in-16 de 315 pages avec 15 photogravures. . . . 3 fr. 50

LE CERVEAU ET L'ACTIVITÉ CÉRÉBRALE

AU POINT DE VUE PSYCHO-PHYSIOLOGIQUE

Par le docteur Al. HERZEN

Professeur à l'Académie de Lausanne.

1 vol. in 16 de 312 pages. . . . . 3 fr. 50

LA SCIENCE EXPÉRIMENTALE

Par le professeur Claude BERNARD

Membre de l'Institut.

Nouvelle édition

1 vol. in-18 de 450 pages avec figures. . . . . 3 fr. 50

ENVOI FRANCO CONTRE UN MANDAT POSTAL.

HYGIÈNE

NERVOSISME ET NÉVROSES

HYGIÈNE DES ÉNERVÉS ET DES NÉVROPATHES

Par le docteur A. CULLERRE

1 vol. in-16. . . . . 3 fr. 50

HYGIÈNE DES ORATEURS

HOMMES POLITIQUES, MAGISTRATS
AVOCATS, PRÉDICATEURS, PROFESSEURS, ARTISTES
ET DE TOUS CEUX QUI SONT APPELÉS A PARLER EN PUBLIC

Par le docteur A. RIANT

1 vol. in-16. . . . . 3 fr. 50

LE CUIVRE ET LE PLOMB

DANS L'ALIMENTATION ET L'INDUSTRIE, AU POINT DE VUE DE L'HYGIÈNE

Par A. GAUTIER

Professeur à la Faculté de médecine de Paris.

1 vol. in-16 de 310 pages. . . . . 3 fr. 50

LES NOUVELLES
INSTITUTIONS DE BIENFAISANCE

LES DISPENSAIRES POUR ENFANTS MALADES,
L'HOSPICE RURAL

Par le docteur A. FOVILLE

Inspecteur des Établissements de bienfaisance.

1 vol. in-16 avec 10 plans. . . . . 3 fr. 50

ENVOI FRANCO CONTRE UN MANDAT POSTAL

MÉDECINE

LE SECRET MÉDICAL

MARIAGE, HONORAIRES,
ASSURANCES SUR LA VIE, DÉCLARATION DE NAISSANCE,
EXPERTISE, TÉMOIGNAGE, ETC

Par P. BROUARDEL

Doyen de la Faculté de médecine de Paris.

1 vol. in-16. . . . . 3 fr. 50

LES FRONTIÈRES DE LA FOLIE

Par le docteur A. CULLERRE

1 vol. in-16 de 360 pages. . . . . 3 fr. 50

LA FOLIE CHEZ LES ENFANTS

Par le docteur Paul MOREAU (de Tours).

1 vol. in-16 de 380 pages. . . . . 3 fr. 50

FOUS ET BOUFFONS

ÉTUDE PHYSIOLOGIQUE, PSYCHOLOGIQUE ET HISTORIQUE

Par le docteur Paul MOREAU (de Tours)

1 vol in-16 de 283 pages . . . . 3 fr. 50

MICROBES ET MALADIES

Par J. SCHMITT

Professeur agrégé à la Faculté de Nancy.

1 vol. in-16, avec 24 figures. . . . . 3 fr. 50

ENVOI FRANCO CONTRE UN MANDAT POSTAL

LA BIBLIOTHÈQUE SCIENTIFIQUE CONTEMPORAINE

Publiera en 1888 les volumes suivants :

Monnaies et bijoux, garantie et poinçonnage par Alfred RICHE, directeur des Essais à la Monnaie de Paris. 1 vol. in-16 avec figures. . 3 fr. 50

Les Théories et les Notations de la chimie moderne, par le comte Ant. DE SAPORTA. 1 vol in-16 avec figures. . . . . 3 fr. 50

La Lumière et les Couleurs au point de vue physiologique, par Aug. CHARPENTIER, professeur à la Faculté de médecine de Nancy. 1 vol. in-16, avec figures. . . . . 3 fr. 50

L'Artillerie actuelle, canons, fusils et projectiles par le colonel GUN, 1 vol. in 16 avec figures . . . . 3 fr. 50

L'Électricité appliquée à l'art militaire, par le colonel GUN. 1 vol. in 16, avec figures. . . . . . : . . . . 3 fr. 50

Les Plantes fossiles, par Bernard RENAULT, aide-naturaliste au Muséum. 1 vol. in-16, avec figures. . . . . 3 fr. 50

L'Égypte au temps des Pharaons, la vie, la science et l'art, par Victor LORET, maître de conférences à la Faculté des lettres de Lyon. 1 vol. in-16, avec figures . . . . 3 fr. 50

La Famille et les Sociétés chez les animaux, par le Dr P. GIROD, professeur à la Faculté des sciences de Clermont-Ferrand. 1 vol. in-16, avec figures. . . . . 3 fr. 50

Les Parasites de l'Homme, animaux et végétaux, par R. L. MORIEZ, professeur à la Faculté de médecine de Lille. 1 vol. in-16, avec fig. 3 fr. 50

Hygiène de la vue, par les Drs X. GALEZOWSKI et KOPFF. 1 vol. in-16, avec figures. . . . . 3 fr. 50

Les Irresponsables devant la justice, par le Dr A. RIANT. 1 vol. in-16. 3 fr. 50

La Lutte pour l'existence chez les animaux marins, par Léon FRÉDÉRICQ, professeur à l'Université de Liège. 1 vol. in 16, avec figures. 3 fr. 50

Les Anomalies de la vision, par IMBERT, professeur à l'École de pharmacie de Montpellier. 1 vol. in-16, avec figures. . . . . . . 3 fr. 50

Les Laboratoires de zoologie marine, par MARION, professeur à la Faculté des sciences de Marseille. 1 vol. in-16, avec figures. . . . 3 fr. 50

Les Glaciers, par VELAIN, professeur à la Faculté des sciences de Paris. 1 vol. in-16, avec figures. . . . . 3 fr. 50

ENVOI FRANCO CONTRE UN MANDAT POSTAL

LES MERVEILLES DE LA NATURE

L'HOMME ET LES ANIMAUX
Par A.-E. BREHM

OUVRAGE COMPLET

*9 volumes grand in-8 de chacun 800 pages,
avec environ* **6,000** *figures intercalées dans le texte et 176 planches
tirées hors texte sur papier teinté.* . . . . . **99** *fr.*

Chaque volume se vend séparément

Broché. 11 fr.
Relié en demi-chagrin, plats toile, tranches dorées. . . . 16 fr.

LES RACES HUMAINES ET LES MAMMIFÈRES

ÉDITION FRANÇAISE PAR Z. GERBE

2 vol. gr. in-8, avec 770 figures et 40 planches. . . . 22 fr.

LES OISEAUX

ÉDITION FRANÇAISE PAR Z. GERBE

vol. gr. in-8, avec 500 figures et 40 planches. . . . 22 fr.

LES REPTILES ET LES BATRACIENS

ÉDITION FRANÇAISE PAR E. SAUVAGE

vol. gr. in-8, avec 600 figures et 20 planches. . . . 11 fr.

LES POISSONS ET LES CRUSTACÉS

ÉDITION FRANÇAISE, PAR E. SAUVAGE ET J. KUNCKEL D'HERCULAIS

1 vol. gr. in-8 de 750 p. avec 524 figures et 20 planches. 11 fr.

LES INSECTES

LES MYRIAPODES, LES ARACHNIDES

ÉDITION FRANÇAISE PAR J. KUNCKEL D'HERCULAIS

2 vol. gr. in-8, avec 2060 figures et 36 planches. . . . 22 fr.

LES VERS, LES MOLLUSQUES

LES ÉCHINODERMES, LES ZOOPHYTES, LES PROTOZOAIRES
ET LES ANIMAUX DES GRANDES PROFONDEURS
ÉDITION FRANÇAISE PAR A.-T. DE ROCHEBRUNE

vol. gr. in-8, avec 1 200 figures et 20 planches. . . . 11 fr.

ENVOI FRANCO CONTRE UN MANDAT POSTAL